えびかに合戦

浮世奉行と三悪人

田中啓文

集英社文庫

目次

本文デザイン／木村典子（Balcony）
本文イラスト／林　幸

えびかに合戦　浮世奉行と三悪人

えびかに合戦の巻

一

「今日も元気だ、酒が美味《うま》い！」

地雷屋蟇五郎《じらいやひきごろう》は吠《ほ》えるような声でそう言うと、盃《さかずき》を干した。蟇五郎は、その名のとおり蟇蛙《ひきがえる》に似た面相をしている。贅肉《ぜいにく》の衣を着たような体軀《たいく》で、目と目のあいだが離れ、口が大きく、唇が薄い。これで「ゲコゲコ」とでも鳴いたら、芝居に出てくる自来《じらい》也《や》の蝦蟇《がま》と間違われるだろう。そんな蟇五郎は、一日の仕事を終え、奥座敷で酒を飲んでいた。酌をしているのは玉《たま》という若い女である。もとは北新地《きたしんち》の美妓《びぎ》だったが、蟇五郎が「美味い酒を飲む」だけのために大金で身請けしたのだ。妾《めかけ》ではないので、玉の仕事は蟇五郎に酌をし、話し相手になるだけである。

「よろしゅおますなあ、旦《だん》さんは。お元気やし、商いも調子がええし……なんの心配もないんとちがいますか」

「今のところはそやな。けど、こんなんは夢見てるようなもんや。いつ、どうなるかだれにもわからへん」

「けど、そろそろ余ったお金を貸したらどないだす？　それがいちばん儲《もう》かるそうだっせ」

「アホ言うな。わしは金貸しやない。廻船問屋《かいせんどんや》や」

「けど、鴻池《こうのいけ》はんも住友《すみとも》はんも、大名貸しで儲けてはるて聞きましたで。寝てても利子でお金が入ってくる、ゆうて……」

「あんなもんに手ぇ出したらおしまいや。どこの大名も貧乏なもんやで。あんまり返済が遅れると商人《あきんど》が貸し渋るようになるさかい、米を形《かた》にして金を借りる。そのために飢饉《ききん》であろうがおかまいなしに、百姓から年貢米をむしりとって大坂に送る。そんな無理な仕組みはそのうちに潰れてしまうやろ。そうなったらことやで。いや、現に今もそうなりかけとる。大名のなかには、どうしても返済ができんようになると『お断り』ゆうことをするもんがおる」

「お断り？」

「借金踏み倒しの宣言や。これをかまされたら、貸してた商人は泣き寝入りせなしゃあない。わしは、なんぼ大名が貸してくれて言うてきたかて、やるつもりはない」

「ははあ、そういうもんだすか。ほな、鴻池はんや住友はんも……」

「危ういやろな。いまさら貸したほうも借りてるほうもやめられんやろ」

地雷屋は北浜《きたはま》の大川沿いにある廻船問屋である。鴻池、飯《めし》、住友……といった大豪商には及ばぬものの、大坂でも指折りの大店《おおだな》であった。使用人もたいへんな人数で、彼らが寝起きする長屋が敷地のなかにずらりと並んでいるさまは壮観である。

主《あるじ》の蟇五郎は、一代限りでこの身代《しんだい》を築き上げた。もともとは大川の水を汲《く》んで売り歩く「水売り」だったが、商才を発揮して立身し、船主となったのである。法に触れるぎりぎりまでならどんなことをしても構わぬ、いや、多少なら法を犯してでも金になればよい、と豪語するとおり、儲けのためならなんでもする男で、あくどいことはひととおりやってきた。それが表沙汰にならないのは、役人たちにしっかりと鼻薬をきかせているからである。ここまでならお上《かみ》も見て見ぬふりをしてくれる、という線引きを見極める目を蟇五郎は持っていたのだ。それを踏み越えてしまうと手が後ろに回るが、商いというのはつねに攻めねばならないものだ、と蟇五郎は考えていた。ひとと同じことをしていては儲からない。地雷屋という屋号も、危険を承知で地雷火をあえて踏みにいく、という意味合いで名付けたのだ。

しかし、蟇五郎は儲けた金を貯《た》め込もうとは微塵《みじん》も考えていない。おのれが一代で作った身代は一代で潰してしまえばよい、と思っている。妻女もなく、子もいない。財産を譲る相手がいないのである。蟇五郎は、得た金はすべて使ってしまう。なにに使っているかというと、たいていは茶屋での散財だが、それだけではない。当人は隠しているが、大坂の貧窮したひとびとのために長屋を建てたり、施しをしたりしているのだ。「横町《よこまち》奉行」への助力もその一環である。

蟇五郎は、おのれのなかにあくどいやり方で金を儲ける人間と、見返りを求めずに施しをする人間というふたつの人格が存在することを矛盾だとは思っていなかった。「金儲け」は楽しいし、水屋だったころの暮らしに戻るつもりもない。しかし、「施し」は「やらねばならぬこと」だった。

「まあ、楽して儲けてたらそのうちえらい目に遭う……とわしは思うがな」

そう言って蟇五郎が盃を干したとき、廊下をばたばた走る足音がした。

「すんまへん、旦さん！」

一番番頭角兵衛《かくべえ》の声だった。

「なんぞあったか」

「へえ。今、表に異国船打ち払いのための『義捐金《ぎえんきん》』を募る、とかいうお侍がふたり見えてます。どないしたらよろしいやろ」

「なんぼ欲しいて言うとんのや」

「百両くれ、て言うてはります。もし、くれなんだら、刀抜いて奉公人を撫《な》で斬りにする、ていきまいとりまんねん」

「アホか。――角兵衛、そういうことはわしに言うてくるまでもなく、一番番頭のおまえがしっかりしてたら片づくことやないのか」

「す、すんまへん」

「まあ、ええ。わしが行く」

蟇五郎は立ち上がった。玉が心配そうに、

「お気をつけて……」

「はは、大事ない」

蟇五郎が店に出ると、ふたりの侍が手代や丁稚《でっち》をにらみつけるようにして立っていた。どちらも痩せこけ、着ているものもよく見ると粗末なものだ。とても「異国船打ち払い」などという大義を掲げて活動している志士には見えぬ。そのうえ、人相が悪い。ひとりは顎に深い刀傷があり、眉はゲジゲジ眉、酒焼けした赤ら顔で山賊のような無精《ぶしょう》髭《ひげ》を生やしている。もうひとりは鼻も耳も唇もひとの倍ほどの大きさで、頬が垂れ、「極悪の恵比寿《えべっ》さん」のような顔である。

蟇五郎は正座すると、

「わしがここの主の蟇五郎でおます。なにかうちにご用で？」

「われらは、近頃頻々《ひんぴん》と現れる異国の船舶を打ち払うために同志を集めておるもの。武器を買うためには金がいる。そのほうどもには百両を申し付けるゆえ、ただちに払ってもらいたい」

義捐金を
募っておる

「皆さん方がどのようなことをなさろうと勝手でおますが、手前どもではそのような出資はいたしかねます」

「なに？　廻船問屋ならば異国船が出没すればたいそう迷惑なはず。そういう連中から日本の船を守ってやろうというのだ。ありがとうございます、と進んで金を出すべきであろう」

「異国船は海賊やおまへん。公儀もかつては『異国船打払令《うちはらいれい》』を出しとりましたが、そのあと『薪水給与令《しんすいきゅうよれい》』を出して、異国の船を見たらむやみに打ち払うのやなく、薪《たきぎ》や水、食べものなどを与えるという方針に変えました」

「老中は弱腰だ。あんな態度だから諸外国から舐《な》められるのだ」

「すんまへんけど、皆さん方にお金を出したら、ほかの皆さんにも出さなあかんことになります。そういう寄付はお断りしとりますのでな、あしからず」

「なにい？」

侍のひとりが刀の柄《つか》に手をかけた。

「それでよいのか。ほかの同志の手前、このまま手ぶらで帰るわけにはいかぬ。店のもの一同を撫で斬りにし、われらもこの場で切腹するゆえそう思え」

「あっはははは……」

蟇五郎は大声で笑った。

「あんたなあ、その刀、抜けるもんなら抜いてみなはれ」

「なんだと」

「それ、竹光《たけみつ》だっしゃろ」

「む……」

「それも、えろう安もんや。作りも悪いわ。鞘《さや》のなかでカタカタ動いとるさかい、すぐわかります。それに、軽いのがここから見てもわかるわ。——わし、ええ竹光屋知ってますのや。もしよかったら紹介したげまっせ。かなり高いけど、抜いても竹とはバレんほどの出来栄えや」

「くそっ……かくなるうえはこの店に火を放ち……」

「できもせんことを抜かすな、アホ侍！」

「あ、アホ侍だと。その言葉許せぬ」

そのとき、暖簾《のれん》をくぐってふらりと店に入ってきたものがいた。東町奉行所の町方定町廻《じょうまちまわ》り同心皐月親兵衛《さつきしんべえ》である。

「なんだか騒がしいな。——あんたたちはなんだ？」

十手を抜いて、ふたりをじろりと見る。侍たちは目配せをし合って、店から出ていった。

蟇五郎は立ち上がり、

「失《う》せさらせ！　二度と来るなよ」

皐月同心は、

「なんだ、あいつらは」

「なんでもおまへん。ただのたかりだすわ。お世話かけました」

蟇五郎はそう言って苦笑いした。

◇

鴻池家本宅の奥の間で当主善右衛門《ぜんえもん》は腕組みをして、

「わしは諦めんで。どうしてもあの男をうちの婿に欲しい。金ではほんまに動かんみたいやから、さて、どうするか……」

鴻池善右衛門といえば日本一の豪商である。世の中のたいがいのことは金さえ積めば意のままになる、と信じている。千両で首を縦に振らぬものには二千両を、二千両でもうなずかぬものには四千両を、四千両でも拒むものには八千両を渡せばなんとかなる……そう思っている。しかし、そんな彼にとっても、竹光屋の雀丸《すずめまる》は「金では動かぬ男」に思えたのだ。

善右衛門はそのあとしばらく考え込んでいたが、

「そや。この手があった」

そう言ってにやりと笑った。

「お父ちゃん、悪そうな顔して、なんぞええこと思いついたんか？」

娘のさきがすり寄った。さきは雀丸にすっかりぞっこんなのだ。

「金に動かんやつは珍しいが、金で動くやつなら心当たりがある。聞いたところでは、横町奉行とも関わりが深いらしい。ひとつ、あいつに頼んでみるか」

「そんなひとがいてるのん？」

「ああ、金がなによりも好きなやつや。法に触れんかぎり、ひとの道に背いたことでも平気でしよる。いわゆる悪徳商人ゆうやつやな」

「お父ちゃんはちがうんか」

「わ、わしは善徳商人や。ええことしかしとらん」

「ほんまかいな」

鴻池善右衛門はぐふぐふと笑い、手を大きく叩《たた》き合わせた。

「だれかいとるか。地雷屋蟇五郎さんを呼んできてもらいたいのや」

◇

「また、こんな菜《さい》かえ」

祖母の加似江《かにえ》は不機嫌な顔で昼飯のおかずを見た。カラカラに乾いた目刺しが二匹、あとは梅干しと漬け物だけである。

「すみません。お金がなくて……」

雀丸は申し訳なさそうに言った。

「日に日に痩せる一方じゃ」

「お祖母《ばあ》さまは少し痩せたほうがよろしいでしょう」

加似江は相撲取りのように太っている。たしかに肥え過ぎだと思われた。

「これでは精がつかん。力が出ぬ」

「お祖母さまは精も力も不要でしょう。私の膳を見てください。働かねばならないのに、目刺しは一匹だけです」

「威張るな。まことに孝養を尽くしたいならば三匹ともわしにくれたうえで、おのれは梅干しだけで我慢すべきであろう」

「そうは参りません。お祖母さまこそ、『わしはもう年寄りゆえ魚はいらぬ。おまえが三匹とも食べるがよい』とおっしゃるべきではありませんか」

「だれが言うか！」

加似江は目刺しの一匹を口に放り込んだ。ここは、高麗橋筋《こうらいばしすじ》と今橋筋《いまばしすじ》のあいだにある「浮世小路《うきよしょうじ》」という狭い通りにある一軒家である。風呂屋、楊弓《ようきゅう》屋、質屋、花屋、餅屋、煙草《たばこ》屋、絵師、稽古屋……などが並び、出会い宿や船場《せんば》の商人の妾宅《しょうたく》もあって、まさに浮世の縮図のようだ、というところからだれ言うとなく「浮世小路」と呼ばれるようになった。

広い土間の壁には無数の竹が立て掛けられており、茣蓙《ござ》のうえには鉈《なた》や包丁などさまざまな道具が置かれている。雀丸と加似江は、上がり框《がまち》と奥のあいだにある板の間で昼食《ちゅうじき》をしたためていた。あたりには枯れた竹の清浄な匂いが満ちている。

雀丸は「竹光屋」である。印半纏《しるしばんてん》を引っかけ、腹巻に股引《ももひき》という格好からは想像もできないが、もとは藤堂丸之助《とうどうまるのすけ》という大坂弓矢奉行付き与力《よりき》だった。ある事情から城勤めを辞め、ついでに侍も辞めてしまった。侍の世界に嫌気が差したのだ。なぜか竹光作りの才があり、それを頼りに世渡りをしていくことにしたのだ。

祖母の加似江とふたり暮らしだが、収入は落ちる一方である。雀丸の作る竹光は高い。それゆえ注文するものも少ない。しかし、鞘に入っているときだけでなく、「抜いてもバレない」というとんでもない竹光なのだ。また、雀丸の竹光は、注文主が持っていた刀となにからなにまで瓜二《うりふた》つに仕上げる。いわば精巧な偽物《ぎぶつ》である。だから、作るのに時間も手間もかかる。安売りはできないし、したくない。

「ふん！　金がないと心まで荒《すさ》むわい。ああ、嫌じゃ、嫌じゃ」

「竹光の注文がないのだからしかたありませんよ」

雀丸は、一匹しかない目刺しを半分だけ食べた。

「なぜ注文がないのかわかるかや」

「さあ……なにゆえでしょう」

加似江は蟹《かに》に似た顔をくしゃっと歪《ゆが》めてため息をついた。そう……加似江は蟹に似ていた。蟹に似ているから加似江と名付けられたのか、加似江という名だったから次第に蟹に似てきたのかはわからないが、とにかく茹《ゆ》でた蟹にそっくりである。そう思って見ると、柿色の頭巾からはみ出した銀髪が蟹の脚のように思えてくる。

「おまえはもう少し世のなかの動きを知ったほうがよいぞ。天下に騒乱が訪れるかもしれぬのじゃ。あと二十年もせぬうちに、この国は大きく変わるかもしれぬ」

「そうでしょうか。たとえなにかが変わっても、朝になれば太陽は東から昇るでしょうし、夜になれば星が出るでしょう」

「おまえと言うやつは……」

加似江はこめかみを揉《も》んだ。

近頃は、二百年以上続いた泰平にも陰りが差し、ロシア、アメリカ、イギリス、フランスといった諸外国の船が日本近海に出没するようになった。公儀のそれへの対応の後手後手さや、やれ攘夷《じょうい》だ開国だと騒いでいる各大名家の足並みの揃《そろ》わなさを見ていても、徳川家が土台から揺らいできていることは間違いない。また、飢饉や大塩平八郎《おおしおへいはちろう》の乱のときのうろたえっぷりも、公儀の権威を失墜させた。

（近いうちに戦《いくさ》があるのではないか……）

そう思う武士は少なくない。もうこんなものは無用の長物だと思っていた刀が、「武士の魂」などといった抽象的な意味合いのものではなく、戦いの道具としてふたたび必要になるかもしれないのだ。竹光では戦えぬ。

「武士が刀を手放さなくなったので竹光の注文が減っておるのじゃ」

「そういうことであればしかたないですね。でも、今、戦になれば、刀でちゃんちゃんばらばらと斬り合っている場合ではないでしょう。銃や大砲で戦うわけですから、刀はいらぬのではありませんか」

「ま、それはそうじゃな」

そんなことを言ってはいるが、雀丸は案外剣術の腕も立つ。雀丸という名乗りは、侍を辞めたときに「竹に雀」に懸けて自分でつけたのだが、色白で、目も眉も細く、唇も小さくて、「雀」という名前がぴったりだ。しかも、肩幅も狭く、腕も細く、ひょろっこいので、どう見ても強そうには見えない。亡くなった父親に小さいころから武芸を仕込まれたのでそれなりに技量は上がったが、他人を叩いたり、叩かれたりするのが大嫌いで、

「敵に後ろを見せる」

「勝敗をつけない」

「すぐに逃げる」
というのを信条としていた。そんな性格だから、代々引き継いできた大坂弓矢奉行付き与力という地位もあっさり捨てられたのだろう。
「おまえ、目刺しを半分残しておるな。いらぬならわしがもらおう」
加似江が箸を伸ばしてきたので、雀丸は矢のような速さで目刺しを口に入れ、
（ああ……貧乏は嫌だ……！）
心のなかでそう叫ぶと、残りの飯を掻《か》き込んだ。
「知り合いからいくらか金を借りれぬのか」
食器を片づけていると、加似江が茶をすすりながらそう言った。雀丸は即座に、
「それはできません。私は……横町奉行ですから」
雀丸は、竹光屋を営むかたわら横町奉行という職にも就いている。「職」といっても
それでお金をもらっているわけではないし、「奉行」と名はついているが町役《ちょうやく》や町年寄
のようにお上から依頼された公職でもない。もともと横町奉行というのは大坂に独特の
制度で、大坂の町人の必要性から生まれたものだ。
大坂町奉行所の与力・同心は東西合わせてもたった百六十人しかいない。その人数で
大坂全域と摂津《せっつ》、河内《かわち》、和泉《いずみ》、播磨《はりま》の四カ国における司法・行政・警察をまかなうのは
ほぼ不可能である。なかでも「公事《くじ》ごと」つまり町人や農民からの訴えごとについては、

平気で何年も待たされる。イラチな大坂人には耐え難いことである。公事は、ひと月に八日間だけしか審理されない。これを「御用日」といい、金銭に関する公事は「御金日」と呼ばれた。田舎《いなか》からわざわざ公事のために出てきたものたちは自分たちの順番が来るまでずっと、「公事宿」とか「用達《ようたし》」と呼ばれる宿泊所に泊まって待っていなければならない。宿泊費用も膨れ上がる。

商人同士の取り引き上の揉めごとや、農民の水争いなどは、何年も先に裁定が下されたとしても手遅れである。その場で即決してもらわないと意味がない。

のろのろと進まぬ町奉行の裁きを待っているゆとりのない大坂人がそういうときに公事ごとの裁きを依頼したのが「横町奉行」である。「商売の道に明るいのはもちろん、諸学問にも造詣が深く、人情の機微によく通じ、利害に動じることのない徳望のある老人が、乞われてこの地位に就いた」と一書にあるように、横町奉行は訴えの当事者双方の話を聞き、すぐに裁きを言い渡す。その裁断が不服でも文句を言うことは許されぬ。もともとそれを承知で横町奉行のところに持ち込むのである。そして、代々の横町奉行の裁きには、被告も原告も納得させるだけの説得力があったという。

そんな横町奉行に、「徳望のある老人」どころか、若造で世間知らずで商いの道にも疎く貫禄《かんろく》も経験も乏しい雀丸が就任することになってしまった。はじめは嫌々だったが、次第にこの仕事の面白さ、奥の深さ、意義深さなどがわかってきて、今ではすっかり本腰を入れて取り組んでいる。浮世小路に住まいがあることから、「浮世奉行」と呼ぶものも増えているようだ。

「蟇五郎ならば、無利子無証文で融通してくれるのではないかや」

地雷屋蟇五郎は横町奉行を陰で支える人物でもある。世間では悪徳商人などと呼ぶものもいるが、金儲けに関してはなりふり構わぬのが大坂商人の美徳なのである。

「蟇五郎さんにお金を借りたら、三すくみの一角が崩れます」

三すくみというのは、横町奉行の補佐を買って出ている三人のことだ。地雷屋蟇五郎のほかに、女侠客《おんなきようかく》として一家を構える口縄《くちなわ》の鬼御前《おにごぜん》、要久寺《ようきゆうじ》の住職で発明好きの大尊和尚《だいそんおしよう》がいる。

「ならば、鴻池善右衛門に頼んでみよ。日本一の金満家じゃ。多少の金ならばふたつ返事で貸してくれるのではないか」

それだけは避けたい。鴻池善右衛門になにか「貸し」を作ったら、ただちに娘のさきとの婚約の好材料にされるだろう。

「公平無私であるべき横町奉行が、だれかに金を借りたりしていては、正しい裁定は下せないでしょう」

「ま、そうじゃな……。では、横町奉行が裁きをするたびに双方からいくらかずつ手間賃を取ってはどうかや」

「歴代の横町奉行がなにも受け取っていないのに、私の代からそういうわけにはいかないでしょう。町奉行所でもタダなのですから」

公事において、町奉行所は手数料やらなにやらを一切受け取らない。もちろんあいだに入る役人衆への挨拶料などは別だ。

「庶民のために身を粉にして働いて、一文ももらえぬとはつまらんのう」

「それでいいんです。横町奉行は困っているひとたちを助ける役目なのですから」

「わしらがその『困っているひとたち』になっておるではないか」

加似江の言うことにも一理ある、と雀丸は思った。これまで横町奉行は、隠居した大商人が就任することが多かったが、それはすでに金もあり、名誉も得ているため、利害で動かないからである。

（金も名誉もない私には荷が重い……）

雀丸はつくづくそう思った。

「雀丸、西横堀《にしよこぼり》の川浚《かわさら》い人足でもしたらどうじゃ」

「生計《たつき》の足しにするためですか」

「ちがう。川底の泥のなかから一分銀《ぶぎん》が見つかるかもしれんではないか」

「それなら、竹藪《たけやぶ》で竹を伐《き》ったら、なかから小粒（豆板銀《まめいたぎん》）がバラバラと出てくるかもしれません」

「犬が『ここ掘れわんわん』と吠えたところを掘ったら、大判小判の入った瓶《かめ》が出て」

言い掛けて加似江は、

「やめじゃ、馬鹿馬鹿しい。貧すれば鈍すとはこのことじゃ」

そのとき、

「ごめんくださいまし。ごめんくださいまし」

黒紋付きに袴《はかま》を着け、腰に扇子を差した町人が入ってきた。大家《たいけ》の番頭のような拵《こしら》えである。

「竹光屋雀丸さまのお住まいはこちらでございますか」

「はい、そうですが……」

「竹光屋雀丸さまはどちらで……」

「私が雀丸です」

「うっへえっ、あなたさまがあの高名な雀丸先生でございましたか。お見それいたしました」

男は飛び下がると、土間に両手を突いて頭を下げた。

「雀丸の住まいに来たのですから雀丸が応対してあたりまえでしょう」

「てっきり使用人の方かと思いまして……」

失礼なやつである。

「そんな風にされたら話がしにくいです。どうぞお立ちください」

「いえ、手前はこのままでけっこうです」

いくら言っても土間に手を突いた姿勢を崩さないので雀丸も根負けして、

「わかりました。では、ご用の向きをうかがいましょう」

「お初にお目にかかります。手前は鴻池善右衛門方より参りました一番番頭の弥曽次《やそじ》と申します」

「鴻池の番頭さんでしたか。まえに佐平次《さへいじ》さんという方とはお目にかかったことがありますが……」

「あれは五番番頭。手前はもっとも位が高い一番番頭でございます。その一番番頭がやって参りました。どうぞお見知りおきを……」

「はあ……その位が高い一番番頭さんがなんの用ですか」

「手前ども主人が、雀丸先生にぜひとも竹光を拵えていただきたい、と申しております」

「ええーっ？　まことですか」

思ってもないありがたい仕事である。鴻池家に借りを作るわけにはいかないが、竹光の注文ということであれば、これは雀丸の本業である。引き受けてさしつかえないだろう。

「はい。さぞかしお忙しいとは存じますが、なんとかお引き受け願えませんでしょうか」

「願えませんかもなにも、もっちろんやらせていただきますよっ」

雀丸は弥曽次のまえに自分も膝を突き、その両手を押しいただかんばかりにして、

「ありがとうございます。精一杯作らせていただきます」

弥曽次は汗を手拭いで拭き、

「さっそくお引き受けいただいて、この一番番頭、使いの大任果たすことができました。大いに安堵《あんど》しとります。もし、雀丸先生に引き受けていただけなんだら、手前は切腹せねばならぬところでござりました」

「切腹……とは大げさな」

「いえ、手前どもの主の申すには、雀丸先生は名人気質《かたぎ》のお方ゆえ、気に入らぬ仕事は千両、万両積まれても引き受けてくださらぬ。もし、雀丸先生にお断りされたら、弥曽次、貴様は腹切ってわびろ、と……」

「めちゃくちゃですね。私はそんなへんこな人間ではありません。ただの職人です。

——で、竹光は一本でよろしいのですね？」

「それがその……十本欲しおますのや」

「十本も？　いったいどういうことです」

そもそも商人が竹光を欲しがるというのも不思議である。

「それではことの次第をお話し申し上げますのでお聞きくださりませ。じつは近頃、ふ

たりの浪人が大坂の名だたる商家にやってきて、異国船打ち払いのための『義捐金』と称して金銭をせびるということが相次いどります。そのうち当家にも参りましょう」

「なんとも物騒な話ですね」

「下手に抗《あらが》って怪我《けが》でもしたらつまらんさかい、金ですむことなら持ってかえってもろたらよろしいのですが、そんな噂《うわさ》が広がると、真似《まね》をする輩《やから》がつぎつぎ現れんともかぎりまへんし、なにも備えをしないというわけにも参りません。腕のきく用心棒を少なからぬ人数雇うてはいるのですが、ご承知のように鴻池家は、本家だけでなく別家も多く、そのすべてに用心棒を常に駐在させておくこともむずかしく、また、身許《みもと》のしっかりしたご浪人さま、というのはなかなか見つからんもの。それゆえ、主だった番頭や手代に竹光を持たせたらどや、ということになりまして……」

「なるほど。——ご注文いただいて、こちらからこんなことを言うのもなんですが、あとの喧嘩《けんか》は先にせよ、ということがありますから念のために申しておきます。それなら私の竹光でなくても、もっと安いものでも間に合うのではないですか？　見かけさえちゃんとしていればいいのですから……」

「ありきたりの竹光は、腰にあってこそ嚇《おど》しになりますが、鞘から抜いてしまえばすぐにバレてしまいます。それが雀丸先生の竹光ならば、抜いたときも本物に見えると、ある方が主に申しまして、それならばうってつけだと……」

「ある方とは、どなたですか？」

「あ、いや……いやいや、手前、そんなことを申しましたか？　雀丸先生の竹光は大坂中で大評判ゆえ、主がどこかで耳にしたものでござりましょう」

そんな話は聞いたことがない。

「嚇しのためならば、安物の護身刀を十本買ってくる、という手もありますよ」

「雀丸先生は元お侍ゆえおわかりにならんかもしれませんが、本物の刀というのはたいそう重いもんでおます。慣れん商人にとって刀を差すというのはえろう厄介なことですのや」

「ははあ……」

なんとなく理屈があっているようなあっていないような気がするが、仕事をもらえるのだから大助かりである。

「とにかく十本の竹光、すぐに拵えていただけますやろか。納期は今月中です」

「今月中？　うーん……それは……」

「むずかしゅうございますか」

「五本がいいところです。十本はとてもとても……」

「どうしても十本欲しおますのや。代金は、十本分で五十両ではいかがでしょう」

「五十両！」

と叫んだのは、雀丸ではなく加似江であった。

「雀丸、引き受けよ。なんとしても十本の竹光、拵えるのじゃ！」

「お祖母さま、そうおっしゃいましても無理なものは無理です」

「死ぬ気でやれ。成せばなる、成さねばならぬなにごとも、じゃ」

「できないものはできません」

一番番頭が突然、

「ひえええええっ」

と泣きわめいた。

「お引き受けいただけなければ、手前は切腹せねばなりません。そうなれば雀丸先生は、いや、雀丸はひと殺しや。ひと殺しっ、ひと殺しっ」

近所に聞こえるような大声なので雀丸は泡を食って、

「わかりました！　やります。やりますよ」

それを聞いた番頭はけろりとして、

「さすがは雀丸大先生。――では、こういたしましょう。ひとつだけ条件をつけさせとくなはれ。どうしても手前どもの仕事を先にしていただきたいので、雀丸先生に当家の別宅にお越しいただき、そこに籠って、ほかのことに気を取られることなく、ひたすら仕事をしていただく、ということではどないだすやろか。それならば、たとえ今月中にできあがらなんだとしても、手前どもの主も納得するのやないかと思いますゆえ」

「泊まり込みで、ですか？　いやあ、それは困ります」

「なんでだすねん」

「私は、ご覧のとおり、祖母と二人暮らしです。私がそちらに泊まり込むと、三度の食事やらなにやら、祖母の世話ができなくなります。――あ、そうか。祖母もその別宅へ同行してもよろしいでしょうか」

「いえ、それやとここにいるのと変わりません。ご隠居さまがおいでになると、雀丸先生はどうしても気をお遣いになる。お世話をしたくなる。そうなるとお仕事も進まなくなる。雀丸先生にはおひとりでお越しいただきたいのです。ですが、そのかわり、と申してはなんですが、こちらでのご隠居さまのお暮らしについては手前ども鴻池家にて面倒を見させていただきます。掃除、洗濯から、朝、昼、晩の賄いまで……」

「なにい？」

加似江が目をひん剝《む》いた。

「そりゃまことかや」

「はい。金に糸目をつけずに吟味した魚や野菜を使い、手前どもが宴のために雇うております板前に料理させますするゆえ、おそらくは口の肥えたご隠居さまにもご満足いただけるのやないかと思います」

「ふげっ」

加似江は叫ぶと、

「ひ、ひ、ひとつきいてよいか」

「なんなりと」

「わしはいたって酒が好きじゃが、酒もつけてもらえるかや」

「お望みとあらば三食ともおつけしてもようございますが」

「おひょっ」

加似江は雀丸に向き直り、

「雀丸、ただちに鴻池家に赴き、仕事をはじめよ。十本の竹光が仕上がるまではこの家の敷居またいではならぬぞ。このわしが許さぬ。疾《と》く参れ！」

言いながらも加似江は笑いがこらえられぬようであった。

「そうはいきません。いろいろ支度もありますし、持っていく材料や道具を揃えなければ……。それに、弥曽次さん、そんなことをしていただいては鴻池さんにいらぬ散財をさせることになります。竹光のお代のうちから差し引いてもらえますか」

弥曽次は笑って、

「はばかりながらうちの身代からすればこちらへの賄いなど取るに足らぬ費《つい》えでおます。どうぞお気になさらぬよう……」

加似江がおおいかぶせるように、

「位の高い一番番頭がこう申しておるではないか。雀丸、鴻池の当主の意向に沿うようにいたせ。よいな！」

「では、お祖母さまは私がしばらく留守にしてもよろしいのですか」

「む……たしかにおまえがおらぬのでは不自由じゃが、これも商いのためとあらばやむをえぬ。涙を呑《の》んでひとりで過ごすゆえ、おまえは鴻池家に籠っておのれの責を果たすがよい。行け、行け、さあ、行くがよい」

「はあ……」

雀丸は弥曽次に向き直り、

「材料を取りに家に戻る、というのはかまいませんよね」

「いえ、仕事が仕上がるまではできるだけ別宅から出んようにしていただきたいのです」

「ならば、竹やらなにやら支度いたしますので、一刻《いっとき》（約二時間）ほどしたらまたおいでください」

「承知いたしました。では、またのちほどうかがいます」

頭を下げて出ていこうとした一番番頭に加似江が言った。

「これ、弥曽次とやら、いまひとつききたいことがある」

「なんでおます」

「その賄いというは、今日の夕飯からはじまるのかや」

「そのつもりでおます。なんぞお好みでもございますか」

「いや、そうではない。昼飯から持ってきてもろうてもよいな、と思うたまでじゃ」

雀丸が、

「お祖母さま、昼餉《ひるげ》は先ほど済ませたではありませんか」

「わかっておる。わかっておるが……もう一度食べ直してもよい、と思うてな」

雀丸は呆《あき》れて、二の句が継げなかった。

◇

一刻後、一番番頭の弥曽次はふたたびやってきた。今度は鴻池の家紋が入った豪奢《ごうしゃ》な造りの駕籠《かご》と数台のべか車《ぐるま》（荷車）を持ってきている。

「雀丸先生、お支度のほうは整いましたか」

「はい、これでなんとかなると思います」

弥曽次は丁稚たちに指図して、材料となる竹やさまざまな道具などをべか車に積み込ませた。

「では、先生、参りましょうか。――ご隠居さま、少しのあいだ雀丸先生をお借りいたします」

　雀丸は加似江に頭を下げ、

「しばらく留守にします。なにとぞご健勝にお過ごしください。あと、戸締まりにはくれぐれも気をつけてください」

「わかっておる。おまえもな。――そんなことより、弥曽次」

「はい？」

　一番番頭は、一瞬、なんのことだ、という顔をしたが、すぐに合点して、

「忘れておりました。――これ、定吉《さだきち》、ご隠居さまにあれをお渡し申せ」

　ひとりの丁稚が進み出ると、風呂敷を広げて重箱を取り出し、うやうやしく捧《ささ》げ持って加似江の脇へ置いた。

「昼食はすでに一度お済みと承っておりましたので、少なめにしてございます」

　加似江は弥曽次をひとにらみして、

「そのような気遣いは無用じゃ。それに、年寄りだから、とか、女子《おなご》だからと、量を加減するのもいらぬことじゃ。若いものに出すのと同じ盛りにしてくれ、と板前によう申しておいてくれ」

「こ、これは失礼しました。ご健啖《けんたん》でなによりでおます」

「あと、酒は日に一升ぐらいは平気の平左ゆえ……」

「お祖母さま、わがままが過ぎます」

さすがに雀丸が口を出すと、

「いえいえ、鴻池家はもともと造り酒屋ゆえ、今でも酒は売るほどにおます。上酒を吟味のうえ、さっそく今晩届けさせます」

「ありがたい。楽しみじゃのう」

表に出た雀丸は番頭に、

「すみません。ああいうひとなんです。私のいないあいだご迷惑をおかけするかもしれませんが、いくら強がっていても歳《とし》が歳です。なにとぞ祖母をよろしくお願いいたします」

「かしこまりました。この一番番頭の弥曽次が、主になりかわりまして、ご隠居さまをしっかりお預かりいたしますさかい、ご安堵くだされ」

そして、雀丸は駕籠のなかのひととなった。鴻池家の駕籠に乗るのはこれで二度目だ。普通の町駕籠よりもはるかに乗りやすく、また、速い。あっという間に鴻池家の別宅に到着した。先日、猫合わせが開かれたところである。まるで武家屋敷のような広さで、敷地内に多数の建物が並んでいる。別宅でこれなのだから、本宅はどれほど広いのだろう、と雀丸は思った。

駕籠は門のまえでとまらず、なかへと入っていった。垂れの隙間からのぞくと、庭を横切っている。中庭が広すぎて、目当ての建物までが遠く、駕籠で行ったほうが楽なのだ、と弥曽次は説明した。まえに訪れたときは母屋の奥座敷に入ったが、今回は庭のいちばん奥にある離れのような建物が雀丸の「仕事場」になるらしい。

鴻池家は、かつては伊丹《いたみ》で酒造業を営んでいたのだが、一族で大坂に進出し、大成功を収めた。その後、海運業と両替業も行うようになり、やがて、「大名貸し」と呼ばれる大名家相手の金貸し一本に絞って大儲けした。鴻池家から金を借りている大名家は百十家に及ぶというから、徳川の天下の三分の一はじつは「鴻池の天下」なのである。大名家はつねに鴻池家の顔色をうかがい、機嫌を損ねぬよう努めていた。なぜなら、借りている金を今すぐ返せと言われても、ない袖は振れないからである。

そんな「日本一の金満家」の離れで雀丸は仕事をするわけだ。

「こちらでございます」

弥曽次が案内したのは庭に面した一室だった。二十畳ほどで、立派な床の間があり、太い床柱は紫檀《したん》と思われた。畳は真新しく、縁《へり》は美しい高麗縁だった。

「ここで存分に仕事をしとくなはれ」

「こんな立派なお座敷ではむずかしいです。削り屑《くず》などで畳も汚れてしまいますし……。庭の片隅でもお借りできませんか」

「いえ、かまいまへん。なんぼでも汚しとくなはれ。名人雀丸先生がお汚しになられた座敷として鴻池家末代にまですっくりそのまま残して伝えたいと思います」

「やめてください。では、できるだけ縁側で仕事をして、屑は庭に捨てますので、ご容赦ください」

「手前どもは主の思惑どおりことが運べばそれでええのです。——あと、雀丸先生がここに籠ってお仕事をなさるにあたって、身のまわりの世話をする女子をひとりつけますので、なにかあったらその女子に言うとくなはれ」

「わかりました」

弥曽次が行ってしまうと、雀丸は竹や道具を座敷に並べた。ここに布団を敷き、食事のおりの膳部も置かねばならぬとしたら、いくら「汚してもいい」と言われても、考えたうえで使わねばならない。

(今月末までか……)

むずかしいとは思っていたが、できれば依頼主の希望に沿いたい。雀丸は両頰を叩いて気合いを入れ、すぐさま仕事に取り掛かろうとした。まずは、材料となる竹の選定である。伐った竹はすぐには使えない。上手に乾燥させて、それから使いものになるかどうかを見極めるのだ。雀丸は、乾かした竹をかなりの数持ってきてはいたが、一本ずつ吟味しなくてはならない。虫食いなどがあってはならないのは当然だが、竹の素性が大事なのだ。竹にも一本ずつ個性がある。その個性を殺さぬように、できるだけ矯《た》めないようにしながら「刀」になる竹を探す。だが、竹を少しずつ矯正していくのも竹光師の腕である。

（十本か……）

一本作るのでも神経をすり減らす竹光作りである。ありがたい仕事ではあるが、十本となると、気の遠くなるような時間と手間がかかる。雀丸が気合いを入れ直そうと頬をぱしっと叩いたとき、

「ごめんなはれや」

鴻池善右衛門が入ってきた。

「どうもこのたびはお忙しいところを無理難題を言うてすまなんだ、と思うとります。なにとぞよろしゅうお願い申し上げます」

「はい。なるたけ早く仕事を進めたいと思っております。祖母にもいろいろお気遣いいただき、ありがとうございます」

「ご隠居さまはこのわしが責を持ってお預かりいたしますのでご安堵ください。雀丸さんには、うちにおられるあいだ、できるだけ快く過ごしていただきたいと思うとります。煩わしいことのないよう、女子衆《おなごし》をひとり、付きっきりにさせてもらいますのでな、なんぞおましたらそのものに言いつけてくださいますようお願い申し上げます」

「はい、わかりました」

善右衛門が出ていったあと、雀丸は庭に面した障子を開け放ち、それからしばらく、

竹光屋
竹光屋

すべての土台となる竹削りに精を出した。あわてて台無しになる。竹の本性に逆らわぬよう、ゆっくりゆっくり心を込めてやらねばならぬ。あとから取り返しはきかないのだ。ゆっくりゆっくり……。

「雀《じゃく》さん！」

若い女の声にびくっとしてそちらを向くと、廊下に立っていたのは、

「さきさん……！」

「うちが今日から雀さんの身のまわりのお世話一切をさせてもらいます。よろしゅうに」

さきは四角く座ると三つ指を突いて頭を下げた。

（はめられた……！）

と雀丸は思った。

◇

話はすこしまえにさかのぼる。鴻池本宅の奥の一間で、鴻池善右衛門は地雷屋蟇五郎と対面していた。

「ずいぶんと待たせてしもて、まことに申し訳ない。訳言わんとわからんが、今の今まで西条《さいじょう》家のご用人と話してましたのや。すぐにすむと思てたら、存外長引いて……」

「西条さまというと、栗東《りっとう》の……」

「そや」

「大名貸しでおますか」

「そういうことだすわ。ほんまはそろそろ利の分だけでも返してもらわなあかんのやが、やれ家士の扱いにして扶持米《ふちまい》をやるさかい待ってくれだの、利を返すためになんぼか貸してくれだの、言うとることがめちゃくちゃや」

「そろそろ手ぇ引いたほうがええのやないですか」

善右衛門は吐息を洩《も》らし、

「そういうわけにはいかん。一蓮托生《いちれんたくしょう》やな」

「ほう……」

「ことに西条家はな、当代のお殿さま氏昭《うじあき》公がご病弱で、お世継ぎのことで家内が真っ二つに分かれて揉めとるらしい。長男の氏輝《うじてる》さまは今ちょうど二十歳《はたち》でなあ、金使いの荒い性質《たち》で、公の金を野放図に使いなはる。島原《しまばら》に居続けして、ちっとも城にじっとしておらんらしい。家臣がいさめてもやめようとせんのや。けど、お殿さまは氏輝さまをご寵愛《ちょうあい》で、お叱りにはならん。そのせいで、借りた金がまるで返せんさかい、待ってくれ、できれば、もう少し貸してくれ、て言いにきよった」

「情けないことだすな」

「いや、そんなことはどうでもよろし。本題に入りまひょう。呼びつけてすまなんだ。

のことや」
地雷屋はん、あんたにわざわざ来てもろたのはほかやない。横町奉行の竹光屋雀丸さん
「あの男がなんぞしましたか」
「わしの嬢《いと》のさきがえらい気に入ってな。どうでも一緒になりたいと言うのや。わしも
かわいい嬢の頼みや。できたら叶《かな》えてやりたいと思うたのやが、雀丸さんの人となりを
知るにつれて、わしの方が惚れ込んでしもてな」
「ほう、鴻池さんのお眼鏡《めがね》に適《かな》うとは……。けど、あの男ならそれぐらいのことはおま
すやろ。ぼーっとしとるように見えますけど、今どきあれだけの器量の人間はちょっと
いてまへん」
「あんたもそう思うか。――で、わしはうちの嬢の入り婿にして、うちの商売を継いで
もらおうと思うたのやが、あの男、なんとわしの申し出を蹴りよった」
善右衛門の息遣いが荒くなった。
「なんでまた?」
「大金を動かし、大勢のひとを使うより竹光屋が似合《にお》うとる、と言うのや。うちの婿に
なったかて、竹光も拵えてもろてええし、横町奉行も続けてもろてええ、とまで言うた
のやが首を縦に振らん。そこで、まずは品物を見てもらお、と身分を隠してさきを無理
矢理近づけてみたのやが、何度か外で会《お》うただけで手を出しよらん。さきがうちの娘と

わかってからも、口調は柔らかやが頑として態度を改めん」

「やりよるなあ」

「天下の鴻池の申し出を、それもこんなにええ話を断るとは……と思うたが、そこでことを荒立てたら元も子ものうなる。ぐっと我慢して引き下がったのやが、わしはまだあきらめきれん。そこでや、地雷屋はんはあの御仁とことに親しいらしいさかい、雀丸さんの弱みを教えてもらいたいのや」

「はあ、話の筋道はだいたいわかりました」

「もちろんタダとは言わん。あんたにも骨折り料として千両ばかりもろてもらお。――どや」

「そんなことで千両とは……」

「なんの。かわいい嬢の婚礼の支度金の一部やと思えば安いもんや」

　蟇五郎は腕組みをしてじっと考え込んだ。やがて、

「わしは先代の横町奉行とも懇意で、その縁であの男が横町奉行になるまえからの知り合いだす。まだ若いさかいこちらが万事助けてやらんと、と思うとりましたが、案外、向こうに助けられることも多うてな、なかなかやりよりますのや。一度などは、わしが抜け荷の濡《ぬ》れ衣《ぎぬ》を着せられて町奉行所に召し捕られ、責め折檻《せっかん》されたとき、駆けずりまわって救い出してくれた。あのときの恩はまだ返してまへん」

「けど、千両やで。千両、棒に振るんか」

「鴻池さん、ほかのことならともかく、あの男を売るような真似はわしにはでけまへんのや。堪忍しとくなはれ」

善右衛門は立ち上がると、

「地雷屋はん、あんた、このわしを怒らせたら、大坂はおろか日本国中どこへ行っても商いでけんようになるで。それを承知でわしの頼みがきけん、とこう言うのやな」

「はい。おきさでけまへん。わしには子がおらんので、ここだけの話、あの男が息子のように思えることもおます。鴻池さんが嬢さんを愛《いと》しいと思うように、わしも雀丸さんが愛しいのや」

善右衛門はまだなにか言おうとしたが、その場にぺたんと座り、ため息をついた。

「そうか……。あんたは金のためならなんでもするただの欲深商人やと思とったが、どうやら違《ちご》たようやな。いや、言葉荒らげてすまなんだ。——まあ、あんたのようなひとが、身代掛けてかばうほどあの御仁に魅力がある、ということかもしれんな」

そのとき蟇五郎は顔を善右衛門に近づけ、

「けど、鴻池さん……雀丸さんを売るわけにはいきまへんが、このまま帰ったのでは天下の鴻池さんに失礼に当たります。多少は色をつけんとなあ」

「色？　どういうことや」

「耳を貸しとくなはれ」

蟇五郎はなにやらぼしゃぼしゃと善右衛門にささやいた。善右衛門の顔が輝いた。

「近頃、竹光の注文が減っていてかなり困っとるそうだす。けど、横町奉行をしとるさかい、えこひいきにならんように、だれからも金を借りんことにしとるらしい」

「なるほど。わしが竹光を注文したら、向こうは商売やさかい、引き受けるわな。そこで、わしとこの別宅に呼んで……」

「同じ屋根の下で若い男と女が何日も何日も一緒に過ごしたら、そら、情も移りまっせ」

「よっしゃ、それで行こ。地雷屋はん、ええこと教えてくれたな。おおけにはばかりさん」

「そのかわり、お代はいただきまっせ。千両とは申しまへん。十分の一の百両ではどうだす？」

「うーん、さすがや。理屈が通っとる。――地雷屋はん、お主《ぬし》もワルじゃのう」

「鴻池さんほどやおまへんけどな」

蟇五郎は、内心、ぺろりと舌を出していた。

（すまんなあ、雀さん。若いうちの苦労は買《こ》うてでもせえ、と言うから、しばらく苦労してもらおか。けど、びっくりするやろなあ。ふふふふふ……）

これは、彼のちょっとした悪戯心《いたずらごころ》だったのだ。その悪戯心がたいへんな事態を引き起こすことになるとは、蟇五郎にも善右衛門にも知る由もなかった。

◇

雀丸が鴻池家の別宅に来てから数日が経《た》った。仕事は順調に進んでいた。五本分の下削りができあがったので少し一息ついたところだ。しかし、先はまだまだ長い。

さきは、朝になれば布団を上げにきて、手水《ちょうず》の支度を整える。朝食を運んできて、給仕をつとめ、食事が終わったら食器を片づける。昼餉、夕餉も同じだ。雀丸の一日の仕事が終わると、仕事場を掃除し、布団を敷きにくる。それはよいのだが、その間さきはずっと雀丸に話しかけてくる。雀丸も、まさか無言というわけにはいかないので、なにやかやと返事をする。すると、会話が盛り上がる。しかも、ひとつ屋根の下に寝るのだ。

（これはよろしくないな……）

雀丸は、さきとどんどん親密になっていくことに危惧を感じた。もちろん鴻池善右衛門の狙いはそこにあるのだろうが、このままではなしくずしに夫婦《めおと》になってしまいそうで怖いのだ。

「さきさん……」

ある日の晩、夕食の膳を運んできたさきが、いつもどおり給仕をしようとするのをやめさせて、雀丸は言った。

「どないしたんだす、雀さん？　怖い顔して……」

「いろいろ考えたのですが、もう私の世話をしないでください。明日からは、食事の膳は私が台所まで取りにいきます。食べ終わったら下げにいきます。布団も敷きますし、掃除もします」

　さきは悲しげに、

「雀さん、うちのことが嫌いなん？　顔を見たないん？」

「そんなことはありません。ただ、私は仕事のためにここに籠っています。一番番頭さんが、ほかのことに気を取られることなくひたすら仕事に打ち込めるように、とおっしゃったからです。さきさんがいると、気が散って、仕事がおろそかになります」

「うちが邪魔なんやね」

　雀丸は一瞬考えたが、

「はい、言い方は悪いですが、邪魔なのです。申し訳ない。勝手なようですが、善右衛門さんからいただいた仕事がすべて終わったら、またお会いしたいです」

「わかりました……。今度のことは、うちもずっこいと思てました。明日からもう来まへん。お仕事がんばってください」

「すみません」

　さきはかぶりを振り、

「うちが悪いんだす。雀丸さんを独り占めしようとして、つい地雷屋さんの考えた企《たくら》みに……」

「え、地雷屋？」

さきはあわてて口を押さえ、

「今のこと、お父ちゃんに話してきます。ほな、さいならー」

ひとりになった雀丸は天井を見上げ、

「あのおっさんの入れ知恵か……」

そうつぶやいた。しかし、考えてみたら、そのおかげで大量注文をもらったのだから、文句は言えない……というより蟇五郎に感謝すべきなのかも、と雀丸は思った。

（お祖母さまはなんとかやっているだろうか……）

いくら鴻池家が世話をしてくれているとはいえ、老人のひとり暮らしだ。不自由な思いをしているとしたらかわいそうである。

（早く仕事をやり終えて、家に戻らなければ……）

雀丸はそう思った。

◇

「そうか……」

鴻池善右衛門はさきの話を聞いて唸《うな》った。

「骨のあるやつやな。で、おまえはどうする」

「うちは雀丸さんのことが好きやさかい、卑怯《ひきょう》な手を使わんと真っ向勝負で行くわ。今度のお仕事してはるあいだは、うちはおとなしゅうしてます。だれぞほかのひとにお世話役を任せることにするわ」

「それでええのか」

「ええも悪いも……それしかないやろ」

「わかった。あの男には、残りの仕事をきっちりやりとげてもろて、機嫌良う帰ってもらお。——けど、わしはあきらめへんで。あの男の才がどうしても欲しいのや」

「あはは……うちかてあきらめてないで。いつかは心を動かしてみせる。けど、今回は白旗や」

　さきはケラケラと笑った。しかし、善右衛門は笑わなかった。

「さき……大坂には星の数ほど男はおる。正直、うちほどの身代ならば、そのなかから選び放題や。おまえに釣り合う男はなんぼもおるやろ。せやけどな……あの雀丸ほどの才覚のあるものは、わしの目から見ても滅多におらん。こんな無理矢理な大名貸しはいつまでも続くはずがない。大名も商人も、徳川《とくがわ》家も……いずれ日本中がダメになる。おそらく新しい世のなかが来るにちがいない。そのとき鴻池が、新しい世になっても続いていくためには、あの男の才がいるのや。どうしてもな」

二

加似江は、ひとり暮らしを満喫していた。三度の食事は、鴻池家の一番番頭弥曽次が丁稚を引き連れて届けにくる。あんたは来んでもよろしい、丁稚さんだけで十分じゃ、と断っても、主に申し付けられておりますので、と律儀に休まずやってくる。

（一番番頭が日に三度も店を留守にするようなことでよいのかのう。もしかしたら日頃からたいした仕事を任されておらぬのかもしれぬ……）

そう勘繰りたくもなる。だが、彼が持ってくる弁当は豪華そのものであった。朝から茗荷《みょうが》とネギ、生姜《しょうが》、大根おろしをたっぷりかけた冷奴《ひややつこ》、里芋とかぼちゃの煮物、カツオ節と生姜をかけた焼きナス、キノコの炊き込みご飯……などが並べられ、どうしても一杯飲《や》らざるをえない。一杯が二杯となり、三杯となるのは避けられない。カブの味噌《みそ》汁《しる》、とうがんの亀甲《きっこう》煮《に》、松茸《まったけ》とハモの土瓶蒸し、カツオの刺身、鮭《さけ》の西京焼き、サワラの味噌漬け、タチウオの天ぷら、玉子の巻き焼き、ヒラメやカンパチの寿司《すし》……。いずれも一流の板前が選び抜いた最高の食材を使い、腕をふるって拵えた贅沢極まりない料理である。

（うっはは……極楽じゃ。盆と正月が一度に来たわえ）

近頃、質素な食事しかしていなかった加似江にとっては、夢のような日々であった。

（雀丸は当分帰ってこんでよい。いや、帰ってこられると困る。いっそのこと、鴻池の別宅に忍び込んであやつの作りかけの竹光をへし折ってこようか……）

そんなことを半ば真面目《まじめ》に考えている加似江であった。あまりのごちそう責めに、何日かしたら飽きてしまうのではないか、漬け物でお茶漬けが食いたくなるのではないか、と思ったりしたが、まるで飽きない。

しかも、金もふんだんにあった。弥曽次が、前渡し金として五両置いていったのだ。もっと渡してもよいのだが、ひとり暮らしで大金を持っていると物騒なのでこれだけにしておく、追加が欲しければいつでも言ってくれ……と行き届いた対応であった。

ちょうどその日の昼餉を食べ終えた加似江は、茶を飲んでいた。昼食の献立は素麺《そうめん》であった。素麺といってもありきたりのものではない。三輪《みわ》の五色素麺というやつで、しこしこと歯ごたえがある。薬味は、生姜、ネギ、梅肉、茗荷、わさび、焼き海苔《のり》などは言うに及ばず、鯛《たい》の焼きほぐし、焼きあなご、カマスの干物、カリカリに煎ったちりめんじゃこ、なめこ、椎茸《しいたけ》の含め煮、錦糸卵《きんしたまご》、炒《い》りゴマ、天かすなどがずらりと並んでいる。加似江はよく冷えた山盛りの素麺をつるつると食べ、酒を飲んだ。

「うーむ、食うた食うた。素麺というものは、案外、酒の肴《さかな》になるものじゃのう」

加似江は突き出た腹を撫でた。

「ごめんください」

今は雀丸がいないので暖簾を出していない。それなのに入ってくるとは……と加似江が入り口に顔を向けると、

「おお、園《その》殿か」

同心皐月親兵衛の娘で雀丸のネコトモ、園である。ちなみにネコトモとは猫友だちという意味だそうである。

「雀丸さんはおでかけですか?」

「あ、あやつはのう、今、鴻池善右衛門のところにおる」

「えっ……!」

園は丸顔をしかめた。善右衛門の娘さきは園にとっては「私がもともと雀丸さんの友だちだったのに、あとから知り合いになったくせにずうずうしく近寄ってくるやつ」……ひらたく言えば恋敵《こいがたき》なのである。

「鴻池家から竹光の大口の注文が入ってのう、それを片づけるためだそうじゃ」

「まあっ、ご隠居さまをほっぽりだして鴻池に詰めっきりとは、雀丸さんもひどうございます」

「いやいや、そんなことは……」

「さぞ、ご不自由なさっておられることと拝察します。——わかりました。雀丸さんが向こうにおられる間、私がご隠居さまの身のまわりのお世話をいたします。よろしいですね」

「わしはなにも不自由しとらんがな……」

「いえ、しておられます。私にお任せください」

そう言うと、園はあたりの拭き掃除をはじめた。

「掃除は、鴻池の丁稚衆がしてくれておるでな……」

「こどもの仕事では行き届きません。私が引き受けます」

加似江はため息をついたが、

「おお、そうじゃ。せっかくおまえさんが来てくれたのじゃから、なにか甘いもんでも買うてこよう」

「なにをおっしゃいます。そのようなお使いは私が……」

「いや、よいよい。せっかくおまえさんが遊びに来たのじゃ。わしが行ってこよう。毎日毎日朝から酒浸りでは身体《からだ》に悪い。しばらく待っておってくれ」

「あ……はい。わかりました。お気をつけて」

加似江は杖《つえ》を持ってひょこひょこと家を出た。ふところはずしりと重い。前金の五両があるからだ。

（ちと遠いが、久しぶりに玄徳堂《げんとくどう》にでも行くか……）

玄徳堂は津村南町《つむらみなみのまち》、すなわち北御堂《きたみどう》の裏手にある菓子屋である。先代は希世の名人だったというが、当代の主もかなりの腕だという。それゆえ菓子の値は高いが、その美味さも格別なのである。加似江は浮世小路を出ると、御霊筋《ごりょうすじ》を南へ向かった。連日、家に籠って飲んだり食べたりしてばかりだったので、こうしてたまに外出すると秋風がさわやかに感じられる。

（身体を動かして腹を減らせば、また飲み食いが美味く感じるわい。さて、今夜の献立はなにかのう。楽しみじゃ……）

歩きながら加似江がほくそえんだとき、

「痛っ！」

だれかが正面から思い切りぶつかってきた。加似江はかろうじて耐えたが、相手は地面にごろりと転んでしまった。加似江が手を差し伸べて引き起こしてやると、加似江と同じぐらいの歳の老婆だった。体格もよく肥えていてなんとなく似ている。縞柄《しまがら》の着物に薄い浴衣《ゆかた》を羽織り、手には杖と菅笠《すげがさ》を持っている。どうやら旅支度のようだ。

「これはとんだ失礼を……」

相手がすぐに頭を下げたので加似江も、

「いやいや、わしも不調法ですまなんだ。大事ないかや」

「へえ、怪我はしとりまへん。あんたはんはいかがでおます」

「わしも大丈夫のようじゃ」

「ほな、先を急ぎますさかい……」

老婆は早足で北のほうに歩み去った。加似江は、その姿が完全に見えなくなったことを確かめてから、ぷーっと噴き出した。

（なんじゃ、あの顔は……）

その老婆は、海老《えび》に似ていたのだ。髪形が海老が尻尾《しっぽ》を高く上げているところにそっくりだし、耳の横のほつれ毛も海老が脚を踏ん張っている様子に見える。

（なんとなく海老が食いとうなってきたわい。鬼殻《おにがら》焼きに茹で海老、刺身に天ぷら……ああ、口のなかによだれが溜《た》まってきたぞえ）

加似江が呑気《のんき》なことを考えながらなにげなく足もとを見やると、なにかが落ちていた。印籠である。三《み》つ鱗《うろこ》の紋が入っており、見事な造りのものだった。

（あの海老顔が落としていったのじゃな……）

そのまま放置しておこうか、とも思ったが、どう見ても値が張りそうである。だれかが猫ババしそうな気がして、

（面倒じゃが、あとで会所《かいしょ》に届けておくか）

加似江はその印籠を腰に下げ、ふたたび歩き出した。そのとき、事件は起こった。

◇

判子屋の看板の陰に、四人の男が押しくらまんじゅうをするように身体を寄せ合っている。浪人らしき侍がふたりと、町人がふたりの計四人だ。彼らの後ろには粗末な駕籠が一丁置いてある。隠れているつもりなのだろうが、場所が狭すぎて往来からは丸見えだ。今のところひと通りはない。

「西森《にしもり》先生、あのババアやろか」

町人のひとりが言った。頭に鉢巻きを巻き、下半身はふんどし、上半身は裸体に半纏を引っかけただけの、裸に近い姿だ。やけに背が高く、判子屋の軒に頭がぶつかりそうだ。

「うむ、間違いないな。やっと追いついたか」

「けど、西条家の蔵屋敷に行くのやったら向きが逆とちがいますか」

「そんなことはどうでもよい。国家老山根《やまね》殿からの書状にあった年格好、身なり、面相と同じだ。まずは、かなりの高齢であり、品の良い身なりをしており、腰に三つ鱗の印籠を下げている。見てみよ、又兵衛《またべえ》、あの印籠を……」

西森と呼ばれた侍がそう言った。顎によく目立つ刀傷があり、髭ぼうぼうの凶悪な人相である。

「ほんまや、三つ鱗や」

「一番の決め手は顔つきだ。わしらも元は西条家のものだが、殿の乳母《うば》の顔までは知らぬ。なれど、山根殿の書状には、ほれ、アレに似ていると書かれておった」

「アレってなんだす？」

「えーと、度忘れした。アレだ、アレ」

「アレではわかりまへんがな」

もうひとりの侍が苛立《いらだ》った口調で、

「書状はどこにあるのだ」

「言うたであろう、大塚《おおつか》。居酒屋で酒をこぼして字が滲《にじ》み、読めなくなったので捨ててしまった」

大塚と呼ばれた侍も、目つきが悪く、いわゆる悪党面《づら》というやつだ。

「ならば、思い出してもらわねば困る」

「そう言うな。今、思い出す。——えー……ほれほれ、海に棲《す》む、殻をかぶった、茹でると赤くなる……」

「ああ、蟹だすか」

もうひとりの町人が言った。鉢巻きに半纏、ふんどしという身なりは同じだが、背丈はやけに低い。

「それだ、それだ、五郎蔵《ごろぞう》！　書状には蟹と記されていた」

「なるほど、たしかに蟹そっくりや。あははは……」

「こらっ、声が大きい。気取られたらなんとする」

「あっ……こっちに来よりまっせ」

「よし、手筈《てはず》通り頼むぞ」

「あ、あ、せやけどわしらこんなことやったことないさかい……なんや気が重いなあ」

又兵衛と呼ばれたのっぽの町人が言った。

「せやなあ、あんな年寄りを力ずくで……気の毒な……」

「馬鹿を申せ。おまえたちにいくら払っておると思うておるのだ。さっさとやらぬか」

「わかってまんがな。そない急《せ》かさんでも……」

「来たぞ！　行けっ」

ふたりのむくつけき男が、加似江のまえに飛び出した。

「むむ……なんじゃ、おまえ方は」

ふたりは無言で、加似江に襲いかかった。元武家の加似江は薙刀《なぎなた》の心得がある。杖を構えると、又兵衛の肩をはっしと打った。

「痛っ！　なにすんねん、このクソババア！」

「それはこちらの台詞《せりふ》じゃ。貴様ら、物盗《ものと》りか」

言いながら加似江は杖をまっすぐ繰り出して、五郎蔵の鳩尾《みぞおち》を突いた。

「げえっ、このババア強いわ。先生方、たのんます」

ふたりの男は戦意を喪失したとみえ、後ろにいる侍たちを振り返ったが、彼らは顔を見合わせ、

「わしらは手を出せぬ。それゆえ、おまえたちを高額で雇うたのだ。おまえらでなんとかしろ」

「そ、そんな……」

「侍が往来で無暗《むやみ》に刀を抜くとお咎《とが》めを受ける。早《はよ》うこの婆《ばば》を捕えよ」

男たちはこわごわ加似江に向き直ったが、その隙を狙ってふたたび杖が宙を舞った。

「こいつめ、こいつめ！」

ふたりの男は横面をしたたかに痛打され、

「痛い痛いっ」

「もう、嫌や。——先生方、あんたら侍やねんからこういうときは助けとくなはれ」

「そうはいかんのだ。おまえらには高い金が……」

「もう返しますわ。こんな目に遭うやなんて割に合わん」

「そう申すな。あと一朱ずつやる。それでがんばれ」

「一朱は安いわ。二朱ずつにしとくなはれ」

「いや、一朱だ」

加似江はあきれて、

「おまえたち、用がないならわしはもう行くぞ」

「おい、逃げられるぞ。——わかった、二朱ずつにする」

「ほな、こうしまひょ。四人で四方から一斉にとびつきまんのや。それやったらなんぼこの婆が強うてもいてこませまっしゃろ。先生方も刀を抜かんですみますがな」

「よし、わかった。では、行くぞ。ひのふの……みっつ！」

四人に同時に襲われてはさすがの加似江もいかんともしがたかった。杖をめちゃくちゃに振り回して、何人かの頭に瘤《こぶ》を作ったが、とうとう捕まった。猿ぐつわをかまされ、後ろ手に縛られたうえ、駕籠に押し込められてしまった。

「急げ。ひとが来たらまずい」

侍に急き立てられ、ふたりの男は轅《ながえ》を肩に当てて駕籠を持ち上げた。しかし、どうも走り方がおかしい。駕籠の前方が妙に高く、後ろが低い。

「急げと言うておるだろう。なにをのろのろ走っておる」

後棒を担いでいる五郎蔵が、

「それがその……こいつがまえやと駕籠が斜めになりまんのや」

「馬鹿か、貴様ら。こんなのっぽを先棒にしたら斜めになるに決まっておろうが！」

「あ、そうか。相棒、代われ代われ」

後棒と先棒が入れ代わったが、今度はまえが低くなり、後ろが高くなった。

「あきまへんわ。やっぱり斜めになりよる」

ごちゃごちゃ言い合いながら西へ向かう。西横堀まで出ると、そこに小船がもやってあった。五郎蔵と又兵衛は加似江を駕籠から出すと船に乗せた。侍たちが土手から、

「あとは頼んだぞ」

「先生方はどちらへ？」

「残金は山根殿が大坂入りしたときに支払ってもらえることになっておる。それまで食いつなぐためには……働かねばならぬのだ」

「浮世はつらいのう」

ふたりはうなずき、船を動かしはじめた。

◇

（遅い……）

いつまで経っても加似江が帰ってこないので、園は心配になってきた。

（玄徳堂なら、もうとうに戻ってきてもよいはず。もしかしたらご隠居さまになにかあったのでは……）

いくら頑強といっても高齢である。立ちくらみがして倒れたのかもしれない。べか車にぶつかって怪我をしたのかもしれない。悪い想像がどんどん膨らみはじめ、園はいてもたってもいられなくなった。

（そうだ、探しにいこう）

行き先はわかっているのだ。園は竹光屋を出ると、御霊筋を早足で歩きはじめた。途中まで来たとき、ある判子屋の店先から怒鳴り声が聞こえてきた。

「嘘《うそ》つけ。お使いが遅れた言い訳にそんなでたらめを言うとは、とんでもないやっちゃ。今日は許さんで。旦さんに言うて折檻してもらいます」

「ちがいまんねん。お使いが遅れたのは焼き芋を買い食いしてたからやけど……」

「やっぱりそうか。今日はお仕置きを……」

「待っとくなはれ。最後まで聞いとくなはれ。お婆《ばあ》さんが連れ去られるのを見たのもほんまだすねん」

（お婆さん……？）

園は立ち止まり、聴き耳を立てた。どうやらこの店の番頭と丁稚が揉めているようだ。

「あんまり遅うなったんで、わては焼き芋を食べ食べ走ってましたんや。どういう言い訳をして番頭さんを騙《だま》そか、あ、いや、とにかくあれこれ考えながらお店の近くまで戻ってきたとき、ごろつきみたいなふたりと浪人みたいなお侍ふたりがお婆さんに猿ぐつわをはめて、手を縛り上げて、むりやり駕籠に押し込むところを見てしもたんだす」

園は思わず判子屋に入り、

「丁稚さん、その話ほんま？」

丁稚と番頭は驚いて園を見た。丁稚は、

「ほんまだす。わて、遅なったさかいお店に早う戻るべきか、お婆さんの行方を見届けるべきか迷いましたんやが、ここまで遅なったんや、毒を食らわば皿までと覚悟を決め、駕籠はいずこと行き先を……」

「芝居やないねん。真面目にしゃべりなはれ」

「駕籠は西横堀の土手を降りていったんで、わてが見え隠れに付いていくと、お婆さんはふたりのごろつきに船に乗せられて……」

園が、

「船はどちらに向かいましたか」

「南のほうだすけど、すぐに見えんようになりましたさかい、あとのことはわかりまへん」

番頭が、

「ふたりの侍も一緒に乗ったんか？」

「いえ、侍は土手を上がってどこかへ行ってしまいました」

「うーん……手がかりなしか」

「それがその……」

丁稚はもじもじしはじめたので、

「丁稚さん、なにか手がかりを見つけたんですね」

「見つけたちゅうかなんちゅうか……」

「お願いです。そのお婆さんを探さなければなりません。どんなことでもいいから教えてください」

「よし、わても男や。こうなったら言うてしまお。この印籠が落ちてましたんや」

そう言って丁稚はふところから印籠を取り出した。三つ鱗の紋がついた立派なものだ。

「アホ！　こんな値打ちのあるもん拾うたなら会所に届けなあかんやろ！」

番頭は丁稚の頭を拳骨《げんこつ》でゴチンと叩いた。

「すんまへん。値打ちがあるかどうかわからんかったけど、あんまりきれいなもんやったから……」

「質屋へでも持っていって小遣いにしようとでも思うたか」

「いえ、藪入りのときに家に持っていっておかんにあげよ、と思たんだす。でも、返しますわ」

丁稚は園にその印籠を手渡した。園は受け取ると番頭に向かって、

「これはそのお婆さんの行方を知る大事な手がかりかもしれません。私がお預かりしてもよろしいでしょうか」

番頭はじろりと園を見て、

「あんさん、お武家の娘さんのようだんなあ。疑うわけやおまへんけど、どこのどなたはんだすか」

「申し遅れました。私は、東町奉行所同心の娘で園と申します。おそらくその連れ去られたお年寄りとも見知りのものです。もし、信じていただけないなら今から会所か町奉行所にご同道いただいて……」

「い、いえ、それには及びまへん。あんさんを信用いたします。どうぞ持っていっとくなはれ」

「ありがとうございます。恩に着ます」

園は印籠を懐中にするとその場を離れた。

◇

飲みにいくのは居酒屋で
鑿《のみ》が巧みは左甚五郎《ひだりじんごろう》
蚤《のみ》に噛《か》まれる安宿屋

呑み込み顔は女郎屋の若い衆
野見宿禰《のみのすくね》は相撲の元祖

女もののひらひらした着物を着て、横笛を吹きながら同時に歌い、手足を人形のようにカクカクと動かしながらひとりの男がやってきた。緑の烏帽子《えぼし》に金色の羽織、金色の足袋《たび》をはき、ひょうきんな手つきで踊りながら歩いている。こどもたちが後ろからついてくる。着物の裾には鉄の板や鉦《かね》、鈴……といった鳴り物が多数仕込んであり、がちゃがちゃ、がんがらがっちゃ、がっちゃがっちゃ……とうるさいことこのうえない。

ほんまだっか、そうだっか
あんたの言うことそうだっか
嘘です嘘です真っ赤な嘘です
嘘は楽しやおもしろや
嘘はうれしやはずかしや
嘘つきゃ幸せ、嘘つきゃご機嫌
嘘つきの頭《こうべ》に神宿る
この世のなかに

ほんまのことなんかおまへんで
ほんまだっか、そうだっか
ほんまだっか、そうだっか

新町《しんまち》名物の嘘つき「しゃべりの夢八《ゆめはち》」である。嘘つきというのは、軽口や頓智《とんち》、噺家《はなしか》などと同様、口からでまかせのおしゃべりで一座を取り持つ仕事である。遊郭を流して歩き、所望されると座敷に上がってぺらぺらぺらぺらとしゃべりまくる。幇間《ほうかん》などに比べると、踊りを踊ったり、お追従《ついしょう》を言ったりすることは少なく、ただただ嘘八百を思いつくまましゃべることで客をもてなすのだ。ただ、夢八は「礫《つぶて》の夢八」と異名を取るほど石礫の名手でもあり、七法出《しちほうで》という変装術にも長《た》けているところから、公儀の隠密ではないか、などと噂するものもいた。

しかし、夢八はそんな噂は一向気にしてはいないらしく、今日もおのれの喧伝《けんでん》のためにあちこちを歌い歩いている。異国の言葉で「コマアサル」というのだそうだが、これも彼一流の「嘘」なのかもしれない。

（おや……？）

夢八は、路傍に座り込んでいる老婆を見つけた。脂汗を流し、うんうん唸っている。顔立ちは海老によく似ていた。

「おばん、どないしたんや」

夢八が近づいて声をかけると、

「すまんな、若い衆。さいぜんひととぶつかって、こけてしもたんや。そのときはなんともなかったんやが、ここまで歩いてきたら急に打ったとこが痛み出して、しまいには歩けんようになってきた。あ痛たたたた……」

「そらいかんな。——よっしゃ、わたいが医者に連れていったるわ。腕のええ知り合いの医者がおるんや」

「医者に行きとうても立ち上がることもできんのや」

「わたいが負うていくさかい、背中に乗り」

「おお、親切な若い衆や。それやったら甘えさせてもらうわ」

夢八は老婆を背負ったが、

「おばん、えらい重いな」

「ははは、すまんな、ふたりを背負うとるつもりで頼む」

「三人ぐらい背負うとる気分やで」

文句を言いながらも夢八はしっかりした足取りで歩き出した。

「ほう、若い衆、足腰が強いなあ」

「毎日ほっつき歩くのがわたいの稼業やさかいな。——おばんは旅支度しとるけど、どこから来てどこへ行くのや」

「わしは河内の狭山《さやま》のもんでのう、西条さまの蔵屋敷に行く途中や」

「蔵屋敷になにしに行くのや」

「ははは……ちょいとした野暮用だすわ。——痛っ、痛っ、痛い痛い……」

痛みがぶり返したらしく、それきり老婆は口をつぐんでしまった。

夢八は立売堀《いたちぼり》まで行くと、蘭方医である烏瓜諒太郎《からすうりりようたろう》の長屋のまえで老婆を背中からおろした。ここは夢八の借家とは目と鼻の先で、つまり近所同士なのだ。

「先生いてはりまっかー。烏瓜先生ーっ」

「おるぞ。その声は夢八だな。入ってこい」

長崎で西洋医学を学んだという諒太郎は、顎が下駄《げた》のように角張っており、眉宇《びう》が張り出し、鼻梁《びりよう》が高く、天狗《てんぐ》のような顔である。なかなかの貫禄だが、もとは蔵奉行の手代で、雀丸とも交友があった。その勤めを妹の病を治すために辞め、長崎へ旅立ったのだ。雀丸のことを「マル」と呼び捨てにするのは大坂広しといえども諒太郎だけだ。

「病人連れてきましたんや」

「ほう、飯の種か」

夢八が本の山のあいだに老婆を運び込むと、諒太郎は老婆の足をていねいに診察した。両脚ともに脛《すね》が青く腫れ上がっている。触ると、

「ひええええっ、痛い！」

「骨は折れたりひびが入ったりしてはおらぬようだな。ひどい打ち身だろう。これでは歩くのは当分無理だな」

　四角い布に薬を匙《さじ》で塗りつけ、それを老婆の足に貼ると、そこを晒《さらし》で巻いて軽く縛った。

「この薬を処方するゆえ、紙か布に塗ってな、痛いところに貼っておけ。一日に三度取り替えろ。まあ、十日も安静にしておれば治るだろう」

「おお……もうさっそく痛みがましになりましたわい。ありがとうございます、先生」

　老婆は諒太郎を伏し拝むようにすると、

「あの、お代はいくらやろ。あいにくとほとんど持ち合わせはないのやが……」

　夢八が、

「今から旅に出るゆうのに路銀を持ってないわけないがな」

「路用の金やら道中にいるものやらは、西条家の蔵屋敷に行けばそこで全部支度してくれとる。わしは身ひとつで来てくれたらええ、と言われてましたのや」

　諒太郎は笑って、

「かまわぬかまわぬ。また、金ができたときに持ってきてくれればそれでよい。ただ、その足で旅に出るというのは無茶だ。十日ほど先延ばしはできぬのか」

老婆はかぶりを振ると、

「駕籠を雇うてもろうて、なんとかしのぎます」

「駕籠に乗るもなにも、ここから蔵屋敷まで歩くこともできまいに。——せめて三日ほどここで横になっておれ」

「いや、そういうわけには……」

老婆は立ち上がろうとして、

「あぁーっ！」

と叫んだ。夢八が、

「おばん、どないした。また痛《いと》うなったんか」

「い、い、印籠がない……」

「印籠？　どんな印籠や」

「三つ鱗のご紋がついてますのや」

「気付け薬でも入れとったんか？」

「いや、その……もっと大事なもんや」

老婆は見る影もなくしょげてしまった。

「ご用人さまからの手紙に、あの印籠だけはかならず持ってくるように、と書いてあった。あれがないと……えらいことになる」

「どこで落としたか、心当たりはあるんか？」

「たぶん、あのお婆さんとぶつかってこけたときやと思う。御霊筋の北御堂の北側あたりやった。それまでは持ってましたわ」

「しゃあないな。今から探しには行ったるけど、無駄足やろな。たぶんだれかに拾われてるやろ。運が良ければ会所に届けてくれるけど、猫ババを決め込むようなやつに拾われてたらあきらめなはれ」

「あああ……どないしょ！」

老婆はおんおん泣き出した。

「なあ、おばん……なにか事情があるみたいやけど、よかったらわたいらに話してみたらどや。もしかしたら力になれるかもしれんで」

諒太郎も、

「そうだな。乗りかかった船だ」

老婆はしばらく考えていたが、

「わしひとりではどうにもならんことや。あんさんらはええひとらしいから、思い切ってお話しします」

老婆が話し出したのはつぎのようなことであった。

◇

老婆の名は、桜井《さくらい》とめ。栗東城下の商人の家に生まれたが、縁あって城に奉公に上がった。現在の西条家当主西条氏昭が生まれたとき、乳母に選ばれ、幼かった氏昭を養育した。氏昭はとめになついており、とめが河内の狭山の農家に嫁入りするために宿下がりを願い出ると、十五歳だった氏昭はあたりはばからず泣いて引き止めたという。周囲のもののいさめでようよう納得した氏昭は、みずからの印籠をとめに遣わした……。

「それが、三つ鱗の印籠やな」

「そうだす」

「けど、ただの印籠やったらなんぼでも替わりがあるわな」

「じつはそのなかに、お殿さまの書き付けが入ってますのや」

その書き付けは、今後いついかなるときでも、とめの言いつけには従うものとする、という内容だそうで、氏昭の花押《かおう》が入っているという。幼いころから、まわりがいくら言っても従わないぐらい癇《かん》の強いこどもだった氏昭だが、とめが叱ると嘘のように聞き分けよく従ったらしい。別れに際して氏昭は、小さいころを懐古し、また、とめへの感謝のつもりでそういうことを書いたのだと思われる。

「ひゃあ、そらえらいこっちゃ。おばんがその書き付け見せて、『あんた、殿さま辞め

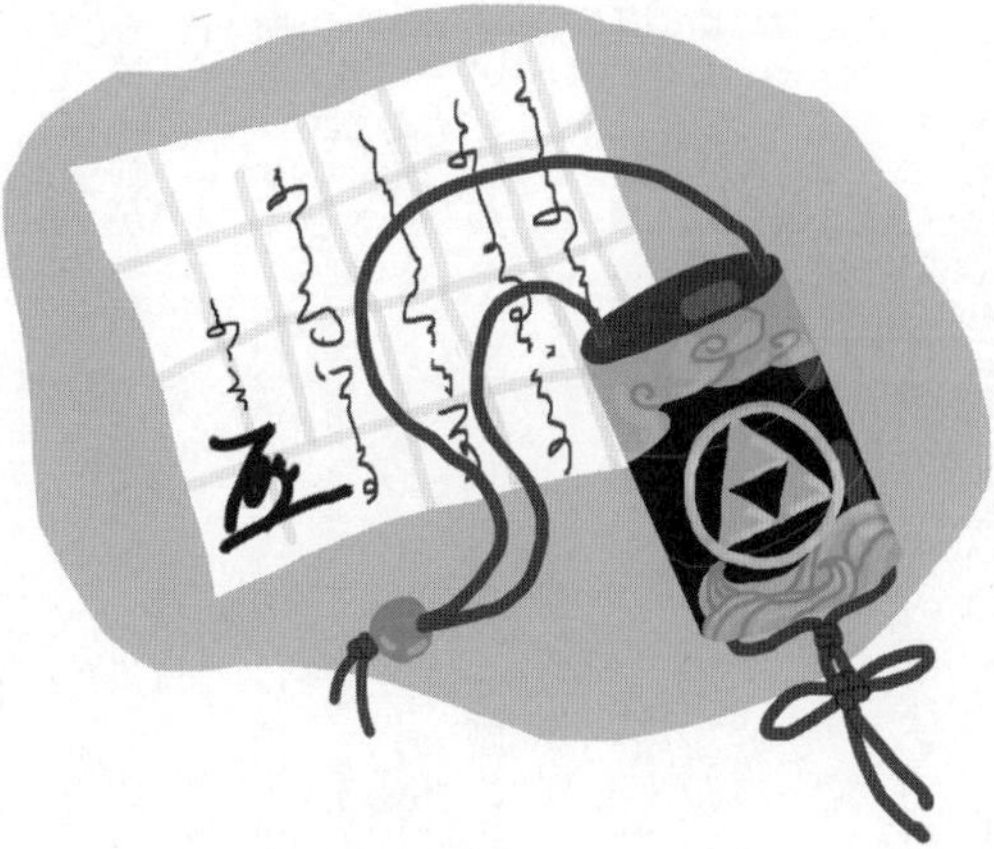

なはれ』言うたら、言うこときかなあかん」

「まさかそんなつもりはおまへんけどな、まあ、わしはお殿さまのお心がありがとうて、大事に大事にしまってましたのや」

ところが、西条家でお家騒動が勃発した。当主になった氏昭は病弱で、飢饉などもあって財政は苦しく、大名貸しによる借金がかさんでいた。跡継ぎである長男氏輝は浪費癖がはなはだしく、茶屋遊びなどで金銭を湯水のように使いまくる。しかも、国家老の山根新蔵《しんぞう》という男が若君を焚《た》きつけ、一緒になって放蕩《ほうとう》をするうえ、陰では私腹を肥やしている。そのせいで借りた金を返済するどころか、国の借財はますます膨らんでいるという。国家老はそれをいさめた家臣を追放したり、閑職に追いやったりしている。

そのしわ寄せは民に及び、ここ数年の年貢の苛酷《かこく》な取り立てで百姓たちは疲弊し、城下の町人たちは諸式高直《しょしきこうじき》で大迷惑しているという。しかし、病床の氏昭公は嫡男の氏輝君を溺愛しており、家臣たちが詰め腹覚悟で若君と山根新蔵の乱脈ぶりを言上しても、

「氏輝はまだ若い。そのうち目が覚めよう」

と言うだけだという。

このままでは西条家の将来はない。氏昭公の奥方お蓮《れん》の方は城代家老九十九左内《つくもさない》と計り、ひそかに次男の亀千代《かめちよ》君を擁立する企てを起こした。亀千代はまだ十二歳ではあるが、氏輝君はご乱心ということで公儀には若隠居の願いを出し、次男に跡を継がせるし

かないと考えたのだ。そのためには、当主氏昭公を説得する必要があるが、山根新蔵一味の妨害もあるうえ、氏昭公も、

「そちらの申すことはわからぬでもないが、氏輝がかわいそうではないか。あれが真人間になるまで待ってやってはどうか」

などと言ってなかなかうまく運ばぬ。長く病床にあるので、領内の様子を知らないのだ。

そこでお蓮の方と九十九左内は最後の手段として、氏昭公若年の折に乳母を務めていたとめを呼び寄せることにしたのだ。氏昭公はいまだにときおり、

「母上よりも厳しく、また優しいお方であった」

などと、とめとの思い出を口にすることがあるという。別離に際して氏昭公が手ずから与えた書き付けとともに、とめが真摯《しんし》にいさめれば氏昭公も考えを改めるのでは、というのがお蓮の方と城代家老の思惑なのだ。ただし、氏昭公もとめと別れてから五十年以上が経っているわけだから、今のとめと会ってもそれと気づかぬかもしれない。そこで、例の書き付けが重要になってくるのだ……。

「ははあ、ようわかりました。おばんはその書き付けの入った印籠を持って西条家の蔵屋敷まで行けば、そこで城代家老の一派がなにもかもだんどりして待っとる。一緒に国《くに》表《おもて》へ向かおうという手筈になってたわけや」

「そうだす。けど……あの書き付けがなかったら……」

夢八はしばらく考えていたが、

「ことがことだけに、これはまず横町奉行に持ち込むほうがよろしかろう、と思いますのやがどないだす？」

烏瓜諒太郎も、

「それがよかろう。おまえさまを狭山からひとりで出てこさせたのもうかつだったと思う。今から会所に行き、それから皆で印籠を探そうではないか」

とめは何度も頭を下げ、

「ありがたや……なんとお礼を言うてええか……」

「国家老一派にしてみれば、おまえさまが蔵屋敷に入るまえになんとかしたいと思うのが道理だ。気をつけなければいかんぞ。かどわかされたとしてもおかしくはないのだ」

「へえ……気ぃつけます」

老婆は頭を垂れた。

◇

とめは足が痛んでとても歩けぬようなので、夢八と諒太郎は何カ所かの会所を訪れ、番人に印籠の落としものはないかたずねたが、どこにも届いてはいなかった。

「やはり無駄足だったか」

諒太郎が言うと、夢八は、

「だれぞが拾うたんだすやろか」

「だとしたら、古道具屋、質屋なんぞを回るしかないな。あとはその老婆とぶつかったというあたりの商家などに聞いてみる手だ」

「うむ……そうしまひょ」

「マルに言うたほうがよいのではないかな」

「それが……何遍か浮世小路を訪ねましたのやが、雀丸さんはおろか加似江のご隠居もいてまへんのや」

「ふたりして湯治にでも行ったのか。なんにせよ、肝心なときに役に立たぬやつだ」

諒太郎は吐き捨てた。

「まあ、あの年寄りは歩けるようになるまで俺が預かる。なんとか歩行ができるようになったら蔵屋敷まで送り届けてやろう」

「そうだすか。えらいやっかいごとを持ち込んでしもて、すんまへんなあ」

「暇だから構わぬ。おまえはどうする」

「それが……明日からしばらく留守にしますのや」

「旅か」

「へえ」

諒太郎はそれ以上たずねなかった。夢八がただの「嘘つき」ではないことをうすうす勘付いているからだろう。

「道中無事でな」

◇

「えええええっ！」

一番番頭の弥曽次は、園の話を聞いて大声を上げた。

「え、え、えらいこっちゃがな。ご隠居さんがかどわかされたやなんて……」

弥曽次は夕食を運んできたのだが、加似江の姿がないので不審に思っていたところへ、園が血相変えて入ってきたのだ。園は、竹光屋の戸締まりをして、その足で町奉行所に向かい、父親である同心皐月親兵衛にかどわかしの件を知らせるつもりだった。

「間違いありません。判子屋の丁稚さんの話では、ごろつきふたりと浪人風の侍ふたりにむりやり駕籠に乗せられ、西横堀から船でどこかへ運ばれたそうです。これがその場に落ちていた印籠です」

「あああ……どないしょ」

弥曽次は頭を抱えてその場にしゃがみこんだ。

「手前のせいだす。手前が悪いんだす。なんとか探し出さんと……」

「とにかく私はこの印籠を持って町奉行所に参ります。番頭さんは雀丸さんに一刻も早くこのことを……」

「ままま待っとくなはれ！」

弥曽次は、園のまえに両手を横に広げて立ちはだかった。

「もし、このことがうちの主に知れたら、手前は店をクビになります。来年の別家《べっけ》の話もわやになります。路頭に迷います。お願いやから旦那には内緒にしとくなはれ」

「ひとの命と暖簾分けとどちらが大事なんです」

「虫のええ話やとはわかっとります。けど、鴻池に丁稚奉公にあがってから三十年……別家のために身を粉にして働いてきましたのや。なにとぞ……なにとぞ主には内緒に……」

「善右衛門さんは、誠心誠意謝ったら許してくださるのではないですか？」

「無理だす。此度《こたび》のことは、雀丸先生をうちの別宅に逗留《とうりゅう》させるかわりにご隠居さまをしっかりお預かりする、ということでお引き受けいただきましたのや。それが、こともあろうにかどわかしやなんて……手前のせいで主の面目は丸つぶれになってしもた。どんなことがあっても許してもらえんと思います」

「でも、命まで取られることはないでしょう。ご隠居さまは命が危ないのです」

「店をクビになった商人は、死んだのも同然だす」

「私の父は東町奉行所の同心です。公にせず、ご隠居さまの行方を探してもらうこともできると思います」

弥曽次は土間に両手を突いて土下座し、頭を土にこすりつけた。

「これこのとおりでおます。手前の一生の願い、聞き届けとくなはれ。お父上にお知らせするのは仕方ないとしても、雀丸先生とうちの主には言わんといてください」

「雀丸さんに言わないと、私があとで叱られます」

「雀丸先生がこのことを知ったら、別宅を出てここへ戻ってこようとなさるでしょう。そうなったらなにもかもバレてしまいます」

「勝手なことを……」

園がため息をついたとき、

「ご隠居、いてはるかいな」

入ってきたのは地雷屋蟇五郎だった。蟇五郎は、鴻池の一番番頭が園のまえに土下座している光景を見て、

「なにをしとるのや？」

「地雷屋さんこそどうしたのです」

園が言うと、

「わしは、加似江のご隠居がひとりで寂しい思いをしとるのやないかと思てな、話し相手に来てみたのや。ご隠居はどこ行った？」

　園は、雀丸が泊まり込みの仕事をしているため、加似江が現在ひとりであること、菓子を買いに出たまま帰ってこないので心配した園が様子を見にいくと、どうやらかどわかされたらしいこと、雀丸に知らせたいが一番番頭がどうしても許してくれないこと……などを説明した。

「なんと……！」

　蟇五郎の顔が曇った。

「それは……わしも責めを負わねばならぬなあ」

「どうしてですか」

「ははは……それはまあ、いつか話すわ。それにしてもえらいことやが、商人として番頭の気持ちもわからぬではない。——よし、わしとこには丁稚や手代が百五十人、出入りしとるもんが二百人はおる。そいつらに手分けして探させるわ」

「お気持ちはありがたいですが、そんなことをしたら、地雷屋さんの商いがとどこおってしまいます」

「なんの。商いはしばらく休む」

「えっ！」

「横町奉行に力を貸すのが『三すくみ』の務めやないか。商い休むぐらいあったりまえのことや。気にするほどのことやないわい。鬼御前と大尊和尚のところへもわしとこから知らせとく。もし、探索に金がいるようなら、わしがなんぼでも出すから気がねせんと使いまくってくれ」

園は、妙に力を入れる蟇五郎の態度を怪しく思ったが、今はそれどころではない。

「わかりました。では、私は父のところへ参ります」

そう言うと出ていった。

「ほな、申し訳おまへんが、手前もお店へ戻らせてもらいます」

番頭がそう言うと蟇五郎は、

「なんのためのかどわかしかはまだわからんが、金目当てやとすると、そのうちここに投げ文かなにかが届くはずや。あんたとこの丁稚をひとり、ここに残しといてくれんかな」

「お安いご用でおます」

番頭は表に待たせてあった丁稚のひとりを手招きし、

「長吉《ちょうきち》、おまえ、ここに残ってな、なにかが届けられたり、投げ込まれたりしたらすぐに店に知らせにこい。今晩は泊まれ。明日になったらだれかと交代させたる」

丁稚は口をとんがらせて、

「アホなことを！　なんでそんなことせなあきまへんねん」

「なんでもええ。おまえらが知らんでもええことや。丁稚は黙って番頭の言うことを聞いてたらええのや」

「せやかて……ご飯はどないなりまんねん。ご飯、ご飯、ご飯！」

「こちらのご隠居のために作ってきたこのお膳を食べたらよろし」

「えーっ、こんなごちそう食べれるんやったらわて毎日ここで番してまっさ」

丁稚はすぐに重箱を開け、ほかの丁稚たちのうらやましそうな視線を浴びた。

◇

「なにゆえわしが、あの竹光屋の祖母を探さねばならぬのだ」

三つ鱗の印籠を見せられた皐月親兵衛は顔をしかめた。

「かどわかされたものを探すのは町奉行所の務めではありませぬか」

園が言うと、

「おまえはそう申すが、加似江というのはあの居丈高なババアであろう」

「はい、あ、いえ、優しいお方です。でも相手がだれであろうと、かどわかしはかどわかしでしょう。お探しくださいませ」

「わしは今、忙しいのだ。『外国船打ち払い』のために金を出せ、とあちこちの商家をゆすりにくる浪人がいる。その探索に当たっておる。そのような案件に関わっている暇はない」

「ではありましょうが……」

「そもそも、かどわかした連中は、身代金を求めてきたのか、それともほかに狙いがあるのか？」

「いえ……まだ、そこまではわかりません」

「雀丸に恨みを持つものかもしれぬし、あのババア当人を害しようとするものかもしれぬ。そういうことを確かめぬうちは下手に動くとかえって藪蛇になる。かかるときは落ち着いて、向こうの出方を待つのも大事なのだ」

なるほど、と園は思った。皐月親兵衛は印籠をひねくり回し、

「手がかりはこれだけか。――まあ、忙しくはあるが、この浪花《なにわ》の地でかどわかしなどが横行しては町奉行所の沽券《こけん》にかかわる。手下《てか》に命じて調べさせよう」

「ありがとうございます」

「言うておくが、おまえや雀丸のためではないぞ」

「わかっております、父上」

「この印籠はわしが預かっておく」

「よろしくお願いいたします」

園はぺこりと頭を下げた。

◇

蟇五郎は、宣言どおり店を閉ざし、丁稚、手代、出入りの手伝いたちを総動員して加似江を探させることにした。ひとを走らせて、「三すくみ」のあとのふたりである鬼御前と大尊和尚にも協力を依頼した。鬼御前というのは、天王寺《てんのうじ》の口縄坂に一家を構える女侠客である。背中に鬼の刺青《いれずみ》を入れているところから、「口縄の鬼御前」と呼ばれている。また、大尊和尚は下寺町《したでらまち》の要久寺という禅寺の住持だが、さまざまなからくりを拵える技に長けている。蟇五郎と鬼御前、大尊和尚の三人は、平生はたいへん仲が悪く、なにかあったらすぐ喧嘩だが、こういうときはさすがに協力し合う。

皐月親兵衛も、園への言葉とは裏腹に、手下をできうるかぎり使って加似江の行方を調べさせた。しかし、なにもわからぬまま二日が過ぎた。かどわかした相手からの連絡もない。

「おかしいな……。かどわかしたままなんのつなぎも寄越さぬとは、これはただのかどわかしではないのかもしれぬな」

親兵衛は園にそう言った。

「ご隠居、どこに行ったんや。まるで雲のなかを探しとるみたいやな」

蟇五郎も店で弱音を吐いていた。

　それと同じころ、

「まずい！　こんなものが食えるか！」

　加似江が怒鳴りながら箸を投げつけると、ふたりのごろつきはびくっと身体をすくめた。

「そ、そう言うな、おばん。わしら、料理人やないねんさかい、そんな美味いもんはこさえられんわ」

　又兵衛が言った。

「やかましい！　飯はぐちゃぐちゃ、汁は辛すぎて、魚は黒焦げ……下手にもほどがあるぞ。まことならば今時分、鴻池の板前が腕によりをかけた馳走《ちそう》を腹いっぱい食べておるはず。それがなんの因果でかかるまずい料理を食わねばならぬのじゃ」

「あ、あのな、おばん、あんたはわしらにかどわかされとるのやで」

　五郎蔵が言った。

「それがどうした」

「どうしたもこうしたも……囚《とら》われの身なんやからもうちょっとおとなしゅうでけへんか」

「これでも十分おとなしゅうしとるつもりじゃ。わしが本気だしたらどうなるか思い知らせてやろうか」
「い、いや、それは遠慮するわ」
ふたりの男は同時に首を横に振った。
「で、おばん、そろそろ印籠がどこにあるか教えてえな。わしらがあんたを捕まえたと
き腰に下げてたやつや。あれがないと、わしらも大塚先生と西森先生も金をもらえんの
や」
又兵衛がそう言うと、
「あれは拾うたもんじゃ。わしとぶつかった老婆が落としたようなので、わしが預かっ
たのじゃが、今どこにあるかは知らぬ。おまえたちがわしに飛びかかってきて、駕籠へ
押し込めた拍子にどこぞに落としたのじゃろう」
「おばんがそう言うさかい、あのあたりに落ちてへんか探しにいったけど、そんなもん
どこにもなかったで」
「探しようが悪いのじゃろ。だれぞが拾うてしまったのかもしれぬ」
「かなんなあ……」
「おい、相棒。このおばん、ほんまに大塚先生と西森先生が言うとったおばんやろか」
五郎蔵が又兵衛に言った。
「なんでそう思うねん」

「なんとなく、お大名のお乳母さんやったようには見えん。こんな柄の悪いおばん、お城勤めできるやろか」

「それもそうやな……。けど、わしらはこのおばんがなにをしたのかまるで聞かされとらん。先生方からは『よう肥えた、三つ鱗の印籠を持った、蟹に似た顔の老婆が西条家の蔵屋敷に向かっている。そやつはかつて西条家の当主の乳母だったらしい。蔵屋敷に入られると万事休すゆえ、そのまえに捕まえてしまうのだ』と言われただけやからな」

「ちょっとした小遣い稼ぎのつもりが、えらいことになったなあ」

「その小遣いも、先生方が残りの金を持ってきてくれへんさかいだんだん乏しゅうなってきたで」

加似江はしびれを切らし、

「なにをごちゃごちゃ言うておる。——早う作り直せ」

「え……？」

「飯を作り直せと申しておる」

「そんなわがままなこと……。嫌やったら食べんでええのやで」

「なにい？」

「ぎゃあっ！」

加似江はいきなり五郎蔵の横面を張り飛ばした。

五郎蔵は横倒しになった。頰が真っ赤に腫れ上がっている。五郎蔵は涙を流しながら、

「なにさらすねん！」

又兵衛が加似江に飛びかかろうとしたが、加似江が拳を振り上げると後ずさりして、

「わ、わしはなにもせえへんで」

加似江はふたりに向かって、

「作り直すか直さんか、どっちじゃ」

「つ、つ、作るがな。作ったらええんやろ」

五郎蔵が言った。又兵衛が、

「けど、わしらの料理の腕、わかっとるやろ？　なんぼ作り直しても、上手《うま》くはいかんで」

「大事ない。わしが直々に指図する。言うとおりに作れ」

「そら助かるわ」

三人は台所へと入った。

加似江がふたりの男からこれまでに聞いた話では、彼らはもともと船頭だった。船頭というのは、自前の船を持っているものはほとんどおらず、親方に損料を払って船を一日借り、商いをするのだが、ふたりはその船をぶつけて沈めてしまった。親方から船代を払えとしつこく迫られたふたりは、博打《ばくち》で一発当ててその穴埋めをしようと目論《もくろ》んだ

が、当然のようにすってんてんになってしまった。そこで、賭場で知り合った浪人たちの話に乗ることにした、というのだ。

ふたりの浪人はもともと西条家に代々仕えていた家柄だったが、公費を使い込んで島原に居続けしたのがバレて、両家とも改易になってしまった。大津《おおつ》から京、大坂と流れ流れて、今ではすっかり食い詰めている。以前の縁で、国家老の山根から今度の仕事を頼まれたらしい。

「わしらのもらいは少ないさかい、あいつらがかなりピンはねしとるとは思うのやが、背に腹は代えられん。早う金払わんとお奉行所に訴える、と親方に言われてますのや」

「この家はどないしたんや」

「船頭しとるときにたまたま見つけたんや。川の中州の草むらに入り口があってな、そこから入るのや。たぶん、昔の盗人《ぬすっと》一味が隠れ家にしとったんとちがうかと思うけど、長いことほったらかしになってたらしゅうて、埃《ほこり》だらけ、カビだらけやったのをわしらふたりできれいにしてな……」

五郎蔵が言うと又兵衛が、

「おい、あんまりしゃべらんほうがええんとちがうか」

「かまへんやろ。どうせ船がないと出ていけん」

ここがどこであるか加似江にはおおよその見当がついていた。西横堀から船に乗ったとき目隠しをされたが、乗船していた時間から考えてさほど遠くまでは行っていないはずだ。船が一度、西へ曲がった気配があったから、長堀《ながほり》の四ツ橋を挟んで西側か、もしくは堀江《ほりえ》のあたりではないか。陸に上がってしばらく歩かされ、目隠しを取られるとここにいた。どこにも窓がなく、つねに明かりを灯《とも》していなくてはならない。部屋は寝所と小さな台所、それに厠《かわや》だけだ。加似江が逃げないでいるのは、この場所が川の底だと気づいたからだ。四方からいつも水音が聞こえているし、天井からぽたぽたと水が垂れている。

（このふたりが相手ならば逃げられぬことはないが、わしは泳ぎを知らぬし船も漕《こ》げぬ。下手に外に出て溺れてもつまらぬからのう……）

　だからこそ三度の飯は美味くあってほしいのだ。

「まずは米の研ぎ方からじゃ。ちがう、それでは米が割れてしまう。もっと柔らかく……そうじゃそうじゃ。何度か水を換えて、うむ、最後に水加減をな……馬鹿者！　なにをやっておる！　水の量が多すぎる。なにを目安に水を入れておるのじゃ」

　又兵衛が、

「目安て、その……なんとなくこのぐらいかいな、と……」

「アホめが！　それではべちゃべちゃになる道理じゃ。手を入れて手首のあたりまで……そうじゃ」

「へー、はじめて知った」

「つぎは炊き方じゃが、『はじめちょろちょろなかぱっぱ、じわじわ時に火を引いて、赤子泣いてもふた取るな』というのを存知おるか」

「なんやそれ。油虫のまじないか?」

「なにも知らぬやつらじゃのう……」

加似江はていねいに火加減について教えた。

「うーん、なるほど。ようわかったわ」

「ならばよし。今度は味噌汁の作り方じゃ。はじめに出汁《だし》を取る。やってみせよ」

五郎蔵が、

「え……そう言われるとやりにくいな。鍋に水を張って……。合《お》うてるか?」

「ふむ」

「イリコを出してきて……合うてるか?」

「ふむ」

「イリコをぶわっ……と投げ入れる。——合うてるか?」

「いちいちわしを見るな。堂々とやれ」

「そう言われても……。ここに味噌をどかっと放り込む」

「馬鹿もの!」

「すんまへん！」

五郎蔵は頭を抱えた。

「味噌は出汁が煮えてから、最後に入れるのじゃ」

こうして飯の炊き方、味噌汁の作り方、魚の焼き方、煮物の作り方、漬け物の漬け方……などひととおりを教え込んだ。

「ふむ……なかなか上手くできておる。よい腕になったではないか」

ふたりは頭を掻いて、

「ご隠居の教え方が上手いんや」

三人は炊き立ての飯を飽食した。

「こうなると酒が飲みとうなってくるわい。酒はないのか」

「無茶言うな。そんな銭がないがな」

加似江は無言で一分銀を放り出した。

「これで買うて参れ」

ふたり組は目を丸くして、

「こ、こんなんどこに隠してたのや」

「隠していたわけではない。わしは菓子をあがないに行く途中だったので、菓子代として懐中しておったのじゃ」

「よ、よし、買うてくるわ」

又兵衛が隠れ家を出ていった。そして、半刻（約一時間）も経たぬうちに薦被《こもかぶ》りを抱えて戻ってくると、それをでーん！　と部屋の真ん中に据えた。

「相棒、久しぶりに酒にありつけるで」

「ほんまや。ご隠居に礼言わなあかんなあ」

「肴に、鯛の造りと里芋の煮たやつ、それからスルメも買うてきた」

「一足飛びに豪華やなあ。飲も飲も」

「待て、まずはご隠居からや」

加似江が茶碗《ちゃわん》に注がれた酒を一息で飲み干すと、

「ひえーっ、ええ飲みっぷりやなあ」

「さあ、おまえらもどんどん飲め」

「いただきまっさ！」

こうして川の底で時ならぬ酒盛りがはじまった。

◇

「皐月でございます。なにかご用がおありとか……」

東町奉行所の与力溜まりで、皐月親兵衛は上司である与力八幡弓太郎《やはたゆみたろう》と対面していた。

八幡はまだ二十歳になったばかりで、皐月とは親子ほども歳が違う。しかも、ついこのまえまで遠国《おんごく》役与力だったので、定町廻りのように殺伐とした犯罪を扱う役目には慣れていない。

「おう、参ったか。近《ちこ》う寄れ」

「ははっ」

八幡は、読んでいた『物《もの》の怪《け》図巻』という本を下に置いた。色とりどりの刺繍《ししゅう》をほどこした羽織を着、袷《あわせ》も裏付け袴も驚くほど派手な色合いだ。そういう好みなのだろうが、与力のあいだでも浮いているようで、

「八幡を見ていると目が痛うなる」

と陰口を叩かれているのを皐月は耳にしたことがある。

「皐月、おまえ、手下に老婆を探させておるそうだな」

皐月親兵衛は、内心、しまったと思った。いつのまに耳に入ったのだろう。

「おまえには、異国船打ち払いのためと称して金をゆすりにくる浪人の探索を命じたはずだ。なにゆえわしの指図に従わぬ」

「滅相もありません。浪人の探索は抜かりなくやっております。そのほんのついでに老婆の行方を探しているだけで……」

「黙れ！　そもそもかどわかしかどうかすらわからぬ件に、公の手勢を使うとはなにご

とだ。今後はまかりならんぞ。浪人の召し捕りのみに力を注げ。よいな」

「ははっ」

「不逞《ふてい》浪人の所業については、大坂の商人からの苦情が多数寄せられ、お頭《かしら》も困っておられる。年寄りひとりいなくなったとしてもだれも気にせぬ。放っておけ」

皐月は頭を下げた。

◇

雀丸はため息をついた。持ってきた竹の一部がどうしても気に入らないのだ。

「取りに帰らせてほしい」

と一番番頭の弥曽次に申し出ると、

「それでは約束が違います」

「籠って仕事をするとは約束しましたが、この家から一歩も出ないとは言っておりません。良い材料がなければ良い竹光は作れません。すぐに戻ってきますから……」

「あきまへん。ダメです。そんなことをしていただいては、手前が主に叱られます」

「では、どうすればいいのですか」

「こうしまひょ。手前が竹光屋さんに参りまして、竹を取ってきまっさ」

「私でなくては、どの竹が適しているかわかりません。とにかく一度帰らせてください」

「ほな、あそこにある竹すべてをここに運ばせます」

「そんな……何百本もあるんですよ」

「任せとくなはれ。手前も鴻池の一番番頭だす。大坂中の荷車を全部買い占めてでもだんどりいたします」

「そんなたいそうなことをする意味がありません。五本ほどでいいのです」

「とにかくあきまへん」

「善右衛門さんには見つからないよう、こそっと行ってこそっと帰ってきますから……。祖母の様子も気になるのです」

「ご隠居さまはひとりでもお元気でお暮らしになってはりますし、毎日三度、手前が食事を運びがてら話し相手になってますさかいご案じなさることはおまへん」

「でも……」

「あきまへん、あきまへん、あーきーまーへん！」

雀丸は、ここまで頑《かたく》なに彼の外出を拒否する番頭の態度に、

（おかしいな……）

と思った。

昼食のとき、いつも給仕をしてくれている女子衆に雀丸は言った。

「ちょっと用があるので、すみませんがさきさんを呼んできていただけませんか」

さきはすぐにやってきた。目を輝かせている。

「雀さん！　うちを呼ぶやなんてどういう風の吹き回しなん？　どこか遊びに行く？　そや、美味しい甘味屋が……」

「いえ、そうじゃないんです。ほかのひとには内緒で、さきさんにお願いしたいことがあるんです」

「やるやる！　雀さんの頼みやったらひと肌でもふた肌でも脱ぐから、なんでも言うてや。たとえ火のなかでも水のなかでも……」

「もっと楽なことです。じつは、竹を取りにちょっとだけ家に帰りたいのですが、一番番頭さんがどうしても許してくれないのです」

「弥曽次が？　なんでやろ。それぐらいかまへんと思うけど……」

「善右衛門さんに知れたら叱られるからだと言うんですが……」

「うちのおとんは、そんなことで叱ったりせえへんと思う。だいたい雀さんが竹を取ってきたいのやったら、うちがおとんにきいてきたろか？」

「いえ、それだと弥曽次さんを飛び越えて話を進めることになってしまいます。でも……どうも変なんです。さきさん、お手数ですが私の代わりに竹光屋へ行って、様子を見てきてくれませんか」

「わかりました。ほな、すぐに行ってきます」

さきが出ていったので、雀丸は竹削りに戻ったが、
（なんだか胸騒ぎがする。気のせいだろうか……）
ぬるい茶を飲んだが、心は静まらなかった。

◇

かぼちゃ、かぼちゃとたくさんそうに
あんまり粗末に言わすんな
ひとは見かけによらぬもの
ナスや加茂《かも》ウリ、大根は
見かけきれいで水くさい
それで女が嫌います
太平楽じゃなけれども
見かけはこんなかぼちゃでも
女が好くには困ります

川底からとっちりとん、とっちりとん……と派手な音が聞こえてくる。加似江とふたりの男が酒を飲んでべろんべろんに酔っ払い、手拍子をしたり、箸で茶碗を叩いたりし

ながら、歌ったり踊ったりしているのだ。

「ほら、もっと飲め！」

加似江は酒をふたりに突きつけている。

「おばん、もう飲めんわ。あんた、強いなあ」

「そんなこと言うとらんと飲まぬか」

「よっしゃ、わてはまだまだ行くで」

「それでこそ男や。飲め飲めっ」

「とっちりとん……とっちりとん」

「わても飲む。飲んでこましたるー」

「行けーっ、行けーっ！」

あたりにはスルメやら醤油《しょうゆ》やらが散乱している。そのうちに三人は折り重なって眠ってしまった。そして、一刻ほどが経ち、

「おい……おい、こら起きろ！」

「な、なんだす。ええ気持ちで寝てまんねん」

「うう……酒臭いのう。起きろと申すに！」

「うるさいなあ。寝かせとけや、ボケ！」

「なに？　武士に向かってボケとはなんだ」

「武士武士て、武士のなにがえらいんじゃい。チョンガレ節のほうがええぞ。ぐー……」

「おい、西森。ここに薦被りがある。これを飲んで酔っ払っておるのだろう。――お、なかなか良い酒だ」

「なにをしておる、大塚、飲んでおるときではないぞ。この三人の目を覚まさぬと……」

「よいから、おまえも飲んでみろ。美味いぞ。む、スルメもあるな。こいつをちょいとカンテキであぶって……」

「おまえだけずるいぞ。拙者にもよこせ。――むむ、ほんにいける酒だな。うむ、いける」

「こら、おのれだけ飲むな。こうなったら拙者も……」

「スルメを焼くか。剣先の上等だぞ」

「うむ、こんがり焼けたら醬油をつけて七味を振って……」

交互に飲んでいるうちに、ふたりの男は目を覚まし、

「あれ、いつのまに先生ら来てはりましたんや」

「さっきからおるわい。――印籠はどこだ」

「それがその……持ってまへんのや」

「そんな馬鹿なことがあるか。駕籠に押し込めるまえはぶら下げておったではないか」

「当人は、わしらが押し込んだときに落としたんとちがうか、と言うとります。けど、

あのあたりに行ってみましたんやが、なにも落ちてまへんでした」

「印籠がなければ残りの金がもらえぬではないか。——どこかに隠しておるのではなかろうな」

「よう調べましたさかい、それはないかと思います」

「ならばどこにあるというのだ。——おい、そのババアを起こせ」

「おばん……おばん、起きとくれ」

「なんじゃ……まだ飲むのか」

「そやないねん。先生方がききたいことがある、ちゅうねん」

「ふーむ、わしをかどわかしたのはおまえ方か。うちには金はないぞ」

「とぼけるな。おまえは西条氏昭公の乳母であろう」

「——はあ？　なにを言うておる。わしは元大坂弓矢奉行付き与力藤堂家のものじゃ。今は、せがれとともに武家を捨て、竹光屋を営んでおる」

「ふっふっふっ……ごまかそうとしてもそうはいかぬ。おまえはあの印籠を所持しておったし、顔が……ふふふふはは……顔がなによりの証拠だ」

「わけのわからんことを申すな。早う解き放て」

そう言うと、加似江はふたたびいびきをかいて寝てしまった。ごう……ごう……ごう……という地鳴りのようないびきが部屋を震わせる。

ふたりの浪人は五郎蔵と又兵衛に向き直り、

「西条家国家老山根新蔵殿の大坂入りの日がわかった。明後日だ。そのときに、このババアを連れて行くのだ」

「あのな、このおばんが言うには、菓子を買いに出たときにもうひとりのおばんとぶつかって、相手はひっくり返ったらしい。印籠を持っていたのはそのおばんやとか……」

「言い訳やごまかしは放っておけ。こやつに決まっておる」

「だが、大塚……印籠はどうする」

「なあに、山根殿には川に落ちてしまったとでも言うさ。あのなかにある書き付けがこの世からなくなれば、それでよいのだ」

「それもそうだな」

そのとき、のっそりと加似江が起き上がり、

「西条家国家老か。悪いのはそやつじゃな。おまえらはその山根とかいうやつに雇われた食い詰め浪人か。やめておいたほうがよいぞ。はした金と引き換えに獄門にかかるのは算盤《そろばん》が合うまい」

「ババア、拙者らが怖くないのか」

西森は刀の柄を加似江に向け、その鯉口《こいぐち》を切った。

「ふん、怖いわけあるまい」

「憎まれ口を叩くと斬ってしまうぞ」

「おう、斬れるものなら斬ってみよ。さあ、斬れ。斬るがよい。斬ってみよ。斬らぬか」

西森は引っ込みがつかなくなり、

「貴様をここで始末するのはたやすいが、山根さまが生きたまま連れてこいとの仰せゆえ、今は斬るまい。山根さまは貴様が乳母であることを確かめたいと仰せなのだ。そのあとどうなるかは拙者らの知ったことではない」

「わしは乳母ではないぞえ。竹光屋の隠居じゃ」

ふたりの侍は鼻で笑うと、男たちに向かって、

「明後日の明け六つに、このババアを道頓堀《どうとんぼり》の水茶屋『蛸重《たこしげ》』に連れてくるのだ。船が着けられるようになっておるゆえ、ひとに見られる気遣いはない。わかったな」

「へ、へえ……」

「よう見張っておれよ。――大塚、参るぞ」

「おう。――これでようやく大金が手に入る。貧乏暮らしともおさらばできるな」

ふたりの浪人は笑いながら去っていった。五郎蔵は、

「けっ、あいつらにひとを斬る根性なんかあるかいな」

加似江は笑って、

「根性もなにも……あれは竹光じゃ」

「えっ、ほんまかいな」

「わしのせがれは竹光屋ゆえ、わしにもそれぐらいはわかるぞえ」

「へーっ、それでおばんかどわかすのにわしらを雇うたのやな。――おばん、すまんな。明後日までここで辛抱してくれ」

加似江は、

「うむ、よいよい。ここまで来たらわしもその国家老とやらの顔が見とうなってきたわい」

そう言うと、

「酔いが醒《さ》めてしもうた。飲み直しじゃ」

「ほいきた！」

男たちは茶碗を手にした。

◇

「お帰りなさいませ。お勤めご苦労さまです。さぞお疲れでございましょう」

玄関先で園が迎えた。刀を預けながら親兵衛は言った。

「わしをねぎろうておるのではなく、あの隠居の件が知りたいのであろう」

「わかりますか？」

「わかるわい！　なれど……八幡さまにわしが隠居を探していることが知れてしもうてな、抱えている事件のほかには首を突っ込むな、と叱られてしもうた」

「まあ……。では、手を引くしかないのでしょうか」

「いや……」

親兵衛は自室へ入り、着替えをはじめた。園も付いていってそれを手伝った。

「八幡さまのお考えは間違うておる……ようにわしには思える。大商人からの文句が多数寄せられているから、浪人の件だけに注力せよ、と申されるのだ。かどわかしかどうかもわからぬ、とか、年寄りひとりいなくなってもだれも気にしない、とか……少し言い過ぎだな」

「そんなことをおっしゃったのですか」

「わしも、はいはい、とは聞いておいたが、定町廻りは大商人だけのためにあるわけではない。これで、公に手下を動かすことはできぬようになったが、わしひとりでも探索は続けるつもりだ」

「ありがとうございます」

「それにしてもおかしい。かどわかしなら、身代金やらなにやらを要求してくるのがあたりまえだが、いまだになにも言うてこぬところをみると……これはかどわかしではないのかもしれぬ」

「とおっしゃいますと……？」

「うむ。もっとひどいことをするために連れ去った、とも考えられる」

「ひどいこと……？」

「たとえば、恨みを晴らすため、とか、なにかを聞き出そうと拷問にかけている、とか……」

「まさか……」

「おまえも覚悟をしておけ。だいたい金が目的なら、貧乏な竹光屋の隠居を狙うのはおかしいのだ」

　親兵衛はそう言うと、簞笥《たんす》からあの印籠を取り出し、

「手がかりはこれだけだが、大坂に三つ鱗が家紋の家は山のようにある。それをいちいち調べて回ることはできぬ」

　そう言いながら印籠の蓋を開けた。なかは空である。それはまえにも確かめた。蓋をもとに戻し、ひねくっているうちに、

「おや……？」

　印籠の底が、少し左にずれた。その部分には継ぎ目も切れ目もなかったのだ。なおも押してみると、底が外れた。

「からくりか……」

細かく折り畳まれた紙が押し込めてあった。親兵衛はそれをつまみ出し、広げてみた。

「これは……」

そこに書かれた文面に目を走らせているうちに、親兵衛の顔色が変わってきた。

「なんの書状なのですか」

「これは……火種だ」

親兵衛はそう言った。

三

「鶴吉《つるきち》、なんであんたがここでお弁当食べてるんや！」

さきは大声を出した。驚いた丁稚の鶴吉は、里芋を喉に詰めて激しく咳《せ》き込んだ。

「それは、ここのご隠居さまが食べるためのご膳やないのか。それを盗み食いやなんて行儀悪いにもほどがあるで！」

鶴吉は涙目になって胸を叩いていたが、やっと里芋が喉を通ったらしく、

「危なかったあ。嬢《とう》やん、ひとがもの食べてるときにびっくりさせたらあきまへんで。死んでしまいます」

「なにを言うてるんや。盗み食いのこと、謝りなはれ」

「盗み食いとちがいます。一番番頭さんに、食べてええ、て言われたさかいに食べてまんねん」

「弥曽次がそんなこと言うわけあらへん。――ご隠居さまはどこや？」

「いてはりまへんで」

「なんで……？」

「さあ、わてもよう知りまへんけど、なんでも『蟹《かに》沸かし』に遭《お》うた、とか言うてはりました。せやから、わてら丁稚が代わりべんたんにここで泊まって、こないしてご膳いただいてまんねん。けっして盗み食いやおまへんさかい、そこのところをよろしゅう。

――ほな、残りのご膳いただきまっさ」

「ちょっと待ちなはれ。蟹沸かしてなんやの？」

「蟹沸かし、やなかったかいなあ。鴨《かも》沸かし、やったかなあ」

「え……それ、もしかしたら『かどわかし』とちがうのんか」

「ああ、それそれ！　さすが嬢やん、よう知ってはりまんなあ」

　さきは呆然《ぼうぜん》とした。

「ご隠居さまがかどわかされた、てえらいことやないの。なんで弥曽次はそのことを雀さんとお父ちゃんに言わへんのや」

「知りまへん。そういうことはわてら丁稚は知らんでええのや、て番頭さんは言うてはりました。ほな、残りのご膳を……」

そのとき、暖簾をくぐって入ってきたのは、地雷屋蟇五郎だった。さきは、

「地雷屋さん、どうしてここに……？」

「あんたは鴻池の……」

蟇五郎はさきと丁稚を交互に見て、だいたいのことを察したらしく、

「バレてしもたか。おまはんとこの一番番頭が、旦那に知れたらクビになる、言うて泣いて頼むさかい、内緒にしといたのやが……」

「そんな……内緒にしてええことと悪いことがおます。ひとの命がかかっているのに……」

「わしもお園ちゃんもそない言うたのやが、来年の別家もなにもつぶれてしまう、一生の頼みや、て言われたら、その気持ちもわからんでもないさかい……」

「だれがかどわかしたか、とか、どこにいる、とかは……」

「まだ皆目わからんのや。うちは商いを休んで、丁稚から手代から手伝いのもんから皆で探しとる。鬼御前や大尊和尚も手を貸してくれとる。けど……どこへ潜り込んだのやら」

「かどわかした相手からなんぞ言うてきた、とか……」

「それがないさかい、おかしいな、とは思とるのや」

「お上には届けましたんか」
「お園ちゃんが親に言うて、公にではないけど、同心の皐月さまが私《わたくし》に動いてはくれとる」
「嬢やん、どないしはりましたんや！　このおっさんに泣かされたんだっか。わてがや
　さきの両目からぼろぼろ涙がこぼれ落ちた。丁稚は驚いて、
っつけたりまひょか」
「そやないねん。あんたはちょっと黙っとき。——地雷屋さん……うち、情けない。ご
隠居さまがそんな目に遭うて、皆さんが助けようとして走り回ってるときに、なんにも
知らんと、雀さんを独り占めにしようとしてたやなんて……うちはアホや。大アホや」
「その件については、わしも悪いさかい一言もないけどな。——とにかくこうなったら
あの番頭がなにを言おうと、雀さんと鴻池はんに知らせなしゃあない」
「はい。うちが言います」
「頼むわ。せやけど、ご隠居をかどわかしたやつはなんでなんにも言うてこんのやろ」
　蟇五郎のその言葉を受けたように、
「どうやらこの事件は根が深いようだぞ」
　皆が声のするほうを見た。立っていたのは皐月親兵衛と園だった。
「ここの隠居は、ひと違いでかどわかされたのかもしれぬのだ。おそらくこの書状にあ

るとめという乳母と間違われたのではないかと推察する」

親兵衛がいつになくはきはきとした口調で言った。

◇

「なんという……なんということをしでかしてくれたのや、おまえは……」

鴻池善右衛門の声は震えていた。そのまえに土下座しているのは一番番頭の弥曽次だ。

「すんまへん、旦さん……別家の話がなくなるのが怖《こわ》あて怖あて……」

「アホんだら！　しっかりお守りします、という雀丸さんとわしとの約束を反故《ほご》にしよって。わしの面目、丸潰れやないか。けど、なんにでもしくじりはつきものや。それをなんとかおぎなっていくのが商人の道や。ご隠居がかどわかされたとき、おまえはわしと雀丸さんにすぐに知らせなあかんかった。それがおまえの最後の機やった。それを……わしらに隠して……」

「すんまへん、堪忍しとくなはれ。頭が真っ白になって、つい商人として一番大事なことを見失《みうしの》うてしまいました」

「そもそもおのれが土下座する相手がちがうやろ」

弥曽次は、困惑顔の雀丸に向き直り、

「へへーっ！」

と大仰にもう一度土下座した。しかし、善右衛門は弥曽次を手荒く突き飛ばすと、彼がいた場所にみずから這《は》いつくばり、頭を畳にこすり付けて、

「申し訳ない。わしが頼んだ仕事でこんなことになろうとは……この鴻池善右衛門一生の不覚や。すまなんだ」

さきもその隣で、

「雀さん、うちがなんもかんも悪いのや。うちさえしょうもないこと言い出さんかったら……」

顔をぐしゃぐしゃにして泣いている。善右衛門が、

「そうやな、さき。もう、このことは一旦ご破算にしよ。出直しや」

そのまた隣で、これは土下座こそしていないが、立ったまぶすっとした顔で腕組みをしていた蟇五郎が、

「わしもこんなことになるとは思わなんだのや。決して悪気があったわけやない」

雀丸の表情はさすがに暗かった。

「わかっています。皆さん、悪気はなかったということで私も納得しています。大事なのはこれからどうするか、ですが……」

善右衛門が、

「かどわかした相手がなにも言うてこんのでは手の出しようがない。地雷屋さんとその

知り合いの皆さん、それに町奉行所も人数を出しているのに知れんのでは……」

そう言うと、

「あいや、それについてわしにええ思案がおます」

蟇五郎が言った。雀丸が、

「蟇五郎さんは今回、悪巧みばっかりしているように思いますが……」

「いやいや、今度のはまことの妙案。しかも鴻池さんでないとでけんという趣向だす」

「ほう、どんなことや。もし、あのご隠居が救い出せるならなんでもさせてもらいます」

「どえらい金のかかることでおますけどな……わしらの知り合いに長谷川貞飯《はせがわさだめし》という浮世絵師がおる。その男に頼んで、同業の絵描きを揃えますのや」

雀丸は顔をあげて、

「ああ……なるほど！」

と手を叩いた。蟇五郎の策略を聞いて善右衛門は大きく合点して、

「それ、すぐにやらせてもらいます。地雷屋はん、おおきにありがとう」

◇

翌日、大坂の町なかに幟《のぼり》が立った。幟といっても、縦が二間《けん》、横が三間ほどもある大きなものだ。分厚く頑丈な布でできており、端に太い竹が結び付けられている。つまり

は旗である。その旗に墨痕淋漓《ぼっこんりんり》と描かれているのはなんと、巨大な加似江の顔である。蟹に似た加似江の大きな顔とともに、

「このものの所在知るものに金百両進呈いたし候《そうろう》。鴻池善右衛門」

という詞書《ことばがき》が横に書かれている。その棹《さお》を太い腕で捧げ持っているのは回しを締めた相撲取りだ。幟を左右にゆっくりと打ち振りながら、

「このおばばを鴻池さんに連れていけば、百両もらえるぞい！」

大声で呼ばわっている。そんな光景が大坂のいたるところで見受けられた。幟の数はおよそ三百本。長谷川貞飯とその仲間の浮世絵師たちが徹夜で仕上げたのだ。

「なんじゃ、あの顔は。まるで蟹やないか」

「そういえばあんなおばあを見たことあるな。浮世小路のあたりやった」

「ああ、竹光屋のおばあや。けど今、そこにはおらんらしい」

「見つけたら百両か。さすがは日本一の金満家や。やることのケタがちがうわ」

「百両欲しいねん。なんとかならんかなあ」

「うちのおばんも蟹に似てたらよかったのに……」

「このおばん、なにをしでかしたんやろな」

「そら、鴻池はんがここまでやるのやから、よほどの極悪人やろ。ろくでもないやつにちがいないわ」

「せやけど、こんな勝手なことされたら町奉行所が黙ってないんとちがうか。顔を潰された、とか言うて……」

「お上を信用してない、ゆうことやからな」

「アホ。今、大坂はおろか日本中で鴻池はんに頭が上がるもんなんぞひとりもおるかいな。なにをしても見て見ぬふりや」

「そらそやな」

「その鴻池はんがここまで金かけて探してはるのや。やっぱりよほどの大悪党やろな」

「よう見たら、ふてぶてしい顔しとるわ」

「ほんまや」

皆はええかげんなことを言い合っている。そんななか、

「ごめんなはれ……ごめんなはれや」

鴻池家本家の店先にふたりの男が立っていた。又兵衛が震えるような声で呼びかけているが、声が小さすぎてだれも気づかない。もうひとり、顔を頭巾で隠した老婆がふたりの後ろにいる。

「ごめんなはれ……ちょっとおたずねします」

五郎蔵が、

「おまえみたいに蚊の鳴くような声では聞こえへんのや。どけ、わしがやる」

そして、口に手を当てて、

「おごめーん……おごめーん。どなたぞいてはりまっかー」

やはり反応はない。

「おごめーん、おごめーん」

丁稚がひとり、ちらと彼らを胡散臭《うさんくさ》そうに見たが、そのまま無視して通り過ぎていった。

「あかんわ。——おばん、頼む」

「頼りない連中じゃの。どかぬか」

頭巾を外した老婆——加似江は、

「善右衛門！　善右衛門はおるか！　わしじゃ、竹光屋の隠居がじきじきに、百両受け取りに参ったぞえ！」

店中に響き渡るような大声だった。十人ぐらい丁稚が集まってきたが、加似江の顔を一斉に指差し、

「うわっ！」

と叫んだ。

「わかったか。わかったならば疾《と》く善右衛門に取り次がぬか！」

丁稚たちは転がるようにして奥に入っていった。

しばらくすると、善右衛門と弥曽次が現れ、加似江の顔を見て、

「うわっ！」

と叫んだ。そして、走り寄ってきてひざまずき、加似江の両手を取ると、

「ご隠居さま、ようご無事で……」

あとは言葉にならなかった。弥曽次も泣き崩れて、

「よかった……ほんまによかった……」

加似江は右手を突き出して、

「こうしてわしが見つかったのじゃ。悪いが百両のほうびをもらおうか」

善右衛門は目を白黒させて、

「でも……当人が受け取りにくるとは……」

「当人ではいかんのか」

「そうではございませんが……これはいったいどないなってますのや」

「うーむ……わしもこのものたちもようはわからぬのじゃが、どうやらわしはひと間違いでかどわかされたようなのじゃ。西条家の国家老で山根新蔵とか申すものが黒幕で、今の殿さまの乳母だったとめとかいう女を殿さまに会わせぬようかどわかすつもりだったらしい。手先となっておるのはふたりの浪人ものでな、このふたりのものは、その浪人たちに雇われただけなのじゃ」

「そういえば町奉行所の皐月という同心もそんなことを言うていたような……」

「大坂中に幟が立って、あんたたちがわしを探しており、見つけたら百両くれる、ということを知り、わしら三人で相談したのじゃ。どう考えても百両もろうたほうが得だということになり、その侍たちを裏切って名乗り出ることにした……とまあこういうわけじゃ」

「なるほど……」

幟と百両の効き目は絶大だったわけである。

「その国家老は明日には大坂に来るそうじゃ。わしがひと違いだったことがそやつにわかったら、今度はその乳母の身が危ういが……」

「その乳母はどちらにおりますのやろか」

「さあ……もうとうに西条家の蔵屋敷に入り、そこから栗東へ旅立ったのかもしれぬが……」

「だとしたら、国家老が大坂へ来るはずおまへん。おそらくその乳母も大坂におるのやないかと思います」

「では、危険を察してどこかに身を隠しておるのかもしれぬが……探す手立てはないのう。わしのように幟を立てるわけにはいくまい。わししかその女の顔を知らぬのじゃからのう」

「どんな顔でおましたか」

「うむ……」

加似江はくすくす笑い出し、

「なんと申すか、その……海老そっくりであったぞよ」

「海老……？　海老に似た乳母をなにゆえ蟹、いや、加似江のご隠居と取り間違うたのですやろ」

「わしとその乳母は出会いがしらにぶつかってのう、そのとき向こうが落とした三つ鱗の印籠をわしが腰に下げたのじゃ。その印籠が目印だったらしい」

「三つ鱗の印籠……？」

そのとき、それまで黙って聞いていた弥曽次が、

「そ、その印籠やったら知ってます。今は、皐月親兵衛さまがお持ちになっておいでだす」

「ややこしい話じゃな。まあ、わしらは金さえもらえればよい。竹光屋に戻るとするか」

ふたりの男は、

「あのー、おばん」

「なんじゃ。三等分では気に入らぬのか」

「そやおまへん。わしら、あの浪人を裏切ってあんたを逃がしたわけやさかい、そのこ

とがバレたらえらい目に遭わされる。わしら、おばんの家にしばらく匿《かくも》うてもらえんやろか」

「ふむ……よかろう。そのかわり、飯の支度、掃除、洗濯などをするのじゃぞ」

「任しといて。米の研ぎ方、飯の炊き方、出汁の取り方、魚の焼き方……おばんに仕込まれてすっかり身についとるわ」

「頼もしいのう。では、参ろうぞよ」

「へいっ」

ふたりの男はまるで加似江の手下のように左右に従った。加似江は満足げに、のっしのっしと店を出ていった。善右衛門は呆れたように三人を見送っていたが、

「番頭どん」

「へっ」

「おまはんの此度のしくじりは、とうてい許せることやない。丁稚としてこの店に入ったときのことを思い出してみい。右も左もわからんなか、うえのものに叱られ、叩かれて仕事を覚えたやろ。それから、苦労に苦労を重ね、手代、番頭……と位が上がるにつれて、どこか気持ちが緩んできたのとちがうか」

「へっ」

「クビにはせんが、来年の別家はなくなったと思いなはれ」

「覚悟しとりました。辞めんですむだけでもありがたいと思うとります」

「けどな……西条家といえば、うちも金を貸してある、いわばお得意先や。そこの騒動は鴻池にとっても困りごと。さんざん揉めたあげくに潰れてしもうた……では貸した金は戻らん。それをおまはんが上手に裁くことがでけたら、なにもかも帳消しにしてあげよ。――どや」

「へっ、ありがたいお言葉……。この弥曽次、丁稚の時分に戻ったつもりで性根入れてやらせてもらいます！」

弥曽次は頭を下げた。

◇

「どうなっておるのだ」

残り少ない頭髪を髷《まげ》にまとめた初老の武家が、苦虫を噛み潰したような顔で横を向いている。そのまえに頭を下げているのは、西森という浪人だ。

「とめを連れてくるという約束の刻限はとうに過ぎておる。貴様ら、まことにとめをかどわかしたのか」

「ははっ、それは間違いなく……。ただし、山根殿、例の印籠は、駕籠に押し込めたおりに西横堀川に転げ落ちてしまい……」

「それはさっき聞いた。印籠のなかの書状がこの世からなくなればそれでよい。あとは、その乳母にも消えてもらわねばならぬが……わしが目通しして、たしかにとめだとわかるまでは安堵できぬ。なれど、ふたりの下郎に預け置いたというが、その下郎どもは信用できるのか」

「それはもう、金が命、という連中にございますれば、残りの金を受け取らぬうちは仕事を放りだしたりするはずがございませぬ」

「ならばよいが……なにを手間取っておるのだ」

立派な身なりをしたその武家は、いらいらと扇子を開け閉めした。

「あの女がゴネておるのかもしれませぬ。今、大塚に様子を見にいかせておりますので、しばらくお待ちくだされ」

ぱちり、ぱちり……。その部屋に、扇子を開け閉めする音だけが響く。ぱちり……ぱちり……。

「西森！　西森！」

水茶屋の廊下をばたばた走る足音が聞こえたかと思うと、障子が乱暴に開けられ、大塚という浪人が顔を出した。

「たいへんだ。例の隠れ家に行ったんだが、ババアがおらんぞ！」

「なんだと？　そんな馬鹿な。あそこは船を使わねば出入りができぬはず……」

「それが、あのふたりもおらんのだ。そして、これを見ろ」

大塚が広げてみせたのは、加似江の顔が大きく描かれた幟だった。

「あのババアの顔ではないか！　なに……こやつを見つければ百両？」

「こんなものが大坂中に立てられておるのだ。しかも、聞いたところでは、ふたりの町人がすでにこのババアを鴻池本家に連れていって、百両せしめた、というぞ」

「あいつら、金に目がくらんだか……」

山根という国家老が、

「おい、貴様らなにを申しておるのだ。この幟の女がいかがした」

「はっ、この女がそのとめと申す乳母でございます」

「む……」

山根は幟の絵を穴があくほど見つめると、

「この女は、わしが知っておるとめにはまるで似ておらぬぞ」

「げっ、でもあの印籠を所持しておりましたし、顔も山根さまがおっしゃったとおり、蟹に似ておりましょう」

「蟹……？」

山根はその言葉を口のなかで反芻《はんすう》していたが、

「たわけがっ！　とめが似ておるのは海老じゃ！　蟹ではない。わしは書状にそう書いたはずじゃ」

「げっ……」

西森はしばらくなにかを思い出そうとしているようだったが、

「た、たしかに海老に似ていると書かれておりました。でも、蟹も海老もさほどの違いはないのでは……?」

「馬鹿ものっ！　蟹は蟹、海老は海老、天と地ほど違いがあるわ！　ということは、まことのとめはどこにおるのだ」

「さあ……われらはこの老婆をとめと信じて……」

「貴様ら……はじめからわしをたばかる気であったるか。とめがご城代の招きで国表に向かうことは断じて阻まねばならぬが、わが手のものを使うとわしの采配が露見してしまう。それゆえかつての縁がある貴様らを高い金で雇うたのではないか！」

「はあ……」

「とめが蔵屋敷に入ってしまったら万事休すだ。そうなるまえに取り押さえ、殺してしまうのだ」

「もしかしたらもう蔵屋敷に入り、国表に向かっているかも……」

「それはない。蔵屋敷に詰めておる家士のうち三分の一ほどはわが党に属するものたちだ。もし、乳母が蔵屋敷に入ったなら、わしのところに知らせが来ぬはずがない。まだ、大坂市中におるはずだ」

「なにを悠長に構えているのでしょう」

「それは知らぬが、わしらにとっては好都合。蔵屋敷の門前にて待ち伏せし、とめが参ったら斬るのだ」

「町中《まちなか》でそのような騒ぎを起こしては、町方も見過ごしにはしますまい。われらの身も危うくなり申す」

山根は激昂《げっこう》して立ち上がり、扇でふたりの頭を叩いた。

「なあにを呑気なことを申しておる！　貴様らのしくじりのせいでかかる事態に立ち至ったのではないか。かどわかす相手を間違えるなど、間抜けすぎよう」

「ははっ……たしかに……」

「これが最後の機だと思え。もし、しくじったら命はないものと思え。若侍どもに命じて、たとえ地の果てまで逃れても貴様らを殺してやる」

「ひえーっ、それればかりはご勘弁を……」

「ただ、上手くとめを捕えることができたなら、そのときはおまえたちを西条家に再び仕官させてやろう」

ふたりは顔を見合わせ、

「ま、ま、まことでございますか！」

「殿が亡くなれば、氏輝さまが当主となる。そうなれば西条家はわしの思い通りになる」

「ありがとうございます！」

ふたりは頭を下げ、

「家名を復興できるならどんなことでもいたします。かどわかしはおろか、辻《つじ》斬りでもなんでも……」

山根は右目を細めてふたりを見、

「ならば、してもらおうかな」

「なにをでござる」

「辻斬りだ。蔵屋敷の門前で老婆がひとり、辻斬りに斬り殺される……そんなことが近々起きるだろう」

「…………」

「西条家のものが殿の乳母を殺害したとあとでわかると大ごとになるが、その点、貴様らは今は当家とは関わりがないゆえ都合が良いのだ」

浪人たちはしばらく無言で下を向いていたが、

「わかりました。再仕官のためならこの手を汚しましょう。のう、西森」

「そのとおりだ、大塚。これでようやく、商家回りの小遣い稼ぎをせずにすむ」

山根が、

「なんだ、その小遣い稼ぎと申すのは」

「なんでもありません。――ただひとつ、ご家老にお願いの儀がございます」

「ふむ、なんだ」

「刀を二本、調達したいのです」

「今たばさんでおるものではいかぬのか」

「じつはこれ……」

ふたりは大刀を一寸ほど抜いてみせ、

「竹光でございます。西条家を放逐されてからわれらも苦労いたし、武士の魂とは知れど、泣く泣く手放し申した。これではひとを斬れませぬゆえ、なにとぞ刀をふた振りお下げ渡しを……」

山根は呆れ顔で、

「情けない……こんなやつらを手先にしておったとは……」

「いやあ、はっはっはっ……！　申し訳ござらぬ」

ふたりは頭を掻いた。

◇

「足の塩梅《あんばい》はどうかな」

烏瓜諒太郎がたずねると、

「おかげさんでだいぶましになってきました。もう立って歩けますわ」

そう言ってとめは両脛を叩いた。

「そりゃあよかった。まあ、俺の腕がいいからな」

「ははは……先生は冗談《てんご》ばかり言うて」

「冗談ではない。俺はまことに名医なのだ」

「名医が毎日朝からごろごろして家のなかで本ばかり読んでますかいな」

「はははは。いつ患者が来るかわからぬゆえ、なるべく家から出ぬことにしているだけだ。あと……おまえは国家老一味にとっては邪魔ものだ。俺の留守にここをかぎつけぬとも限らぬからな」

「見ず知らずのもんにこないに親切にしていただいて、あれからずっと泊めてもろて、三度のご膳までちょうだいして、なんとお礼を言うてええやら……」

「気にするな。歩けぬものを放り出すわけにはいかんからな。そろそろ西条家の蔵屋敷に参ろうか」

「へえ……けど、印籠が見つからんうちは……」

「会所にも町役のところにも届けはないそうだ。残念だが、拾うたものが持ってかえったとしか思えんな。質屋や古道具屋などもきいてまわったが、収穫なしだ」

とめは落胆の声を洩らした。

「そうだすか。――どないしたらええやろ」

「おまえにぶつかったという相手の老婆だが……どんな人相だったか覚えてはいないだろうな」

そう言うととめは笑い出した。

「うっふふふふ……それがよう覚えてますのや。ふふふ……こんなこと言うたら向こうに失礼やけど……ふふふふ……似てましたさかいな」

「似ていた？　なにに？」

「それが、ふふふふ……蟹そっくりでおましたんや」

「蟹、か！」

諒太郎も笑い出してしまった。

「先生、どないしました？」

「いや、そのものなら俺の知り合いだ。――なんだ、そういうことならはじめからマルのところに行けばよかったのだ」

きょとんとするとめのまえで、諒太郎は笑い続けた。

◇

「おおっ！」

加似江は素っ頓狂な声を上げてとめを指差した。

「この顔じゃ。わしにぶつかったのはおまえさんじゃ」

とめも、

「わしもよう覚えてます。あんたや、あんたや」

「あのときは痛かったわい」

「わしは両脛打ってしもて歩けんようになったさかい、今日まで立売堀の烏瓜先生のところに泊めてもろうとりましたのや」

さきが喜んで、

「蟹と海老や。蟹と海老のご対面や！」

このとき竹光屋には、雀丸のほか、加似江、又兵衛と五郎蔵、園と皐月親兵衛、蟇五郎、さきと弥曽次……が集まっていた。ただでさえ狭いところにこれだけの大人数が入るとかなり窮屈である。そこへ諒太郎ととめが加わったのだから大変である。

加似江が見つかったあと、彼らは「加似江が間違われた乳母」を探すために、引き続き大坂中を歩き回っていた。しかし、とうに西条家の蔵屋敷に着いているはずのその女はどこに行ったのかまるでわからない。といって蔵屋敷にききにいくわけにもいかない。蔵屋敷に勤める侍のなかには国家老一派もいるはずだからだ。それに、どちらの派も外部のものに家中のいざこざを知られたくはあるまい。

　雀丸たちはその日の探索を終え、竹光屋に集まって報告しあっているところだった。もちろん収穫はなかった。そうしているさなかに、乳母のほうからやってきたのである。

「それは災難やったなあ。けど、わしもあんたと間違えられて、かどわかされたのや。水底《みなぞこ》の隠れ家に押し込められてのう……」

「ええーっ」

　諒太郎ととめは大声を出した。雀丸が諒太郎に、

「知らなかったのか。大坂中に幟が立っていたのに……」

「まるで気づかなかった。でも、無事に戻ってこられてよかったではないか。――ご隠居、どこか具合の悪いところはないか」

「ない。このとおりぴんしゃんしておる」

「どこのどいつがかどわかしたのだ！」

　諒太郎が憤ると、五郎蔵と又兵衛が、

「あの……わたしらですねん」

「どういうことだ」

　雀丸が、事情を諒太郎ととめに説明し、そのあと諒太郎が、とめの身の上についてほかのものに説明した。

「その印籠はここにあるぞ。なかの書き付けも無事だ」

皐月親兵衛が三つ鱗の印籠を取り出して、とめに手渡した。

「おお……これや！　ありがたい！」

とめは押しいただいた。

「さて、これでだいたいのいきさつがわかりました」

雀丸は言った。

「私たちは、よその大名家の内輪揉めに首を突っ込むべきではありません」

さきが、

「なんでやのん、雀さん。国家老が悪いに決まってるやん。そいつらをぼこぼこにやっつけて……」

雀丸はかぶりを振り、

「城代家老と奥方派にも、国家老と若殿派にもそれぞれの考えがあり、それに基づいて動いています。関わりのない我々がどちらかへ加担するわけにはいかないと思います」

不服そうなさきを見て、雀丸は続けた。

「——ですが、国家老の一派は、この大坂の地で年寄りをむりやりかどわかしたり、書き付けを奪おうとしたりとやりたい放題です。私はそういうことを許すわけにはいきません」

蟇五郎が、

「そうやな。わしらにできることは、とめさんが書き付けを持って無事に殿さんに会えるように取り計らうことだけや。そのあと、殿さんがどう思い、なにを命じるか……そこまでは知らん。任せなしゃあない」

「はい。まずはとめさんを蔵屋敷までお送りしなければなりませんが、それを阻もうとしてくるだろう国家老一派をなんとかしなければなりません」

「どこに潜んでいるかわからんからな、どういう道筋を通って蔵屋敷まで行くのかを考えねば……」

と諒太郎が言った。蟇五郎が、

「まっすぐに行くのはまずいやろ。向こうもそれは承知で待ち構えとる」

「船で行くというのはどないだす？　蔵屋敷やったら目のまえはかならず堂島川《どうじまがわ》だすやろ」

五郎蔵が言うと、

「あかんあかん。川のなかやと襲われたときに逃げようがないやないか」

又兵衛が言った。園も、

「向こうの人数もわかりません。もしかしたらかなり増えているかもしれません」

「だとしても、悪いが町奉行所の助けはあてにせんでくれ。わしがここでこうしていることも、上役に知られたらまずいのだ」

皐月親兵衛が申し訳なさそうに言った。そのとき、それまで言葉を発しなかった弥曽次が言った。

「あの……こういうのはどうだすやろ。手前など口を出せた義理やおまへんけど……」

「そんなことはありません。思いついたことがあればどんどん話してください」

弥曽次はかしこまって座り直すと、

「ほな言わせていただきます。蔵屋敷までの道筋を考え抜いて、どこにそいつらが隠れているかとびくびくしながら赴くよりも、こっちからおびき出して片づけたほうがええのとちがいますやろか」

蟇五郎が、

「片づけるいうたかて、どうやって……？」

「それでおますけどな、手前の考えはこうでおます」

弥曽次は皆を集めると、なにやらぼしゃぼしゃと計略を語った。まず真っ先に加似江がうなずき、

「面白いではないか。それでよい。わしはやるぞえ」

「お祖母さまがよろしいなら、弥曽次さんの案で参りましょう」

「うむ、面白うなってきたわい」

加似江は笑った。

◇

翌日の早朝である。ちゅんちゅんと雀が鳴きながらこぼれた米をついばんでいる、という蔵屋敷界隈《かいわい》のいつもの光景だが、そんな呑気な空気を破るようにひとりの老婆がどこからともなく西条家長屋門の門前に現れた。左右に半被《はっぴ》を着て鉢巻きを締め、下半身はふんどし一丁の町人が従っている。

「おい、そこの老婆、ここになにか用か。用がないなら失《う》せい」

棒を持ったふたりの門番が老婆をにらみつけた。いずれの蔵屋敷も、金と引き換える大事な米や各地の物産を大量に保管しているため、警備は厳重である。まだ時刻が早いので門は閉ざされている。

「用があるから来たのじゃ」

「ならば言うてみよ」

「わしはこちらの殿さまの乳母であったとめと申すものじゃ。ご用人からの呼び出しで参った。取り次いでくれい」

「な、なに？　ちょっと待っておれ」

門番のうちひとりが、脇のくぐり戸から屋敷に入った。蔵屋敷の内部は広い。米蔵だけで十棟もあり、国から来た蔵屋敷詰めの留守居役をはじめとする蔵役人や、雇われている使用人たちが住む長屋、勤務や賄いの場である御殿、蔵元たちと折衝する役所……などが並んでいる。だから、その門番が戻ってくるにはかなりの時間を要した。

「とめが参ったとな？」

門番に少し遅れて、汗みずくで走ってきたのは四十過ぎの侍だった。

「ご用人さま、この女です」

「よう来てくれた。これで殿に言上することが……む？　おまえはなにものだ！」

「わしは、乳母のとめじゃわい」

ふたりの町人は、

「そして、わしは五郎蔵」

「わしは又兵衛。このおばんをかどわかしたもんや」

侍は老婆を頭のてっぺんから足の先まで見て、

「おまえはとめではない。わしはとめをよう知っておる。もしや山根の手のものか」

「わしはとめじゃ。なかに入れてもらうぞ」

老婆がくぐり戸を通ろうとしたので用人は制止し、

「貴様、なにを狙《ねろ》うておる。なんのためにとめの名を騙《かた》る」

「ふおっふおっふおっ……入れてくれぬなら、帰るまでじゃ。わしは浮世小路の竹光屋における。わしがとめであるわけを知りたかったらたずねて参れ。さらばじゃ」

老婆とふたりの町人は身を翻して走り去った。

「あ、待て！」

用人は門番に、

「あのものたちを捕えよ！」

しかし、三人の姿はもうどこにもなかった。用人は腕組みをして、

「どういうことだ。本物のとめはどこにおるのだ」

用人は、城代家老の命を受けて狭山に住むとめを呼び出し、国表に連れていこうとしていた。しかし、手紙を出した翌日にも到着するだろうと手筈を調えて待っていたのにいつまで経ってもやってこない。心配になり、狭山に使いを出したりしてみたが、旅に出ると行って出かけました、ということであった。それからかなりの日数が経っており、用人は、

「国家老一派に拉致されたのでは……」

と八方手を尽くして探していたところだったのだ。

（なにものなのだ、あやつは……）

用人は、どこかで見たような顔であったが……と思いながらなかへと戻った。

◇

川端にある柳の陰に隠れて、西森は西条家蔵屋敷の裏門を見つめていた。とめが徒歩《かち》で来たなら後ろからひたひたと迫り、斬り捨てるつもりだった。もし、船で来たら陸に上がったところを狙う。いずれにしてもひとりでやらねばならぬ。なぜなら相棒の大塚は、表門のほうで同じように見張りをしているからだ。蔵屋敷には、このふたつの門からしか入れぬ。

西森は大きな欠伸《あくび》をした。眠い。昨夜から徹夜でここに立っているのだ。

(西条家に戻れるなら、二日や三日の徹夜がなんだ)

彼は、これまでひとを斬ったことがなかった。そもそも長いあいだ本物の刀を持ったこともないのだ。

(刀というのはこのように重いものだったかな……)

久しぶりに大刀を差すと、腰にこたえた。ひと殺しをするのは怖かったが、これも仕官のためだ。

(とめとやら……来るなら早う来てくれ)

そのとき、ばたばたという足音が聞こえた。来たか、とそちらを向くと、やってきたのは蒼白《そうはく》な顔をした大塚だった。

「なにをしておる。持ち場を離れるな。それとも、とめを斬ったのか」

「ちがう。表門にあのババアが来た」

「あのババア？　どのババアだ」

「われらが捕えていた蟹のような顔のババアだ。あやつが『乳母のとめ』と名乗り、蔵屋敷に入ろうとした」

「そんな馬鹿な。山根殿は、ひと違いだと言っていたぞ」

「しかもだ、あのふたりも一緒だったのだ」

「あのふたり……？」

「ええ、じれったい。拙者らが雇うた又兵衛と五郎蔵だ」

「げっ……」

「あの蟹ババア……ただのひと違いだと思うていたが、とめとなんらかのつながりがあったようだ」

「そやつは蔵屋敷に入ったのか」

「用人に咎められ、『浮世小路の竹光屋』に来い、と言ってどこかへ行ってしまった」

「あとをつけなかったのか」

「本物のとめが来ていないのに持ち場を離れてもよいのか、と考えているうちにいなくなった」

「おい、どうしよう。このまま見張りを続けるか、それとも竹光屋とやらに行くか……」

「拙者の考えでは、とめはその竹光屋におるな。たかが知れた町人どもだろう。われらふたりで斬り込んで……」

「いや、待て。罠《わな》かもしれぬぞ。われらを竹光屋に引きつけておいて、その隙に本物のとめが蔵屋敷に入るという策略かも……」

「ええい、いらいらする！　どうすりゃいいのだ！」

どこまでも優柔不断なふたりであった。

「よいことを思いついた。拙者は蔵屋敷を見張っている。おまえは水茶屋におられる山根殿のところに赴き、指図を仰げ」

「なに？　ここから道頓堀までは遠いぞ。拙者が残るから、おまえが知らせに行け」

「拙者が考えた案だ。おまえが従え」

西森はまだなにか言おうとしたが、ふうっと息を吸い込んで、

「ここで揉めていても仕方がない。家名復興のまえの小事だ。拙者が山根殿のところに行こう」

「それでよい。走っていけよ、道頓堀までは遠いゆえ……」

西森は舌打ちをして駆け出した。

◇

「なに？　蟹顔の老婆が蔵屋敷を訪れた、となア」

　山根は身を乗り出した。

「はい。あの幟に描かれていた蟹顔の老婆……我々が捕えていたものに間違いはございませぬ」

「つまり、とめとその老婆は関わりがあったというわけか。だが、それは好都合だ。その竹光屋とやらにとめがおるに違いない」

「罠ということはございませぬか」

「あるいはそうかもしれぬ。おまえは今からその竹光屋に参り、とめがおるかどうか確かめよ。もし、いるとわかったら、もうひとりを呼び寄せ、ふたりで踏み込んで斬ってしまえ」

「どうやって確かめるのです」

「それぐらいおのれの頭で考えよ！」

「わ、わかりました。山根殿はどうなされますか」

「無論、わしも参る。離れたところで見ておるゆえ、務めを果たせよ。城勤めが待っておるぞ」

山根とともに廊下を歩きながら、

「あの……あの……どうも拙者と大塚だけでは心もとないので、腕の立つものがあと数名おれば心強いのですが……」

「たわけ！　此度、わしは忍びの旅だ。家臣を同道させると城代にわしの大坂行きが露見してしまうゆえ供侍も連れず、身のまわりの世話をする下僕を三名伴っているだけだ。だからこそそのほうどもに大金を払い、手先としたのではないか。愚図愚図申すでないわ！」

ふたりは水茶屋から船を使って道頓堀を西に向かい、西横堀へ入った。陸を歩くよりはるかに速いのだ。浮世小路の西詰めで船を降り、西森は近所のものに竹光屋の場所をたずねた。そして、覆面をして少し離れたところから様子を見ている山根に向かって、

「山根殿！　山根殿！」

「ば、馬鹿！　声が高い。わしを呼ぶな！」

しかし、西森は山根の制止も聞かずに駆け寄ると、

「竹光屋は横町奉行という役目を兼ねておるそうです。なんでも、大坂の町人の揉めごとを仕分けるというような……」

「そんなことはどうでもよい。肝心なのはとめだ。――しっ、しっ、向こうへ行け！」

西森は、暖簾に竹光屋と小さく染め抜かれている一軒の仕舞屋《しもたや》のまえに立った。

（どうしたらよい……）

ちらと山根のほうを振り返ると、提灯《ちょうちん》屋の看板である大提灯の陰に隠れて、怖い顔でこちらをにらんでいる。ため息をついて、暖簾のあいだからなかをのぞき込む。

「おっ……！」

思わず声が出た。海老に似た老婆が上がり框に腰を掛けているのだ。

（海老だ海老だ。間違いはない。なるほど……海老だわい）

ほかにはだれもいない。西森は山根のところに戻ると、

「とめがおりました！　ほかには人影はありませぬ」

「まことか！　すぐに大塚を呼べ」

大塚も合流し、三人は竹光屋のまえに並んだ。内部は静まり返っている。

「ふふふふ……なにもかも上手くいったわい。それ……油断するな」

「ははっ」

西森と大塚は顔を見合わせた。

「やるぞ」

「おう」

だが、ふたりとも動こうとしない。

「なにをしておる。急げ！」

山根が小声で叱咤《しった》するが、刀の柄に手をかけたまま硬直している。

「再仕官しとうないのか！　生涯、食い詰め浪人のままでおるつもりか！」

その言葉にようやくふたりはなかに入り刀を抜いた。海老に似た老婆はふたりを見て、

「あんたら、やっと来たんかいな。待ちくたびれましたわ」

「なにっ」

奥からひとりの若者がするすると音もなく現れ、老婆の横に立った。手には、一本の幟を持っている。

「な、なんだ、貴様は」

「横町奉行、雀丸」

雀丸は幟の絵をふたりに示すと、

「よくもうちのお祖母さまをかどわかしてくれましたね。どんな事情があろうと、許せません」

「おまえがあの蟹ババアの孫か。あやつにはひどい目に遭うた。行き掛けの駄賃におまえから殺してやる」

「あなた方には殺せませんよ」

「あなどるな。われらは必死なのだ。生きるため、食うためなら、他人の命など軽いものだ」

大塚が刀の切っ先を天井に向け、八双《はっそう》の構えを取った。西森もうなずき、

「そうだ。拙者も、腹をくくっておる。仕官できるなら何人でも殺す。四民のうえに立つ武士が商人に馬鹿にされる今の世のなかだ。このまま朽ち果てていくのは嫌だ」

「だったら泣き言を言わずに侍を捨てたらどうでしょう。私は元武士ですが、侍を捨てると身も心も軽くなって楽になりますよ。二度と仕官というようなことをする気にはなれません」

「馬鹿な。いまさら武士を捨てられるか」

「そうですか。では、好きにしてください」

「おう、そうさせてもらう。――死ね！」

大塚が斬りかかるのを雀丸は幟の棹で受け流し、その脳天を打った。ううむ、と呻《うめ》いて後ずさりした大塚に代わって、西森が刀を槍《やり》のように構えて突っ込んできたが、雀丸は同じように棹を槍のようにまっすぐ繰り出した。竹のほうが刀より長いので、棹の先端は西森の鳩尾に打ち込まれ、西森は胃液を吐いた。

「西森、こやつに構うな。要は、このババアを殺《や》ってしまえばよいのだ」

「そ、そうだった。ふたりで一度に掛かれば必ず仕留められる」

ふたりの浪人が刀を構え直したとき、雀丸は叫んだ。

「さあ、皆さん、お出ましください！」

その声に「おう！」と応えて、奥から弥曽次を先頭に大勢が走り出てきた。狭いところにどうやってこれだけの人数を収容していたか、と思えるほどの数だ。皆、汗だくで、手に手に加似江の顔が描かれた幟を持っている。それを激しく打ち振りながら、ふたりの浪人を押し包んだ。

「こ、こら、やめい！」

「命が惜しくないのか、こら……やめいと申すに！」

ふたりは刀を滅茶苦茶に振り回したが、幟に遮られてなんの役にも立たなかった。

「やや、貴様らは異国船打ち払いを掲げていたものどもではないか。その顎の傷に見覚えがあるぞ」

幟を持ったうちのひとり、皐月親兵衛が叫んだ。

「うう、まずい。西森、逃げよう」

「そうだな」

ふたりの浪人は竹光屋を出ようとしたが何十本もの幟にからめ取られ、打ち据えられて、土間に伏してしまった。

そのころ、山根新蔵は、竹光屋を遠目にうかがっていた。どうも様子がおかしい。すぐに出てくるはずなのに、いつまで経ってもあのふたりが出てこない。しかも、騒がしい声が聞こえる。

（なにかあったか……）

山根はそろりそろりと竹光屋に近づいていった。と、突然、「おおうっ！」という鬨《とき》の声が上がった。

（いかん！）

山根が危険を察し、踵《きびす》を返して逃げようとした途端、店のなかから幟を持った男女が雪崩《なだれ》のように大挙して現れ出た。彼らはたちまち山根を囲み、幟を打ち振った。浮世小路に加似江の蟹のような顔があふれた。近所の連中も往来の衆も、なにごとならんと足をとめる。それが人垣になった。山根が刀を抜き、人垣の一角を切り崩して逃げようとしたとき、幟の合間から進み出たのは加似江だった。左右に従っているのは又兵衛と五郎蔵だ。

「ババア、そこをどけ」

刀を振りかざした山根に、又兵衛が印籠を突きつけた。

「この紋所が目に入らんか。恐れ多くも西条家の家紋三つ鱗や」

「そ、その印籠は……。くそっ、あのふたりにたばかられしか……！」

五郎蔵が印籠の底を開いて書き付けを取り出し、

「殿さんの花押の入った書き付けや。よう拝んどけ」

「ううむ……参った」

山根はその場に膝を突き、悔しげに頭を垂れた。雀丸は加似江に歩み寄り、

「お祖母さま、ご苦労さまでした」

「ふははは……これにて一件落着じゃ。ははははは……」

加似江は大口を開けて笑った。

◇

数日後、地雷屋蟇五郎の屋敷で宴が開かれていた。列席しているのは、蟇五郎のほか、加似江、雀丸、園、さき、又兵衛、五郎蔵、烏丸諒太郎、そして弥曽次だ。目のまえの膳には山海の珍味が並んでいる。蟇五郎が、

「此度の件、わしがつまらぬことを言い出したばかりに起きたことだ。お詫《わ》びのしるしに酒肴《さけさかな》をたっぷりと支度した。さあ、飲んでくれ、食うてくれ」

さきが、

「ほんまはうちのお父ちゃんがやらなあかんことやと思います。皆さん、すんませんでした」

加似江は大笑して、

「なんの謝ることがあろうか。終わりよければすべてよしじゃ」

諒太郎が、

「とめも無事、栗東の城に着き、殿さまに目通りしたそうだ。殿さまは、乳母との久々の再会に涙にくれて、その申し条を聞き、嫡男の氏輝君と国家老山根新蔵の素行を詳しく検《あらた》め、氏輝君を隠居させて次男の亀千代君に家督を継がせることにしたらしい」

雀丸はにこにこ顔で、

「よかったよかった」

園も、

「父も、異国船打ち払いの浪人ふたりを召し捕ることができて、八幡さまに褒められた、と申しておりました。あのふたりはお金がなくなると、商人のところを回って義捐金をせびっていたそうです」

「よかったよかった」

弥曽次も、

「手前も手柄を挙げたことで主から許していただけました」

「よかったよかった」

加似江は盃を取り、

「さあ、飲むぞ！　又兵衛、五郎蔵、おまえたちも飲め」

「へいっ」

「ありがとう存じます。わしらも鴻池の旦さんからのほうびのおかげで、船代も払えましたし、当面遊んで暮らせそうだすわ」

「よかったよかった」

雀丸は何度もうなずいたあと、

「うちも鴻池さんからも竹光のお代をいただいたし、しばらくは一息つけますね、お祖母さま」

「うむ、それはよいが……残りの竹光は仕上げたのかや」

「え？　それはまだです。お祖母さまのかどわかしのことでばたばたしておりましたから……」

「馬鹿者！　のんびり酒など飲んでおるときではないぞ。すぐに帰って仕事をせよ」

ほかの全員が、

「まあまあ、ご隠居さま、今日ぐらいはゆっくりさせてあげてください」

「おまえどもがそう言うなら仕方がないが……明日からまた性根を入れてびしびし働くのじゃぞ、よいな！」

言葉はきついが、加似江の孫を見る目は温かかった。

「はいはい」

そう言いながら雀丸は盃を口に運んだ。麹《こうじ》の香りが心地よかった。

犬雲・にゃん竜の巻

一

三代将軍家光《いえみつ》公の御世《みよ》、駿河国《するがのくに》にひとりの刀鍛冶《かたなかじ》があった。名を、由比《ゆい》の乙斎《おつさい》という。名工の名も高く鎌倉時代の備前正宗《びぜんまさむね》や戦国末期の関《せき》の孫六《まごろく》に匹敵する腕と評するものもいた。彼の作る新刀は、脇差《わきざし》であれ太刀《たち》であれ佩刀《はいとう》であれ引く手あまたで、皆、金に糸目をつけず、争ってそれを求めた。

乙斎にふたりの息子があった。兄の名を犬千代《いぬちよ》、弟の名を猫千代《ねこちよ》という。双子で、顔かたちも背丈も性質も、真ん中から切った瓜《うり》の左右のように同じだった。同じゆえ、争いが絶えなかった。争いのもとは、いずれが父乙斎の跡目を継ぐかということだった。ふたりとも俺のほうが腕がうえだ、いや、俺のほうが跡取りにふさわしい、と譲らず、いがみ合い、ののしり合い、唾を吐き合い、胸ぐらを摑《つか》み合い……ときには喧嘩《けんか》が大きくなり、刀を抜いての諍《いさか》いに発展することもあった。

高齢で体調のすぐれない乙斎はおのれの工房の行く末を憂い、病身を押してふた振りの刀を打った。ひとつの鋼《はがね》から打ち出されたもので、ひと振りを「犬雲《けんうん》」、もうひと振りを「南竜《なんりゅう》」と名付けた。いずれも長さにしてちょうど二尺のいわゆる打刀《うちがたな》である。柄《つか》は蛇腹糸の組上巻《くみあげまき》、鍔《つば》は虎の彫刻が入った南蛮鍔、鞘《さや》は呂塗《ろぬ》り……と同じ拵《こしら》えにしたので、ぱっと見ただけではほとんど見分けがつかぬ。しかし、不思議なことに、「犬雲」の平地《ひらじ》には刃文《はもん》を追って走る犬のような文様が、「南竜」の平地には刃文のうえに座って毛を舐《な》める猫のような文様が浮かび上がっていた。乙斎によると、これは技工でそうしたのではなく、一心を込めたがゆえに自然とそうなったのだそうだ。犬雲のほうはそのままだが、南竜のほうはだれ言うとなく「にゃん竜」と呼ぶようになった。

　乙斎が心血を注いで完成させた二本の刀は、見事な出来栄えであった。彼がこれまでに作った刀剣類のうち、一、二を争う仕上がりになった。あえて銘を入れなかったのは、「ひと目見れば、わかるものにはわかる」という自負からだったそうだ。

　かくして犬雲は犬千代に、にゃん竜は猫千代に贈られた。ひとつの鋼をふたつに分けて打ち出したふた振りの刀をそれぞれが持てば、双子が兄弟仲むつまじく助け合って工房を守《も》り立ててくれるのではないか……二刀には乙斎のそんな思いが込められていたが、結果はうらはらとなった。

　病にもかかわらず、だれの手伝いも拒んで、たったひとりで二本の刀を作り上げた乙斎はまもなく息を引き取った。息子たちは葬儀のあいだこそ神妙にしていたが、すぐにまた諍いをはじめた。父親がいなくなった分、重石《おもし》が取れたように揉《も》めごとは激しさを増した。もちろんどちらが跡を継ぐかで揉めているのだ。まわりのものも、どちらに加担するわけにもいかず、ただおろおろと見守っているだけだった。

そして、いつ終わるとも知れぬ兄弟喧嘩に決着がつくときが来た。犬千代が弟子ふたりとともに神社に参詣しているところへ、たまたま猫千代がこれも弟子を連れて現れた。はじめは口喧嘩だったが、互いに相手を誹謗《ひぼう》しているうちに頭に血が上っていき、ついに抜刀して斬り合いとなった。作法に乗っ取った侍同士の果たし合いではなく、憎しみがつのっての決闘である。めちゃくちゃに刀を振り回し、傷つけ合い、しまいにはふたりとも血の海のなかに倒れて死んでしまった。弟子たちも皆、巻き添えになって絶命した。

神域を血で汚したということで、死んだ犬千代、猫千代をはじめ、関わり合いになったものは全員、駿府《すんぷ》町奉行によって咎《とが》めを受けた。家財は没収され、犬雲・にゃん竜の二本の刀もお上《かみ》に取り上げられた。しかし、大手組町奉行所の蔵にその二刀を入れておいたところ、たびたび火事が起きた。出火もとはかならず蔵のどこかだった。また、蔵を担当していた与力《よりき》のひとりが錯乱して蔵に立て籠り、なかで腹を切って死ぬ、という事件が起こった。しかも、その際に使用した刀は犬雲とにゃん竜だった。

当時駿府城下の寺に易に堪能な和尚《おしょう》がおり、そのものが占うと、

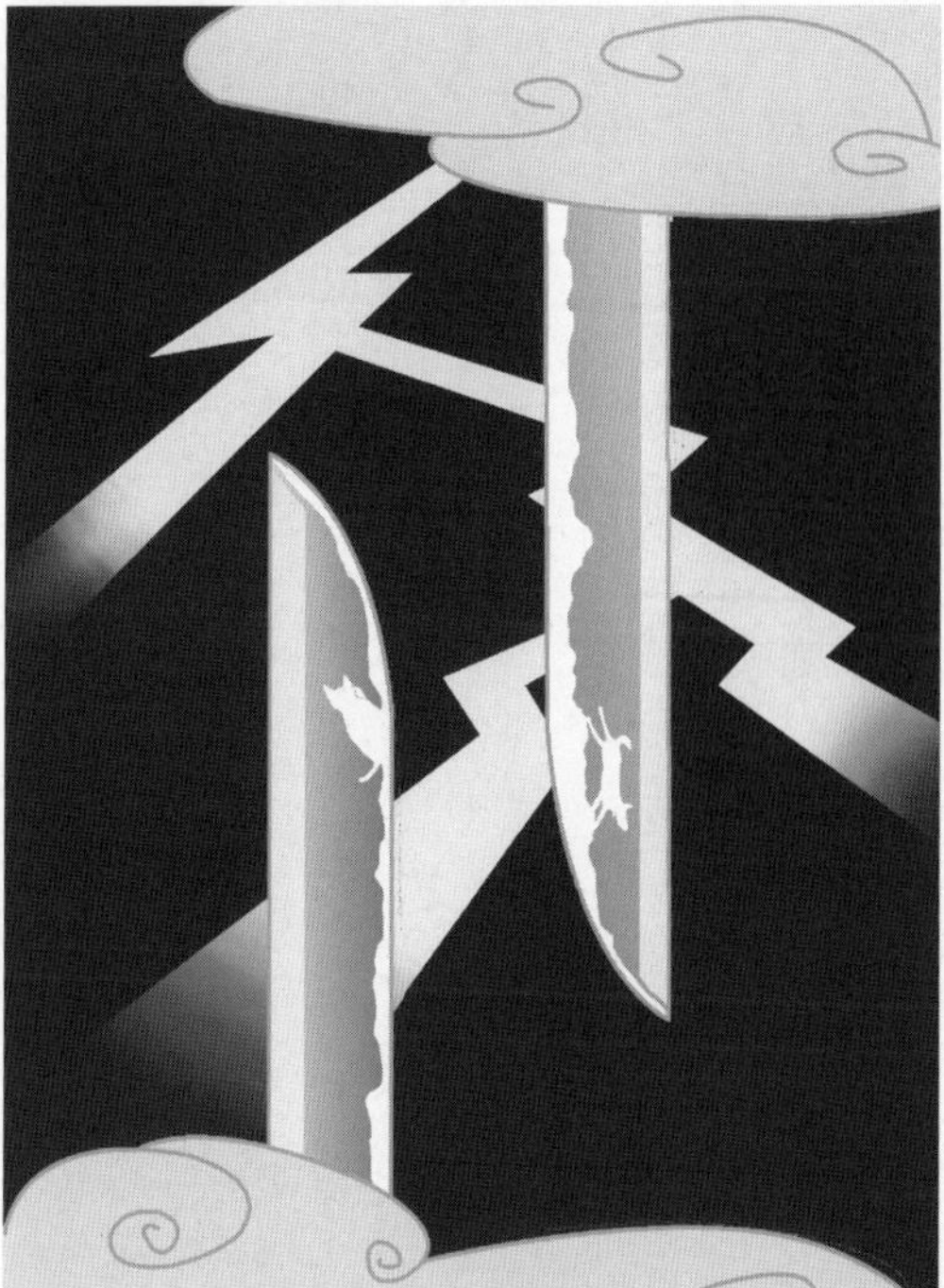

「犬と猫は元来仲の悪いもの。死んだ犬千代と猫千代の恨みが籠った二刀を一緒にしておくと、凶事が起こる。遠く引き離し、別々に保管すべし」

との卦《け》が出た。駿府町奉行は、たかが鉄の塊になんぞ霊力があろうや、そういうことは迷信である、としてその占いを信じず、それらを売りに出すと、二本ともまとめて買おうという人物が現れた。かなりの高額で二刀を入手した男こそ、のちに江戸は神田連《かんだれん》雀町《じゃくちょう》で「張孔堂《ちょうこうどう》」という軍学塾を開いて不平浪人たちを集め、天下を覆さんと企てた由井正雪《ゆいしょうせつ》であった。由井正雪という名前は、由比という地名から取ったものだ。

由井正雪の計画は事前に公儀の知るところとなり、正雪は駿府の宿で自決し、企てに加わったものの多くが処刑された。正雪のかたわらには犬雲とにゃん竜が並べて置いてあったという。

徳川家に弓引くという凶事中の凶事が起きたことから、駿府奉行は犬雲とにゃん竜を引き離すことにした。犬雲は駿府城の剣術指南役を務めていた小酒井徳三《こさかいとくぞう》に、にゃん竜はそのあたり一帯に縄張りを持つ博徒の元締めで天竜の岩吉《てんりゅういわきち》という男に、それぞれ譲り渡された。まるで異なった世界に住むものに持たせたほうが、出会う確率が低くなると考えたのだ。譲渡にあたって駿府町奉行は、今後決してこの二刀を相まみえさせてはならぬ、ときつく申し渡した。また、他人に譲ることなく、代々家宝として受け継ぎ、守るべし、とも厳命した。もし、よんどころない事情があって他者に譲らねばならぬときは、相手を選び、刀にまつわる事情もともに伝授するように、とも付け加えた。

かくして犬雲とにゃん竜はそのときから別々の運命をたどることになった。しかし、もともとひとつの鋼から分かれ出《い》でた二刀である。たとえ遠く引き離されても、互いが互いを呼び合い、なんとか対峙《たいじ》しようとする。ふたたび戦うためだ。そして、周囲に怖《おそ》ろしい禍事《まがごと》を引き起こそうとするのだ。

そして、刀が哭《な》く。

離ればなれの犬雲とにゃん竜が、啾々《しゅうしゅう》として咽《むせ》び泣く。犬は猫を呼び、猫は犬を望んで、ふた振りの刀が同じ真夜中にしくしくと泣き出すという。

そして、時が経《た》ち、月日が流れた。

◇

「親分、うまくいきやしたね」

左頰に火傷《やけど》のひっつれがある若い男が言った。

「あたりめえだ。俺ぁそんじょそこらの貸元とは年季がちがう。島田《しまだ》の湯治場で山博打《やまばくち》を開いて、あのあたりの小金を持った百姓連中をみんな引きずり込んで裸に剝《む》いてやったが、あいつら、あれがイカサマとは思ってもいるめえ。ド素人《しろうと》相手だと素麺《そうめん》啜《すす》るみてえにたやすいもんだ」

鬢《びん》に白いものが交じった六十がらみの男が、にやにや笑いを浮かべながら言った。

「どうもおかしい、賽《さい》を見せろ、と騒ぎかけた野郎をひとり、叩《たた》き殺しちまいましたね」

「ああ、殺《や》るつもりはなかったんだが、あんまりしつこいんでな。庄屋のせがれだとか言ってたが、まさかあいつの身内だったとは……」

「あっしも驚きました」

男は三本松《さんぼんまつ》の松五郎《まつごろう》といって、このあたりを牛耳る貸元である。もとは天竜の祐平《ゆうへい》という子分二百人を数える大貸元の身内だったが、祐平が死んだあと後家に取り入って縄張りも一家も丸ごと受け継いだ。しかし、おのれの代になると人気が下がって、子分たちも減っていき、賭場で思うように利益が上がらなくなった。しかたなくあちこちの農村に入り込んでは「山博打」という臨時の博打場を開帳し、あたりの百姓をカモにして荒稼ぎをしているのだ。草むらや林のなかに畳を持ち込み、鎹《かすがい》で連結すれば賭場のできあがりだ。近頃は、近隣の博打打ちの縄張りにまでこっそり潜り込み、盆を開いている。見つかりそうになると、あっという間に畳をばらし、茣蓙《ござ》や壺《つぼ》、賽などを片づけて、雲をかすみと逃げてしまう。逃げ足の速さだけは自慢ができた。

「まあ、殺っちまったことはしかたがねえ。身内といっても渡世人じゃねえや。ただの百姓だから、気にすることはねえだろう」

「ですが、親分。もしかしたら連中はここに乗り込んでくるかもしれませんぜ」

山賊のようなどてらを着たその男は若者をひとにらみして、

「そんなわけはねえ。あんな駆け出しの三下奴《さんしたやっこ》になにができる。はばかりながらこの三本松の松五郎、尻の青いガキにケンケン言われてうろが来るような貫禄《かんろく》じゃねえ。昨日今日売り出したような若造に手向かいされても、蠅《はえ》が止まったほどにも感じねえさ。香典をたんとはずんどきゃあ、それで泣き寝入りするだろうよ」

長火鉢のまえに座った松五郎は、猫じゃらしの穂のような両眉毛を交互に持ち上げ、声に精一杯のドスをきかせた。

「そりゃあそうでしょうが、近頃のああいう手合いはこの道の仁義をわきまえねえ馬鹿が多ござんす。なにをしでかすかわからねえ。せめて喧嘩の支度は調えておいたほうが……」

「むはははは……喧嘩にゃあなるめえ。あいつの子分が今十人ばかり。助っ人を頼んでもせいぜい二十人だろう。うちにゃ若い者も入れりゃあざっと四、五十人はいるだろう。はなっから勝負は決まってる。まあ、おたおたしねえで茶でも飲め」

「へ、へえ……いただきま……」

そこまで言い掛けたとき、表のほうからめりめりという板の割れる大きな音とともに、

「松五郎！　松五郎はどこにいやがる！　出てきやがれ」

頬にひっつれのある男は湯呑《ゆの》みを取り落とし、

「だから言わんこっちゃない。親分……」

松五郎もさすがに顔色を変え、神棚の下に架けてあった長脇差を取ると帯に差した。

わあああっ、という複数の怒声が土間のほうから聞こえてきた。がらり、と障子が開き、立っていたのは右手に長脇差を持ち、左手にその鞘を持った長身の男だった。ひと目で渡世人とわかるそのいでたちはどことなく垢抜《あかぬ》けしており、松五郎をねめつける眼光は鷹《たか》のように鋭かった。その左には侍髷《さむらいまげ》を結い、手には槍《やり》を持った大柄な男、右には髷を鯔背《いなせ》に崩した小太りの若者がいずれも喧嘩支度で立っている。その後ろにも数人が控えているようだ。

「なんだ、てめえらは……！　俺ぁ三本松の松五郎だ。仁義を切らずに暴れ込むとはどういう了見だ」

松五郎の声は上ずっていた。先頭の男は落ち着き払った口調で、

「仁義もくそもねえや。俺は清水《しみず》の次郎長《じろちょう》だ。てめえが山博打で俺っちの縄張りを荒らしやがったことはとうにわかってるんだ。そのうえ、てめえは俺の身内を殺りやがったな」

松五郎はびくりとしたが、子分たちの手前、顔を斜めにして次郎長を凝視した。

「なに言ってやがる。あの草ぼうぼうの小汚《こぎたね》え原っぱがてめえの縄張りなら、ここがそうでござんすと縄で囲って、立て札でも立てときゃがれ。それに、身内といっても百姓

だろう。お望みとありゃ、てめえがこれまで見たことのねえ多寡の香典をくれてやらあ。命のあるうちにそれをもらって黙って清水へ帰《けえ》れ」

「うるせえや。博打は博打打ちがやるもんだ。素人衆から山博打で巻き上げるのは阿漕《あこぎ》じゃねえか。とにかく俺っちの縄張りのなかでそんなこたぁ許さねえ。それに、百姓だろうがお公家《くげ》さんだろうが俺の身内に変わりはねえ。はした銭の香典で、はい、そうですか、と帰るわけにゃあいかねえ。銭はいらねえから、ほかのものをもらおうか」

「なんだと？　なにが欲しいってえんだ」

「おまえさんの首だよ」

言うなり次郎長は長火鉢を蹴り飛ばした。灰があたりにぶちまけられ、煙がもうもうと上がった。次郎長はいきなり松五郎に斬りつけた。松五郎は咄嗟《とっさ》に頭を下げて長脇差をやりすごしたが、腰が砕けてその場にぶざまにへたりこんでしまった。松五郎は畳のうえを這《は》いずりながら子分に、

「お、おい、うちの連中はどこへ行きやがったんだ」

「ほとんど山博打で出払ってます。だから、早めに喧嘩支度をと……」

「今ごろ言ったたって遅《おせ》えんだよ。残ってるやつは幾人《いくたり》だ」

「飯炊きの爺《じい》さんを入れて八人でやす」

「そんなものは数に入れなくていいんだ。てえことは七人だな。数に不足はねえ。や、

や、やっちまえ！」

そう叫びながら松五郎は奥の間に入っていった。

「おい、逃げやがるぞ！」

鉢巻きをした若い男が追いかけようとしたが、松五郎の子分ふたりに遮られた。

「邪魔だてせんでちょう。俺は桶屋《おけや》の鬼吉《おにきち》だぎゃ」

鬼吉と名乗った若者は笑いながらふたりの子分に斬りつけた。次郎長一家のほかの連中も、喧嘩するのが楽しくてたまらない、といった風に長脇差を振り回している。

「おう、一丁上がりだぎゃ」

「おめえばっかりいいとこ見せるな。俺にも美味《うま》いところを置いといてくれ」

「おきゃあせ」

こういうやつらにかかってはたまらない。勝敗はあっという間に決まった。ビビりながら戦っている松五郎の子分たちははじめから腰が引けており、すぐにやる気を失ってしまったようだ。長脇差を放り出して投降する彼らの頬を、次郎長の子分たちが順番に引っぱたいている。

「おい、いつまで遊んでるんだ。肝心の松五郎を捜さないか」

槍を持ち、侍風の姿をした大男が彼らを叱ったとき、奥の間から鬼吉が松五郎の首根っこをひっ捕まえ引きずり出してきた。松五郎は手に紫色の袋に入れた刀のようなもの

を摑んでいる。次郎長が松五郎のまえに立ち、長脇差をその喉に突きつけて、

「おい、松五郎。てめえの命はこの次郎長がもらった。とっととあの世に行きやがれ」

「ひいいっ……ご勘弁を！」

松五郎は次郎長に向かって手を合わせた。

「今更命乞いか。もう手遅れだ。念仏でも唱えてろ」

長脇差を突き出そうとする次郎長の手を侍風の大男が摑んだ。

「親分、お待ちなさい」

「大政《おおまさ》、なぜ止める。こいつぁ俺っちの身内の仇《かたき》だぜ」

「たしかにそうですが、松五郎を斬っても身内の衆が生き返るわけではありません。斬るだけ刀の穢《けが》れになりますし、こんな野郎でも殺せば親分が罪になります。ここはこらえたほうが利口ってもんでしょう」

次郎長は鼻息荒く、松五郎と大政を半々に見ている。大政が、

「もちろんこのまま赦免するわけじゃない。こいつには隠居してもらって、縄張りは全部我々が召し上げてしまうのです。それなら殺されたお身内もご納得なさり、浮かばれるのではありませんか」

「うーむ……そうだな」

次郎長はしばらく考えていたが、

「天竜の大親分だってえからどんな器量かと思っていたが、こんなくだらねえ野郎とは思わなかった。拍子抜けにもほどがある。いいよ、大政。たしかにこいつをここで叩き斬ったとしても、俺の損になるばかりだ。あとはおまえに任せる」

そう言って長脇差を引いた。

「ありがとうございます。――おい、松五郎」

大政は松五郎の顎をつかんで、

「聞いたとおりだ。おまえさんはたった今隠居して、縄張りはすべて次郎長親分に差し出すんだ。いいな」

「そ、そんな無茶な……」

「嫌なら親分の刀がおまえさんの喉に突き刺さる。隠居するか、死ぬか、どちらがいいかね」

「わ、わ、わかった。隠居する。縄張りもなにもかもくれてやる」

「くれてやる？　口の利き方に気をつけろよ」

「差し上げます。のしをつけて、全部差し上げますから、命ばかりはお助けを……」

「それは良い心掛けだ。ならば、一筆書いてもらおうか」

「お、俺は字は書けねえ」

「わしが書いてやる。おまえさんは爪印を押しゃあいい」

大政は矢立《やたて》と鼻紙を取り出し、さらさらと証文の文章を書き、松五郎に爪印を押させた。

「うむ、これでいい。――親分、いかがでしょう」

次郎長はちらと証文に目を走らせ、

「よかろう。この家と子分たちはもらっても仕方ねえからそのまま置いといてやる」

「親分のお許しが出た。よかったな、松五郎」

松五郎はぷいと横を向いた。そのとき鬼吉が、松五郎が持っている刀らしきものに気づいた。

「おうおう、おめえ、なにを後生大事に抱えてやがるんだ。そいつもこっちに寄越せ」

「あ……それは！」

鬼吉はそれを奪い取ると、取り戻そうとする松五郎を蹴り倒した。大政がその刀を受け取り、袋から中身を出した。

「ほう……」

大政はしばらく鞘を愛《め》でたあと、刀を抜いた。

「なるほど……これが名高いにゃん竜か」

氷のように美しいその刀身をしげしげと見つめている大政に次郎長が、

「なんだ、そのにゃん竜ってのは」

「由比の乙斎という名高い刀鍛冶が鍛えたふた振りの刀がありまして、ひとつを犬雲、もうひとつをにゃん竜と申します。犬雲には犬の姿が、にゃん竜には猫の姿が浮かび上がっていると聞いておりましたが、親分、ここを見てください」

大政は刀身の一点を指差した。

「なるほど、猫に見えるぜ。うん、こいつぁ猫だ」

「もとはひとつの鋼から分かれたものだそうですが、犬雲とにゃん竜をひとつところに置いておくと祟《たた》りがあるとか天変地異が起こるとかいう言い伝えがあって、出会うことがないように、と犬雲は小酒井徳三という侍に、にゃん竜は天竜の岩吉という博打打ちに譲り渡されたらしい。天竜の岩吉は跡目を継いだ子分に、子分はそのまた子分に……と代々引き継がれていき、今はこの……」

大政は悔しげに肩を震わせている松五郎をじろりと見て、

「三本松の松五郎が持っているというわけです。なんといっても天下の名宝。こいつの縄張りすべてを合わせたよりも値打ちがある代物です。こういうものは次郎長親分のような方が持っていてこそふさわしい。いいものが手に入りましたね」

刀には、刀身が二尺を超える「太刀」、二尺前後の「打刀」、それよりも短い「脇差」……などの別があり、太刀は刃を下に向け、紐《ひも》で吊り下げて携行するが、打刀は刃を上に向けて腰に差す。刀を持てるのは武士だけで、町人や渡世人は脇差しか持つことは許されぬ。しかし、実際には厳密な区別はなく、ヤクザものが持っている「長脇差」は「脇差の長いもの」という意味なので長さはほとんど打刀と同じだし、大親分になると貫禄に応じて普通の刀を所持しており、役人も咎めなかった。

「こいつは、俺っちにふさわしいかね」

「親分は、これから海道一の親分になられるお方ですから」

「へへへ、大政にそう言われるとまんざらでもねえ。こいつはうちの家宝にすらあ」

憮然《ぶぜん》とする松五郎を尻目に、次郎長はにこやかにその刀をさすった。

◇

同じ親から同じときに生まれた双子であっても、性別もちがうし、顔つきも性質もまるで異なる場合もある。生まれたときは一緒でも、その後の人生は大きく隔たっていく……そんなことがあるものだ。

例をひとつ挙げよう。ここにひと組の双子がいた。母親は産後の肥立ちが悪くてふたりを産んですぐに亡くなり、父親もふたりが五つになったときに病死した。兄は遠い親類だった京都の商家に引き取られた。性格が良く、愛敬もあってだれにでも好かれ、頭もいい。預かった親類も目をかけるようになり、学問と商《あきな》いの道を仕込んだ。すくすくと成長した少年はやがて養家が出入りしていた武家の目にとまり、ぜひ養子にと懇望された。こうして兄は侍となって武家を継ぎ、駿府城代配下の役人となった。

一方、妹は兄と同じころ、別の親類に引き取られたが、素行が悪く、たびたび揉めごとを起こして家のものに手を焼かせたあげく、十歳のときに養家を飛び出し、香具師《やし》の親方のところに転がり込んだ。その親方は妹の素質を見抜き、

「おまえは女だてらにこの渡世でものになるかもしれんな。よっしゃ、わしが一から十まできっちり仕込んだるさかい、命賭けて覚ええよ」

そう言って、香具師稼業のいろはを真剣に教え込んだ。そういう道には向き不向きがあるが、妹はよほど向いていたとみえ、すぐになにもかもを呑み込んだ。しかも、やたらと度胸があり、年嵩《としかさ》の男たちとの諍いでも一歩も引かず、ひとのうえに立つ気構えもあって、いつのまにやら親方の跡目を継ぎ、女親方として皆から立てられるようになった。

そのうちに、女とあなどった周辺の香具師や博徒らとの摩擦が起こり始めたが、いつも子方《こかた》たちの先頭に立って喧嘩に臨み、負けたことはただの一度もなかった。やがて、妹は界隈《かいわい》でも名の知られた女侠客《おんなきょうかく》となって一家を構えたのだった……。

「今日はうれしい日やわあ。飲も飲も、なんぼでも飲も」

土佐堀川《とさぼりがわ》沿い、梅檀《せんだん》ノ木橋《きばし》の南詰めにある小さな居酒屋「ごまめ屋」の入れ込みで、口縄《くちなわ》の鬼御前《おにごぜん》がおだを上げていた。歳《とし》は三十を少し過ぎたぐらい。太り肉《じし》で大柄、身の

丈もあり、立派な押し出しだ。身体《からだ》よりひと回り大きく、裾だけがやたら短い浴衣《ゆかた》をだらしなく着ており、胸もとや太股《ふともも》が顕《あら》わになっている。胸には晒《さらし》を巻き、腰には幅広の派手な帯を締め、足には高下駄《たかげた》を履き、顔には歌舞伎役者のような隈取《くまど》りをしている。ひと目で「傾奇《かぶき》もの」だとわかるいでたちだ。

「あははは……うれしい日のお酒ゆうのはなんでこう、なんぼ飲んでも酔わへんのやろなあ。かれこれもう二升も飲んでるけど、なんともないわ。もっと持ってきてや」

そう言って空の徳利を振る。

「あのですね、酔わへん、とおっしゃってますが、私の見たところ、もうかなりできあがってますよ」

雀丸《すずめまる》がそう言うと、鬼御前は振り返って雀丸に顔をぐいと近づけた。酔眼で雀丸の目をぎゅーっと見つめ、

「だ・れ・が・酔うてんねん」

そして、酒臭い息を吐きかけた。

鬼御前は天王寺《てんのうじ》の口縄坂のあたりに一家を構える女侠客である。先日、三《み》ツ星《ぼし》の銀五《ぎんご》郎《ろう》という親方が、鬼御前の縄張りとイモリの石蔵《いしぞう》一家の縄張りを乗っ取ろうとしたのを見事に退けた。それ以来、銀五郎の縄張りは、だれも手を出さない「空き家」になっているらしい。

「もうそろそろおつもりにしたほうがいいんじゃないですか？　帰れなくなりますよ」

雀丸が顔をそむけながら言うと、

「こんなうれしい日に、おつもりという言葉はあての頭にはない。今日はとことん行くさかい、みんなもそのつもりでな！　なあ、亭主、あてがなんぼ飲んでもかまへんわなあ」

主《あるじ》の伊吉《いきち》は苦笑いして、

「へえへえ、うちは飲んでもらえればそれだけ儲《もう》かりますさかい」

「ははははーっ、ええ返事や。飲み過ぎたら身体に障ります、とか、怪我《けが》でもしたらたいへんや、とか、女子《おなご》だてらにええ加減にせえ、とか言わんと、儲かるさかい飲んでくれ……。気に入った！　飲むで！　今日はあてのおごりや」

加似江《かにえ》が喜んで、

「よし、わしも参戦するぞよ。——ご亭主、茶碗《ちゃわん》を大きいものに取り換えてくれ。こんな小さなやつでは埒《らち》が明かぬ」

そう言うと、丼鉢のように大きな湯呑みでがぶがぶと飲みはじめた。

「すぐに追いつくゆえ、鬼御前、待っておれよ」

「おうおう、ご隠居さま、それは心強い。朝まででも待ってまっせえ」

雀丸はため息をつき、

「伊吉さん、私も大きなのにしてください」

「雀《じゃく》さんまで酔うてしもたら、介抱するもんがおらんようになるで」

「こんな連中の介抱なんて、馬鹿馬鹿しくてやってられません。酔っぱらって、私も同類になります」

鬼御前の子方、豆太《まめた》は、狸《たぬき》のような顔をひきつらせて、

「そ、そ、それは困ります。雀さんにそんなことされたらわてがひとりで姉《あね》さんとご隠居さん、ふたりとも面倒みなあきまへんがな」

「ついでに私の面倒もみてください」

「そんなアホな。こうなったらわても飲むで。置いてきぼりは損や」

豆太も大きいので飲みはじめた。雀丸は豆太に小声で、

「鬼御前さんはなにがそんなにうれしいんですか」

「それがその……姉さんが贔屓《ひいき》にしてはる役者の桃之助《もものすけ》に、がさつなように見えてじつは立ち居振る舞いがきれいです、わての所作の手本にさせてもらいます、て言われたらしいんだす。仕草のきれいなひとは心もきれいや、とも言われたらしゅうて……アホらしいことだすわ」

「へえー……」

それだけのことで鬼御前は上機嫌で酒を浴びているのだ。

（こう見えて可愛《かわい》らしいところがあるな……）

　雀丸がそう思ったとき、

「ああん、雀さん……飲んでるう？」

　そう言って雀丸の首に抱きついてきた。

「は、はい、飲んでますよ」

「ほんま？　まだ、目が酔うてないわ。もっともっと、ほれ、もっと飲まんと」

　鬼御前は雀丸の盃《さかずき》に酒を注《つ》いだあと、おのれの湯呑みにもたっぷり注ぎ、一息で飲み干した。加似江が横合いから、

「こんなやつに注がずともよい。わしに注げ。この店の酒、あるだけ飲みつくしてくれりょうぞ」

「ええ思案でおます。ふたりで飲みつくしまひょ」

　鬼御前は、酔いのせいで暑くなってきたのか、片肌を脱いで白い右腕を出した。大蛇の刺青《いれずみ》の一部が見えた。ほかの客は、危うきに近寄らずとばかりに彼らを遠巻きにしてちびちび飲《や》っている。

「おい、亭主、酒がないで」

　鬼御前がとろんとした目で伊吉をにらむ。

「ただいま燗《かん》をつけとりますねん。もうちいっと待っとくなはれ」

「燗なんかつけんでええ。冷やでええさかい、早幕《はやまく》で持っといで。早《はよ》う早う早う！」

伊吉は困ったように、

「今、手が離せまへん。すんまへんけどなたぞ取りにきてもらえまっか」

「姉さん、わてが……」

豆太がそう言うと、

「いや、あてが行く」

鬼御前は立ち上がったが、すでにべろんべろんなので足もとがおろそかになり、ずるん！　と滑った。ちょうどそこに、伊吉の女房美代《みよ》が小鉢ものを載せた盆を運んできた。

「ひえーっ！」

と叫んで美代は盆をひっくり返し、小鉢ものの中身が散乱して、酢ダコがすぐ下にいた豆太の頭にかかった。

「うわあ、なんじゃこれは！」

えらい喧噪《けんそう》のなか、鬼御前は平然として伊吉から酒を受け取った。振り返ると入れ込みはめちゃくちゃになっている。鬼御前はその場で立ったまま、徳利に直《じか》に口をつけて酒を飲んでいる。加似江がそれを目ざとく見つけ、

「鬼御前、おまえだけ飲むのはずるいではないか！」

そう叫ぶと、立ち上がろうとしたが、これもずぶろくに酔っているので前のめりにな

り、なにか摑まるところは……と必死ですがりついたのが、雀丸の後頭部だった。驚いた雀丸は加似江ともつれ合うようにして土間に転がった。それを見て鬼御前は、

「ぎゃはははは！」

と笑った。

大騒ぎである。主の伊吉がため息をついたとき、

「なんだ、このざまは！」

入り口のほうから怒鳴り声が聞こえた。

「恥ずかしくないのか！　銅鑼声《どらごえ》が往来にまで聞こえておるぞ！　いい加減にしろ！」

皆は一斉にそちらを向いた。鬼御前も酔眼を向けた。そこに立っていたのは、黒の羽織に柿色の袴《はかま》、飴《あめ》色の大小を差した立派な身なりの侍だった。歳は三十五、六であろう。まず、目に付くのは顔の大きさだ。並のおとなの倍ほどもあり、歌舞伎役者だったらいちばん後ろの席からでも十分表情がわかるような巨顔である。眉も太く、目は吊り上がり、口を「へ」の字に結んでいる。

「あの……お武家さま……」

伊吉が揉み手をしながら進み出て、

「おやかましゅうもございましょうが、うちは居酒屋でございまして、酒が入るとお客さまはどうしても声が大きゅうなります。喧嘩口論ではございませんのでなにとぞご勘

弁いただき、ご通行くださいまし」

しかし、顔の大きな侍は伊吉には目もくれず、まっすぐ鬼御前のところへ歩み寄り、

「久々に大坂を訪れてみれば……天王寺界隈だけでなく、かかるところまで来て家の恥を晒《さら》すのか、はな！」

その声に鬼御前は薄目を開けて侍を見た。

「ああ、なんやうるさいと思たら、兄《あに》さんかいな」

一同は、「えええええーっ！」と驚き、のけぞった。

「こ、このお武家が鬼御前さんの兄さん？」

「どういうことじゃ」

皆がひそひそ話をはじめるなか、侍は太い眉毛を逆八の字に上げて、

「よう似た声がすると思うて立ち寄ってみたら……情けない。少しはわしの体面も考えよ」

鬼御前は鼻で笑い、

「ふふん……小さいころに生き別れたあんたとあてや。あてがどこでなにをしようとあんたに関わりないやろ。あてもあんたが駿府でしょうもない、アホみたいな、くだらん役人してるのをほっといたってるやないか。ガタガタ抜かしとったら、いてまうで！」

「わが養家に対してなんたる雑言。はな、おまえのようなヤクザな妹を持ったるがわし

の災難だ。おまえがいつまでも今のような暮らしを続けておれば、わしに累が及ぶということに気がつかぬか。大馬鹿ものめ！」

「なんやて！　兄貴風吹かしやがって、この大仏顔！」

「だ、大仏顔だと！　その一言聞き捨てならぬ。こうなったら許すわけにはいかん。そこに直れ！」

「だーれが直るかい。これでも食らえ！」

鬼御前はそこにあった剝き身とわけぎのぬたを侍に向かって投げつけた。侍の顔に酢《す》味噌《みそ》がべったりとひっついた。

「ぶぶぶ武士の顔に泥を……ではなく酢味噌を塗りおったな！」

「的が大きいさかい当てやすいわ」

「うぬ……！」

怒りに大顔面を朱に染めた侍は、鬼御前の顔に張り手を食らわそうとしたが、千鳥足の鬼御前の身体がぐらりと傾いたので、その手は空を切った。それを見た加似江が、奥から杖《つえ》を抱えて走り出ると、

「女に手を上げるとはなんたる大たわけか！」

雄叫《おたけ》びとともに杖を薙刀《なぎなた》のごとく突き出した。杖の先端はあやまたず侍の額にぶち当たり、

「うーん……！」

侍はよろよろと後ずさりして、餡《あん》かけ豆腐を食べようとしていた客のうえに倒れ込んだ。熱々の餡が客の目に入り、

「熱うっ！　なにさらすんじゃ、このすっとこ侍！」

「武士に向かって悪口《あっこう》は許さぬぞ！」

侍は客の膝のうえに座ったまま、刀の柄に手を掛けた。その刀に豆太がしがみついた。

「放せ……放さぬか！」

「死んでも放すかい」

「貴様も妹とともに成敗してくれる！」

騒ぎがどんどん大きくなっていったとき、

「なにをしておる！」

入ってきたのは、東町奉行所定町廻《じょうまちまわ》り同心の皐月親兵衛《さつきしんべえ》だった。皐月は雀丸や鬼御前の顔を見て、

「なんだ、またおまえたちか。酒のうえの狼藉《ろうぜき》といえども度が過ぎればしょっぴくぞ」

大顔の侍がほつれた鬢を直しながら、

「よきところに参った。このものどもは町人の分際で武士に向かって無礼の数々。あまりに目に余るゆえ、つい騒ぎになってしまったのだ。片端から召し捕ってくれてよいぞ」

皐月は侍をじろりと見て、

「喧嘩は両成敗と申す。お手前もその一方の当人なれば、同じく召し捕らねばならぬ。侍だからと申して市井《しせい》で騒動を起こせばそのままにはいたしかねる」

侍は鼻白んで、

「なんだと、町役人風情《ふぜい》が生意気な……」

しかし、皐月は十手を抜き、侍に向け、

「この女侠客とともに会所《かいしょ》にご同道いただき、詳しい話をうかがおうか」

侍は舌打ちをして鬼御前をにらみつけ、

「はな、おまえが妹であることはわしの恥だ。わが養家もおおきに迷惑しておるゆえ、そろそろ任侠《にんきょう》ごっこはやめて堅気《かたぎ》になれ。どうせろくな死に方はするまい。死んでからもわしに迷惑をかけるつもりか。まわりにおだてられて博打だ酒だなんだと、いつまで小児のような浅はかな生き方をしておるのだ。いい加減目を覚ませ。——よいな！」

言い捨てると、大きな顔を打ち振ってごまめ屋を出ていった。途端、鬼御前はへたへたとその場に座り込んだ。雀丸がその顔をのぞき込むと、驚いたことに鬼御前は目に涙をためていた。今の今まで騒々しかった店も静まり返った。皆の視線を浴びながら鬼御前は言った。

「あのひとはあての実の兄貴で、武田新之丞《たけだしんのじょう》と言いますねん。同じ日に同じ場所で同じ親から生まれて、同じ道をたどってたんやけど、五つの時に別々の親類に預けられて、そこから違う道を歩むようになりました。今ではあちらは駿府城代配下のお侍、あては女侠客と、えろう隔たりがでけたけど、何年かに一度は顔を合わせます。そのたびにあして、あてのことを家の恥、おのれの恥やと言い立てられるのはこたえますねん。あてが選んだこの稼業、身体を張って真剣にやってるつもりではおますけど、任侠ごっこだの目を覚ませだのと言われると……つらいんだす」

雀丸は、それまでまるで知らなかった鬼御前の身の上を聞いて、正直、驚いた。鬼御前に侍の兄がいたことにも驚いたが、鬼御前の本名が「はな」という可愛らしい名前だったことにも驚いた。実の兄から「恥」と言われるつらさを思い、だれも声をかけられずにいると、鬼御前は顔を上げ、

「あああ……あてのせいでせっかく盛り上がってたのが辛気臭《しんきくそ》うなってしもた。皆さん、すんまへん。あてがおごりますさかい、飲み直しとくなはれ。——さあ、ご亭主、どんどん持ってきてんか」

その言葉で張り詰めていた空気がほどけた。伊吉はホッとした様子で、

「まだ飲みまんのか。ほどほどにしときなはれ」

「大丈夫や。今のですっかり酔いが醒《さ》めてしもた。皆さん、飲みまひょ、飲みまひょ。——豆太、あんた、なんぞ歌いなはれ」

「え？　わてがでっか？」

「そや。なんでもええ。皆さんの気持ちがうきうきとするような、陽気なやつを一発かませ」

「へ、へえ……」

豆太はみずから手拍子をしながら、

「朝から晩までよー、働きづめでよー、もらう給金がただの十文とは、これじゃうどんも食えんがなー。アホらしアホらし、ほんまやな」

鬼御前は豆太の頭をぽかりと殴り、

「アホ！　そんな歌で皆さんの気持ちがうきうきするかいな！」

「すんまへん！」

雀丸はそんなやりとりに、鬼御前の気配りを感じた。

◇

「親分、てえへんだ！」

障子を踏み破りそうな勢いで入ってきたのは関東綱五郎《かんとうつなごろう》だ。恋女房のお蝶《ちょう》と到来ものの羊羹《ようかん》を食べていた次郎長は太い眉をぐいと寄せて、

「なんだ、バタバタと埃《ほこり》を立てやがって……羊羹が喉に詰まるじゃねえか。――お蝶、

茶をくれ」

「あいよ、おまえさん」

次郎長は茶をひと口飲むと、

「うん、羊羹に渋い茶は格別だな」

「羊羹どころじゃねえ、親分……百川《ももかわ》の牛次《うしじ》が逃げやがった」

「牛次……？　こないだから草鞋《わらじ》を脱いでいた旅人《たびにん》だな。逃げた、たあどういうこった」

「姿が見えねえんで捜してたら、昼過ぎに旅支度をしたあの野郎が東海道を西に向かうのを見たてえやつらがごろごろ出てきやした」

「挨拶なしで旅立ったってわけか。まあ、いいじゃねえか。目くじらを立てるほどのこっちゃねえ。仁義をわきまえねえ間抜けだってことだ。つぎから泊めなきゃいいだけの話だ。綱五郎、おめえもそんなくだらねえことを天下の一大事みてえに報《しら》せにくるんじゃねえ」

「それがねえ、親分……見かけた連中の話だと、あの野郎、長っぽそい大荷物を抱えてたって言うんでさあ」

「長っぽそい大荷物だと？　なんだ、そりゃ」

「へえ……どうやらそれが、親分が大事にしてなさるにゃん竜らしいんで……」

「な、なんだと！」

次郎長は齧《かじ》り差しの羊羹を吐き出すと、ずんずんと奥の間に入っていった。すぐに足音荒く走り出てくると、

「ねえ……たしかにねえ！　あのガキゃあ……ただじゃおかねえ！」

普段は少しのことでは動じぬだけの器量を身につけた次郎長だが、まだ若い。一旦火が点《つ》くと、薬缶《やかん》が沸くように煮えたぎって収まらない。

「駿府のお奉行所に届けやしょうか」

「馬鹿野郎！　日頃、角を突き合わせてる奉行所のやつらに頭を下げられるか。のこのこ出かけていったら俺たちがお縄になっちまう」

「なら、どうしやしょう」

「決まってるだろう。一家総出で追いかけていって刀を取り戻せ。一家で足らなきゃ、江尻《えじり》の大熊《おおくま》や津向《つむぎ》の貸元からも人数を借りてやらあ」

「牛次のやつは？」

「ぶった斬るなり、ふんじばってここに連れてくるなり好きにしろ」

隣の部屋で話を聞いていたらしい大政が入ってくると、

「そいつはいけないよ、親分」

「なぜだ、大政」

「親分がにゃん竜を持っていなさるということは、海道筋の親分衆はおろか、全国の貸

元にまで聞こえている。それどころか近頃は、堅気の衆も、次郎長と言えばにゃん竜だ、と噂《うわさ》しているそうです。いわばあの刀は清水次郎長の表看板みたいなものだ。それを高の知れた旅人に盗《と》られたとあっては、看板に傷がつく。総出で追いかけたりするのは次郎長一家の恥を世間に晒すようなものでしょう。しかも、あの牛次という野郎はドサ回り芝居の役者上がり。博打好きで行く先々で借金をこしらえ、とうとう一座を追い出されてしまいヤクザになったような心得違いの三下だ。そんなやつを捜しに大勢で押し出すのはいかがなものかと……」

「そりゃあそうだな」

「それに、うちと仲の悪い貸元衆にも知られたくはありません。次郎長が看板の刀を盗まれたらしい、ざまあみろ、と物笑いの種になってしまう」

「ふーむ……」

「うちは今、一《いち》の宮《みや》久左衛門《きゆうざえもん》一家ときな臭いことになっております。いつ出入りになるかわからない。そんなときに子分を刀探しに割くわけにもいきません」

「どうすりゃいいんだ。なんとしてでも牛次を捕まえてにゃん竜を取り戻さにゃあ、俺の面子《めんつ》が立たねえ」

「東海道を西に向かったとすると、行く手はたいがい京・大坂でしょう。海道筋の貸元のなかでもうちと懇意の親分衆にだけこっそり廻状《かいじよう》を送りましょう。百川の牛次という旅人がにゃん竜を盗んで逃げたので、そいつらしい野郎が来たり、噂を聞いたりしたらすぐにこちらに知らせてくれ、と頼むのです。牛次も馬鹿じゃあない。名前を変えて旅してるかもしれませんが、間違いなく牛次だとわかったなら、そいつをふん捕まえて、にゃん竜を取り上げてくれ……と」

「よし、わかった。あいつの立ち回りそうな土地の貸元衆に、すぐに廻状を書こう」

「あと、子分のなかでだれか気の利いたやつを選んで、牛次の後を追わせましょう。まだ、遠くへは行っていないはずだ。どこかで追いつくかもしれません。これは頭のいる仕事だ。目立たないように、足取りをたどらなきゃならない。馬鹿には無理です」

「じゃあ、鬼吉や法印《ほういん》じゃダメだな」

それまで黙っていた関東綱五郎が、

「親分、あっしでは……」

「ダメに決まってるだろう。おめえなんかに追わせたら、一町《ちょう》手前からでも向こうに気づかれちまう」

綱五郎が肩を落としたとき、大政が手を叩き、

「おっと、親分、うってつけの野郎がいるのを忘れておりました」

「だれでえ、そいつは」

大政が口にした名前に次郎長も、

「あいつならうまくやるだろうよ」

そう言ってうなずいた。

◇

駿府城下に二丁町《にちょうまち》という遊郭がある。お上公認の色里《いろざと》である。徳川家康《いえやす》が駿府にいたころは一万坪の敷地があったというが、のちに公儀が江戸に遊郭を開くにあたってこの町の店を移転させた。そして生まれたのが吉原《よしわら》である。七カ町あった遊郭のうち、二カ町が駿府に残ったので「二丁町」と呼ばれるようになったという。

その日も二丁町は宵から賑《にぎ》やかだった。惜しげもなく灯《とも》された行灯《あんどん》のおかげでたとえ闇夜でも昼間のように明るく、三味線の音や芸子《げいこ》の歌声などがあちこちの妓楼《ぎろう》から響いている。だが、よく聞くと、酔客の罵声や女の嬌声《きょうせい》に交じって、なにやら口論しているような声が路地裏から聞こえてくる。灯《あか》りの届かぬ暗い裏通りである。店の裏木戸が並んでいるだけで、ひと通りはない。


「おい、そこのサンピン！　ちょっと待ちな」

「な、なんだ、拙者のことか」

「そうさ。おめえさん、俺にぶつかっておいて、謝りもしねえで行き過ぎようってのは、ちと了見がおかしいんじゃねえのかい」

「なに？　そなたと拙者がいつぶつかったのだ」

「たった今だよ。気づかなかったかい」

「気づかぬもなにも、ぶつかっておらぬ」

「ぶつかったってば。その証拠に、ほれ、ここが赤くなってるだろう」

「そうは見えぬがな」

「とにかく謝ってもらわねえと俺の腹が収まらねえんだ。さあ、早く謝ってくれ」

「言いがかりをつけられて、武士たるものが頭を下げるわけにはいかぬ」

「なに？　言いがかりだと？　甘く見るねえ！　こうなったらどうあっても謝ってもらうぜ」

「拙者、先を急ぐ身だ。そなたのようなゴロンぼうに関わり合ってはおれぬ。御免」

「おーっと、そうはいかねえよ。ここは通さねえ」

「そこをどけ！」

「どうしても謝らねえってえなら、これを見な」

「な、なにをする。脇差を抜いたな。き、き、貴様、武士に向かってなんということを……」

「なんだ、ガタガタ震えてるんじゃあねえか。弱っちい侍だな。そうか……おめえさん、臆病もんだな。へっへっへっ……刀を抜きなよ。そっちは長《なげ》えやつ、こっちは短《みじ》っけえやつだ。あんたのほうが得だろう?」

「か、か、金が欲しいのか。金ならくれてやる。拙者を通してくれ」

「はじめはそう思ってたんだ。大坂までの路銀の足しにしようと思ってな。けど……気が変わった。あんたにゃあ気の毒だが、ほかのものが欲しくなっちまったんだ。くれねえかな」

「わかった。なにが欲しい。言うてみよ」

「俺が欲しいのはな……」

「や、やめろ。やめてくれ。貴様……なにを考えて……ああああっ」

◇

旅の供をしている丁稚《でっち》に店のまえで待つように言うと、

「ちょっと見せてもらえますか」

男は暖簾《のれん》をくぐった。

「へえ、お越し」

眼鏡《めがね》を掛けた、番頭らしい男が算盤《そろばん》から顔を上げた。

「こちらは古道具屋さんになりますのかいな」

「さようでございます」

「うちの旦《だん》さんが古道具が好きでおましてな、旅の土産《みやげ》になんぞ買《こ》うて帰ろうと思てたとこだすのや。ちょっといろいろ見せてもらいます」

「どうぞご随意に見てくだされ」

男は、店に並べられた茶道具や掛け軸、屏風《びょうぶ》などをひとつひとつ検《あらた》めはじめた。しばらくして彼は、帳場に立てかけられていた刀らしきものに目をとめた。紫色の古びた袋に入れられている。

「これは……刀のようでおますけど？」

「ああ、それですか。このあたりには刀剣類を扱う店が少のうございますで、新しいものでなければ扱わせていただいとります」

「拝見してよろしゅおますか」

「どうぞどうぞ。つい先ほど、旅のお方から買わせていただいたところで、まだ値札もつけとらんもんで……」

男はさして期待することなく袋から刀を取り出し、抜いてみた。刀の良し悪《あ》しはわからないが、どことなくほかのものとは違うように思えた。

「ふーむ……」

男はわからぬなりにその刀身をじっくり見ていたが、

「あっ……！」

と叫んだ。番頭が、

「どうなされました？」

「ね、猫や。猫がおる……」

「ようお気づきなさいましたな。手前は、売り主に言われてはじめて気づきました。迂《う》闊《かつ》なことで……」

「これはよろしいなあ。手前どもの主はいたって猫好きで、これ見せたら喜ぶこと間違いおまへん。どうぞ売っとくなはれ」

「へえ……うちも商売ですで、売れと言われれば売りますけどな、安くはございませんで」

「ほう、なんぼでおます」

「これを売りにきた若い町人さんは、三百両の値打ちはある、と言っておりましたけどな、それならうちでは扱えません、と申しましたら、先を急ぐ旅なのですぐに売りたい、五十両でよい、とおっしゃる。お身なりからして堅気のお方とは思えませんでしたし、箱書きもない、出所《でどころ》もはっきりせん品物だで、五十両でもどうかと思いましたが、私も少しは刀にも目が利きます。けっして悪いものではない。もしかしたらそのお方の言うとおり、かなりの逸物《いつぶつ》じゃないかと思うたので、私の一存で仕入れましたら、えらい主人に叱られましてな……」

「そうだすか」

「いくら逸物でも、箱書きも銘もないあやふやなものに五十両も払う……そんな博打みたいな商いはうちの家風に合わん、と言われてしまいました。というわけで、この刀、買い値の五十両でならお譲りできるのですが、どうですかな」

男はうなずいて、

「五十両でおますか。そこをなんとか百両にしてもらえまへんか」

番頭は眼鏡の縁に指を掛け、

「あんた、今、なに言いました？　私は五十両と申しとります。それを百両とは……なぶりに来られたのなら帰ってもらえますか」

「お怒りはごもっとも。わけをお話ししますさかい、聞いとくなはれ。——うちの主は、大坂でも少しは知られた商人《あきんど》でおます。日頃から豪儀なことが好きで、しみったれたことをしてたら金儲けの切っ先が鈍る、金はどんどん使《つこ》うてこそ入ってくるのや、と申しております。せやさかい、店のものが商用の旅から戻るときの土産は、せめて百両のものを買うてくるようにと言い渡されとりますのや。今度の旅は忙しいて手前も土産を探す暇がおまへなんだ。ようようここで見つけた品が五十両では、主に叱られます。頼むさかい百両の値ぇつけてもらえまへんやろか」

番頭は眼鏡のなかの目を丸くして、

「こんなこと言われたのははじめてですわ。うちは、そら百両いただいたほうがよろしい。主も喜びますでしょうけど……」

「話は決まった。──これ、こども！」

男は表に待たせていた丁稚を呼び寄せると、胴巻きから丁銀やら小粒やらでちょうど百両分の銀貨を出して番頭に渡した。番頭はまだ信じられないらしく、

「贋金《にせがね》ではないでしょうな」

「どうぞお調べやす」

「いや……あんたを信じますけどな……うーん……」

「ほな、この刀はこちらにちょうだいいたします。それに、これは少のうおますけど、あんたへの茶代でおます。剝き出しで失礼だすけど取っといとくなはれ」

「えっ！　これは一分銀《ぶぎん》……こんなにもらうわけには参りません。茶代て……お茶もなにも出しとりませんがな」

「いただいたつもりでお渡ししてますのや。ほな、手前はこれで……ええ買いもんさせていただきました」

「ちょ、ちょっと……おまえさま、いったいどちらのお方です」

「なるほど、名前を言うとかんと、あとで贋金やとわかったときに困りますわなあ」

「そういうことではないんですが……」

「申し遅れました。手前は、大坂船場《せんば》の鴻池善右衛門《こうのいけぜんえもん》方の番頭で、弥曽次《やそじ》と申します。この猫の浮き出ている刀、持って帰って主に見せたらいかばかり喜ぶかと思います。どうぞ今後ともお見知り置きを……」

唖然《あぜん》とする番頭を尻目に、弥曽次は満面の笑みで駿府の古道具屋を出た。

二

谷町筋《たにまちすじ》を少し入ったところにある生玉《いくたま》神社は、今日も大勢の参詣人で賑わっていた。境内にある茶店は団子が美味いと評判で、老若男女が集《つど》っている。四つある床几《しょうぎ》のひとつに若い侍とその連れの女が座り、団子を食べ、茶を飲んでいた。女は団子が気に入ったのか、空になった皿をかたわらに積み上げている。その横に、小間物屋でもあろうか、小太りの商人がひとり、

「すんまへん、こちらに掛けさせてもらいます」

そう言って腰を掛けると、団子と茶を注文した。すぐに店のものが盆に載せた団子と茶を運んできて、商人の隣に置いた。さっそく茶を飲もうと湯呑みを手にした商人に、

「待て」

若い侍が咎めた。

「へ……？　なんでおます」

「おまえが来るまえに我らのほうが先に注文しておった。その団子と茶は我らのものだ」

「あ……さようでございましたか。これは失礼を……」

　商人は湯呑みを置いた盆を、侍のほうに押した。侍は血相を変えて、

「無礼ものめ！」

「え……？　なにかお気に障りはりましたか」

「貴様が口をつけた茶を身どもに飲めと申すか。汚らしいにもほどがある。武士を愚弄いたすつもりか！」

「め、滅相もない。口などつけておりまへん。ちょっと持ち上げただけでおます」

「嘘《うそ》を申せ。身どもは見ておった」

「私もこの目ではっきり見てました」

　連れの女が、団子を食べながらおのれの目を指差した。

「そんな……わてはほんまに飲んでまへんので。おからかいは迷惑でおます」

「迷惑だと？　貴様の唾《つばき》の入った茶を身どもに飲ませようとしておきながら、迷惑とは片腹痛い。抜く手は見せぬぞ！」

　武士は床几から立ち上がると刀の柄に手を掛けた。女はそちらを見向きもせず一心不乱に団子を食べ続けている。

「お許しくださいませ、なにとぞ……なにとぞお許しを！」

商人は地面に両手を突いて謝っている。見物人が大勢集まってきて、その床几を遠巻きにしてことの行方を見守っている。侍は薄笑いを浮かべると、

「許してほしいか。そうであろうな。命あっての物種と申す。命はなによりも大事だからな」

「お許しいただけますか」

「いかにも許してつかわそう」

「ありがとうございます！」

「ただし、そのかわりと申してはなんだが、妹と身どもの両名、貴様のせいでいかくに迷惑をいたした。その迷惑料として五両いただこう」

「ご、五両！　アホなことを……なんぼなんでも無茶苦茶ですわ。そんな大金、払えまへん。たかだか茶を飲んだか飲まんかゆうだけでアホらしい……」

「なにい？　もう一度申してみよ！」

侍がふたたび刀の柄に指を掛けたとき、

「あいや、そこのお武家。しばらくお待ちくだされ」

声を掛けたのは、同心皐月親兵衛だった。

「なんだ、お手前は。関わりのないものが出る幕ではない」

「そうは参らぬ。こちらで聞いておると、そこもとはこの商人にあれこれ難癖をつけ、金を巻き上げようとしていた様子……」

「馬鹿なことを！　わしがゆすりたかりだと申すか」

「違いましたかな。――それがし、大坂東町奉行所定町廻り同心皐月親兵衛と申す」

そう言うと皐月は十手を出した。それを見た若い侍は、まだ団子を食べている女を肘でつついて合図すると、ひとごみのなかに消えた。商人は皐月を三拝九拝すると、これまた茶店をあとにした。皐月親兵衛は、

「近頃、揉めごとの仲人《ちゅうにん》ばかりしておるような気がするわい……」

そうつぶやきながら立ち去ろうとすると、

「すんまへん、旦那」

茶店の主らしき男が近寄ってきた。

「なんだ」

「あの……今のお侍さんとお連れさんの団子代と茶代をいただいとりまへんねん」

「それがどうした。まさか、食い逃げの罪で町奉行所に今のものたちをしょっ引けと言うのではあるまいな」

「いえ……それはどっちゃでもよろしゅうございますけど、旦那が出てきたさかいあのふたりは逃げてしもた。旦那さえ出てこなんだら、うちはお代をもらえてたはずですね

ん」

「なにが言いたいのだ」

「つまり、旦那に団子代と茶代を立て替えていただきたい、とこう申しております」

「図々《ずうずう》しいやつだな。そんなことができるか。盗人に遭《お》うたと思うてあきらめよ」

「そうは参りまへん。うちみたいな茶店は利の薄ーい商いでおます。客が湯呑みひとつうっかり割っても、その元を取るのに、どれだけ茶と団子を売らなあかんか……。まして や、今の客みたいに金を払わんと行ってしもたら、たいへんな損でおましてなあ、取れるところから取らんとやっていかれしまへんのや」

「だと申して、わしに払えというのは筋違いだ。知らぬ！」

「ほな、わては今の一部始終を町奉行所に申し上げに参ります」

「な、なに……？」

「お侍の食い逃げを町方の旦那が見逃したさかい、えらい損ができてしまいました、と……」

「貴様、わしを脅しておるのか」

「とんでもない。わてはただ、あったことをそのまま申し上げるだけでおまして……」

皐月親兵衛は考えた。今の件をこの男が会所を通して町奉行所に知らせ、それが上司の八幡《やはた》与力の耳にでも入ったら、自分の心証はかなり悪くなるだろう。なにゆえ町民の損になることをする、仏作って魂入れずとはこのことだ、もう少し考えて御用を務めよ……などと叱責を受けるかもしれない。それならば……。

「わかった。わしが立て替えてつかわす」

「さすが、旦那はようわかったお方や。へっへっ……ありがとうさんで」

皐月はぶすっとして、

「いくらだ」

茶店の主が口にしたのはとてつもない金額であった。

「貴様、足もとを見るつもりか。団子と茶の値としては法外であろう」

「決してさようなことは……お侍さまは団子ひと皿と茶を一杯だけでございましたが、お侍さまのお連れさまが十五人まえお召し上がりになられましたので」

「よく食う女だな。では、ここに置くぞ」

「足りませぬ」

「つごう十六人まえであろう。勘定は合《お》うておるぞ」

「いえ、商人の分が抜けております」

「なに？　あやつまで払わずに行ったのか。図々しいやつだ。なにが災いになるやわからぬ。こんなことなら助けるのではなかった……」

ぶつぶつ言いながらも皐月は財布を取り出した。

◇

船べりに当たる波が白い飛沫《しぶき》となって砕け散る。三十石《さんじっこく》のなかで夢八《ゆめはち》は大きく伸びをした。もうすぐ八軒家《はちけんや》だ。

（着いたら真っ先になにを食おう……）

夢八は今にもぐうと音の鳴りそうな腹を撫《な》でた。早朝、伏見《ふしみ》の浜の船宿で盛り切り一杯の温飯《ぬくめし》と九条《くじょう》ネギの味噌汁を食べたなりだ。

（まずはうどんやな。それから、ごまめ屋に行って一杯飲むか……）

夢八の商売は「嘘つき」だ。色里を流して歩き、声が掛かったらお座敷に上がり、あることないこと嘘八百を並べ立てて、ご機嫌をうかがうのだ。幇間《ほうかん》や噺家《はなしか》とどう違うのかと言われても、「似て非なるもの」としか答えられない。「嘘つき」は旦那をヨイショしたり、使い走りをしたり、踊りを踊ったり、落語を一席きっちり演じたりすることはない。あくまでその場で思いついたでたらめを即席で面白おかしく、いかにも本当らしくしゃべりまくるのだ。

しかし、夢八がただの芸人でない、ということに気づいているものもいる。「礫《つぶて》の夢八」の異名のとおり、石礫の遠当てをやらせると百発百中だし、身も軽く、軽業師のように屋根や木に登るのはお手のものである。しかも、ときどき大坂から姿を消す。どこ

に行っていたのだと問われても、

「へへ……ちょっと旅にね」

としか言わぬ。かなり仲が良い雀丸も、夢八が旅の空でなにをしているのか知らないのだ。公儀隠密ではないか、などと噂するものもいたが、どうやらそうではないらしい。

(海老《えび》に似た顔のおばあの一件も、中途でほったらかしにしてしもたな。けど、雀さんのこっちゃ。今頃見事に解決しとるやろ)

さほど古くからの付き合いではないが、夢八は雀丸の人柄に惚《ほ》れ込み、全幅の信を置いていた。横町奉行としての活動も、できるかぎり手助けしたいと思っていた。

(しばらくは大坂で嘘つきに精出すか……)

そんなことを思ったとき、彼の隣に座っていた顔色の悪い男が突然、

「ううう……っ!」

と呻《うめ》いたかと思うと、その場に突っ伏した。仰天した夢八は、

「どないしたんや!」

と声を掛けた。旅姿の男は荒い息を吐きながら、

「心持ちが……悪い……胸が……苦しい……」

額と首筋に脂汗がにじんでいる。目はどんよりと濁っており、熱も高そうだ。夢八は、

「おおい、船頭! この客、具合が悪いみたいやで」

そう叫んだが、褌《ふんどし》一丁の船頭たちは節くれだった腕で艪《ろ》を漕《こ》ぎながら、

「おおかた船に酔うたんじゃろ。今日の淀川《よどがわ》は風がきつうて荒れとったからのう。八軒家に着けば嘘みたいに治るわい」

と取り合わない。しかたなく夢八は、手持ちの気付け薬を竹製の水筒の水で飲ませてやった。男は、

「ありがてえ……恩に……着やす」

搾り出すようにそう言ったなり、ぐたり、とそこに寝そべってしまった。時折、身体をぶるっと震わせているのは悪寒に襲われているのだろう。歳は二十代半ばぐらい。縞《しま》柄《がら》の着物に股引《ももひき》を穿《は》き、高々と尻端折《しりはしょ》りをして、腰に長脇差を差したその身なりからして、渡世人だろうと夢八は当たりをつけていた。

船が天満《てんま》の八軒家に着いたのは五つ半頃（午後九時頃）だった。

「もうし、あんた、大坂に着きましたで。ここで降りるんか？」

夢八が話しかけても、男は目をつむって横たわったまま返事をしない。夢八は男の背中をとんとん叩いて、

「行く先はどこや。とりあえず船から降りなあかんわ。――立てるか？」

男は苦しげに顔を夢八に向け、

「立て……ねえ……」

「そうか。そやろなあ」

船頭のひとりが、

「お客さんよう、あんた、そのおひとの知り合いじゃろ。宿まで連れていってやりなされ」

「え？　わたいは知り合いでもなんでも……」

「いつまでも船で寝てられたら船頭の迷惑じゃ。よろしゅう頼みましたぞ！」

夢八は、やれやれという風にかぶりを振った。

（しゃあない。こうなったら乗りかかった船や……というか、ほんまに船に乗ってるけどな）

夢八は男をおぶると、三十石を降りた。男は、道中差しというにはやけに長い刀を差している。夢八は大川端の木陰に男を寝かせ、

「さあ、あんたの行き先はどこや。そこまでわたいが連れていったるわ」

男は眉間に皺《しわ》を寄せ、

「わから……ねえ……どこといって……当てはねえ……」

「そういうのがいちばん困るんや。金持ってるか？　持ってるんやったらどこぞの宿屋に泊まって、そこに医者を呼んでもらうのがええんやないかな」

男はかすかに首を横に振り、

「銭は……船のなかで……盗まれた……」

「なんやて？　アホすぎるやないか」

どうやら男が病気だと気づいた胡麻《ごま》のはえが、身動きできないのを良いことに胴巻を盗んだらしい。

「ひどいやつがおるもんや。あんたもあんたやで。せめて、きゃーっ、とか、ぴーっ、とか声は出せんかったんかいな」

「面目……ねえ……」

「ま、ええけどな。そうしたら、あんた、一文なしというわけやな。どこぞに泊めんならんけど、うちは狭いしなあ……」

そのとき、ふと夢八の頭に浮かんだことがあった。

「あんた、博打打ちやろ」

「見ての……とおりだ……」

「それやったら、わたいの知り合いに口縄の鬼御前ちゅう女俠客がおるんや。天王寺に一家を構えとるんやけど、そこに連れていったろか」

男はうなずいた。夢八は辻駕籠《つじかご》を拾うと男を乗せ、自分は駕籠の横について走り出した。えらい散財や、とぼやきながら。

◇

「かめへんで。うちはいつでも大歓迎や」

夢八の話を聞くや、鬼御前は胸を強く叩いた。

「一宿一飯て言うけどな、うちはなんぼいててもろてもええで」

「さすが鬼御前さん、太っ腹」

「だれの腹が太いねん」

鬼御前は夢八の頭を叩くと、二階のひと間にその旅人《たびにん》の床を取るように子方に命じた。

「すいやせん、姉さん……足がふらついて仁義も切れねえたあ情けねえ」

白湯《さゆ》などをもらってやや塩梅《あんばい》がよくなった旅人は頭を下げた。

「あんた、名前は？」

「へえ……その……それが……」

「名乗りとうない、というわけやな。ま、ええわ。それぞれ事情があるやろからきかんとこ」

「すいやせん」

「かまへん。まあ気兼ねせんとしばらく遊んでいき」

「ご厚情、いたみいりやす」

鬼

旅人は何度も礼を言った。

「二階で寝とったらええ。あとで医者呼んだるさかい」

子方に付き添われながら千助は二階に上がっていった。

「なんか曰《いわ》くがありそうやな」

夢八が言うと、

「あてもそう思うわ。どうもきょときょとと落ち着かんし、どことのう陰がある。もしかしたら兇状旅《きょうじょうたび》かもしれんな」

兇状旅というのは、ひとを殺したりしてお上やよその貸元に追われる立場になったヤクザものが、土地にいられぬようになり、ほとぼりが冷めるまで他国を回ることを言う。

「兇状持ちやったらえらいこっちゃな。もしかしたらとんでもない厄介ものをご当家に持ち込んでしもたんかもしれん」

「男前やさかい大事ない」

たしかに男はまだ若いが苦味走った顔つきだった。

「そこかいな。――せやけど、いつどんなときでも旅人を泊めてやらなあかんとはたいへんだすな。銭のないときもあるやろうに」

夢八が言うと、鬼御前は苦笑して、

「そういうときは借金してでも泊めてやるのがこの稼業の掟《おきて》や。そのかわり泊まったほうはだれよりも早う起きて、掃除、洗濯、飯炊き、使い走り……なんでもやらなあかん。たまたまそのときに出入りがあったら助っ人にも駆り出される」

「けど、三度の飯はいただけますのやろ」

「そらそや。出立するときは草鞋銭も渡さなあかん。でも、あての子方がよその親方に世話になるときも、同じようにしてほしいさかいな」

「言うたかて、だれかれなく泊めるというわけにはいきまへんやろ」

「まず、うちと仲の悪い一家の子方は、はなから泊めてくれと言うてこんわな。あと、仁義の切り方で楽旅《らくたび》か兇状旅かがわかるのやが、兇状持ちは泊めんこともある」

「ほな、今のやつは」

「ま、ええがな。こういうときは根掘り葉掘り詮索せんこっちゃ」

「けど、鬼御前さんにも、相性のええ親方とそうでない親方がいてはりますやろ。まえに揉めてたイモリの石蔵親方とはどうなりました」

「三ツ星の銀五郎がお縄になってからは、石蔵さんとは仲良うやってるで。でもなあ……」

「なんぞあったんですか」

「天王寺界隈は銀五郎と石蔵とあての三人が鎬《しのぎ》を削ってたんやけど、銀五郎がおらんようになったさかい、その縄張りをどうするか、ゆう話になってな、あては石蔵さんと折半するつもりでいてたんや」

「なるほど」

「ところが、下寺町に一家を構える谷町の六郎七《ろくろうしち》ゆう親方がおってな、縄張りも広いなかなかの大親分や。このあたりではいちばんの顔役やな。こいつがしゃしゃり出てきよったんや」

鬼御前はそう言って顔をしかめた。

「嫌なやつみたいだすな」

「嫌なやつやでー。お上から十手を預かってる、いわゆる二足の草鞋ちゅうやつや。町奉行所のご威光を笠《かさ》に着て弱いものいじめばっかりしとるし、なによりも金の顔を見るのが好きやねん。いつも金、金、金、金て、金の話しかしよらん、金の亡者や。下寺町に並んでる寺からも場所代をふんだくるんで、坊主からも嫌がられてるダニみたいなやつや。谷町の親方て言われとるけど、陰ではみんな、ダニマチや、ダニマチやて呼んどる」

「ははは。ダニマチはよろしいな」

「こいつが、あてと石蔵さんが遠慮しおうとるのをええことに、銀五郎の縄張りをいつのまにかすっくりおのれのものにしてしもた。これで、六郎七の縄張りはかなり広うなったで」

「そんなことがおましたんか」

「あいつの子方がなにか言うてきても、あてはなんの手助けするつもりもないな。勝手にやってんか、て思うだけや」

そこへ表から、水撒《ま》きをしていた豆太が走り込んできて、

「姉さん……」

なにやら鬼御前に耳打ちした。鬼御前は顔をひきつらせると夢八に、

「その『相性の悪い』おひとが来たみたいやわ」

「――え？」

夢八が思わず暖簾のほうを振り返ったとき、三下奴らしいふたりの男が入ってくると、左右から暖簾の裾を持ち上げた。そのあいだを頭をつるつるに剃《そ》り上げた五十歳ぐらいの男がゆっくりと進んできた。貫禄を誇示しようというのか、足取りがやたらと遅く、夢八はいらいらした。背が低いが横幅はある。眉毛は薄く、ほとんど筋だけだ。目も細くて、目玉が見えない。唇は半開きでいつも笑っているようだ。濃い頬紅を塗り、頭にかんざしを挿し、歌舞伎役者のような派手な着物を着ている。大きな鉈豆煙管《なたまめギセル》を手に持ち、鬼御前に向かってなにか言うまえに、すぱりと煙草《たばこ》を吸い、煙を吐いた。

「口縄の。久しぶりやな」

男がそう言うと、鬼御前は煙を手で払いのけながら、

「これは谷町の親方さん、あれだけのことをしておきながら、よううちへぬけぬけと顔出せましたなあ」

鬼御前の口調は嫌悪を顕わにしていた。

「おまはん、なんぞ勘違いしとらんか。銀五郎の縄張りが浮いてしもたやろ。これを石蔵どんが取ってもおまはんが取っても角が立って、また喧嘩になると思たさかい、わしが年寄り役で、欲しゅうもない縄張りやったけど、もろてやったのやないか」

「そらまあご親切に。——で、なんぞご用だすか」

「用があるさかい来たんや。おまはんも聞いとるかもしらんけど、清水の次郎長どんのところから廻状が来た。次郎長どん、知っとるやろ」

「名前だけは」

「今売り出し中の若い衆や。わしは昔から目ぇ掛けとった。なかなかやるやないか、と思うとったら、案の定、近頃めきめき出てきよった。いずれは海道一の親方になると噂するものもある。な、わしの眼力もちょっとしたもんやろ」

六郎七はどうやら次郎長と懇意なのが自慢のようだ。

「そうだすか」

「手紙によるとやな、次郎長どんのところに草鞋を脱いでた百川の牛次という三下が、次郎長どんが大事にしてた『にゃん竜』とかいう刀を盗んで逃げたそうや。次郎長どんにとっては命に代えても取り戻したい刀や。海道筋の主だった貸元に廻状を出して、それらしい旅人が来たら、こっそり知らせてくれ、て言うてきよった。どうやら牛次は京、大坂に向かったらしい。おまはんも、もし牛次らしい旅人が草鞋を脱ぎにきたら、すぐにわしに知らせてくれ。ええな」

「あては次郎長さんには恩も義理もないさかい、そういう旅人が来ても、あんたに知らせるつもりはおまへんなあ」

「なんやと？　わしに逆《さかろ》うたら、おまはんのこんな……」

六郎七は、鬼御前の家のなかを見渡して、

「しょうもない一家ぐらいあっという間に潰してしまえるんやで」

「この家潰せるとはえらい力だすな。そういうのを『馬鹿力』て言いまんねん」

「やかましいわい！　女子だてらに生意気に看板上げさらしやがって、この谷町の六郎七を舐めたらえらい目に遭うで。女はおとなしゅう家に籠って、料理でも洗濯でも裁縫でもしとれ。分不相応な任侠ごっこはやめて、どこぞに嫁に行け」

鬼御前の目が大きく見開かれた。

「大きなお世話や！　はよ帰り。いつまでもそこでぐずぐずしとったら、向こう脛《ずね》かっぱらうで。——豆太、まきざっぽ持っといで！」

「おい、口縄の。えろうわしを去《い》なそうとするけど、まさかその旅人、匿《かくま》ってるんとちがうやろな」

「ははは……なに勝手に決めさらしてんねん。そんな牛次とかいう名前の旅人はうちにはおらんわ」

「名前変えて旅しとるかもしらんやないか」

「牛次も馬次も猿次も熊次もいてまへんわ」

「わしに嘘ついたら、おまえはわしと次郎長どんとお上を敵に回すことになる。それは得とは言えんわなあ」

「あては、損得でこの稼業をやってまへんねん。あんたと違《ちご》うてな」

六郎七は顔をしかめ、

「そら結構。もし牛次が草鞋脱ぎに来よったら、かならずわしとこへ知らせえよ。下手に匿いだてしたらどうなるか……わかっとるやろな」

「そろそろお帰りやす。あてとこもいろいろ忙しゅうおますさかいな。——豆太、谷町の親方はんがお帰りやで」

六郎七は舌打ちして、

「おまはん、いつまでもそんな突っ張ったやり方が通るとは思うなよ。所詮は女子の遊び……この渡世は男のもんなんや。よう考えるこっちゃな」

「なにを考えますねん」

「足洗《あろ》うて堅気になることを、や。そのときゃおまはんの縄張り、わしがもろたるわ」

六郎七は笑いながら家を出ていった。鬼御前はその後ろ姿を苦虫を噛《か》み潰したような顔つきで見つめていたが、振り返ると、

「豆太、わかってるな」

「へい、心得とりま」

「ほほう、おまえにしては上出来やないか」

豆太は得意そうに、

「姉さんのお望みのことぐらいすぐにわかります。塩だっしゃろ。ここに山ほど持ってきとります。撒いて撒いて撒きまくりまっさ」

「ドアホ！　そんなことやない。――二階の客人のことや。なにがなんでもあいつらに見つかるんやないで」

「あ、そっちだしたか。わかっとりま、心得とりま、任せとくなはれ」

豆太がそう言ったとき、今までどこかへ隠れていたらしい夢八がひょっこり顔を出し、

「病の旅人に清水次郎長にダニの六郎七……いろいろとややこしそうだすな」

「そうやねん。――あの旅人は渡さんで」

鬼御前はつぶやくと天井をにらんだ。

◇

今宵《こよい》も今宵とて、雀丸と加似江はまたしてもごまめ屋を訪れた。晩飯の支度が面倒くさい雀丸と、酒をたらふく飲みたい加似江の意向が一致したのだ。今日は園《その》も一緒である。夕方、たまたま竹光屋《たけみつや》に遊びに来たのだが、父親の皐月親兵衛は夜勤で朝まで帰らないというので、雀丸が誘ったのだ。もちろん母親である加世《かよ》の許しは得た。

「雀丸さんと外にお酒を飲みにいけるやなんて、うれしいです」

「そ、そうですか?」

一歩先を歩いている雀丸は照れたように笑った。

「園殿、女子というものは外では酒はあまり飲まぬほうがよいぞえ」

園と肩を並べている加似江が言った。

「いくらでも飲めたとしても、ほんの少したしなむぐらいに見せておきなされ。ガボガボと浴びるように飲むようではいかんぞ」

どの口が言うか、と雀丸は思ったが、もちろんなにも言わぬ。

「まあ、それでは面白くありませぬ」

「はははは……なかなか頼もしいのう。まあ、ごまめ屋でなら底抜けに飲んでもかまうまい。あの店は、わしは先代からの贔屓じゃ。安うて美味いものばかり出しよる。酒も吟味してあるわい」

「では、底抜けに飲みます」

雀丸がたしなめようとしたとき、ちょうどごまめ屋に到着した。なかに入ったところに盆を提げた美代がいた。

「あら、雀さん、ようお越し」

「また来てしまいました。今夜はこないだのように無茶飲みをせず、静かに飲みたいと思っています」

「それが……そうもいかんみたいだすねん」

「え……？」

美代の言葉の暗さに、雀丸は店のなかを見渡した。入れ込みのいちばん奥で、旅装の若い侍とその連れらしい若い女が主の伊吉のまえに座っていた。かたわらには空の小鉢や皿、丼が山と積まれ、徳利も数本転がっていた。

「お金がないから支払いができんとはどういうことだす」

「すまぬ。宿を出たときはたしかにあったはずなのだが、今見ると胴巻がない。そう言えばついさっき、大通りで町人がひとりぶつかって参ったが、あれが掏摸《すり》だったのかもしれぬ」

「それは災難でしたなあ。けど、うちもそうだすか、ほなタダにしときます、とはよう言いまへん。酒が少しと小鉢がひとつ、ぐらいなら負けとくこともできますけど……こないぎょうさん飲み食いされたら、なんとかしていただきまへんと……」

連れの女は、ふたりのやりとりを気にすることなく、豆腐の田楽を食べている。

「ない袖は振れぬ」

「ではおましょうけど……」

「ならば、こういたそう。身ども、これから知人のところに金策に参る。そのものならばかならず用立ててくれるはずだ。それを持ってこちらに戻り、支払いをいたすゆえ、暫時待ちくれるよう。——たね、参るぞ」

女は田楽の最後のひとつを口に放り込んで立ち上がろうとしたが、伊吉はそれを押しとどめ、

「いや、その……ふたりとも行かれてしもたら困ります」

「なぜ困る」

「そのまま逃げてしまうかもしれまへんがな」

「なにい！　貴様、武士が食い逃げ飲み逃げをすると申すか！」

「このご時勢、お侍の食い逃げも多いんだす。お金の工面に行きはるのはけっこうだすけど、どちらかひとりは残っといてもらわんと」

「そういうわけには参らぬ」

「そのお知り合いの方のお名前とところ番地を教えていただいたら、わてが代わりに取りにうかごうてもよろしおますけどな」

「それが、かなり遠いところなのだ」

「どこですねん」

「四国の丸亀《まるがめ》だ」

「遠すぎまんがな。あんたら、盗人《ぬすっと》よりたち悪いなあ」

「侍を盗人扱いとは無礼千万だ。許せぬ！」

「盗人扱いて言わはりますけど、はなから食い逃げするつもりやったんと違いますか」

「もう一度申してみよ。貴様、命が惜しくはないのか！」

「命は惜しいけど金ももらわな、どもなりまへん。大声出して刀抜く素振りをしたらなんでも罷《まか》り通ると思たらえらい間違えだっせ」

「むむむ……」

「とにかく、払《はろ》てもらえんのやったら今から会所に参りまひょ。町奉行所に白黒つけてもらうしかおまへんわ」

「そ、それは困るのだ」

「ほな、今お持ちのお腰のものを、一時《いっとき》質屋に預けてお金を作っていただくゆうのはどないだっしゃろ」

「それも困るのだ」

侍も困り果てているようだが、連れの女は無心に芋の煮ものを食べ続けている。

「ああ、もうどないしたらええんやろ。こないだからこんなことばっかりや」

そう言って振り向いた伊吉の視線が、雀丸に止まった。

「あっ!」

雀丸は咄嗟に身を隠そうとしたが遅かった。

「雀さん、ええところへ来たなあ。そや、こういうときは町奉行所やのうて、横町《よこまち》奉行に頼んだらええのや。雀さん……ちょっとこっちに来てんか」

雀丸はため息をついて、入れ込みに上がった。若い侍は伊吉に、

「なんだ、その横町奉行と申すのは」

「へえ、大坂だけにある仕組みでおましてな……」

伊吉は手短に横町奉行について説明した。

「すると、この御仁がその横町奉行だと申すか」

しかたなく雀丸は頭を下げ、

「横町奉行を務めております竹光屋雀丸と申します。大坂の町民間の揉めごとを即座に裁くのが役目なんですが、なかなかそう上手《うま》くはいきません。でも……今の話を聞いておりましたかぎりでは、あなた方の負けだと思います。飲み食いした代はなんとしてで

もこの店にお支払いください。できないならば町奉行所に召し捕られても文句は言えないですね」

その言葉を聞いた若侍はしばらくうつむいて黙っていたが、

「雀丸殿とやら、まことに相すまなんだ。身どもが間違うていた。これこのとおり頭を下げるゆえ、町奉行所に知らせることや刀を売ることは許してくれ。ここの代はいずれかならず払うゆえ、此度《こたび》だけは見逃してくれ。頼む！」

「いや……そうおっしゃられても、私には『見逃してあげます』という権はありません。ものの代は払うのがあたりまえです。刀があるなら刀を手放すとか、着物を質入れするとか、なにかしていただかないと、商人は立ち行きません。見逃してくれ、というのはちょっと……」

「そこをなんとかしてほしいのだ。――よし、わかった。そのほうを横町奉行と見込んで思い切って打ち明けよう。これは他言をはばかることゆえ、ここだけの話にしてもらいたいのだが……」

「はあ」

「我ら、じつは……仇を捜しておる身なのだ」

居合わせた一同が驚いて聞き耳を立てた。

「わけあって主君の名はお許しくだされ。身どもは東国のさる大名家の家臣で小原《おはら》左源《さげん》太《た》と申すもの。これなるは妹たね。国家老の息子が酒のうえのいざこざから卑怯《ひきよう》にも父を待ち伏せして斬り殺したあげく出奔し、母親はそれを苦にして病の床について枕が上がらず、身どもは家名存続のため、妹とともに仇討ちの旅に出たのでござる。仇がどこにいるかもわからず、日本中を捜した。一年目はまだ身どもも妹も気力、体力ともに充実し、親類縁者や輩《ともがら》からの助けも受けられたのだが、二年たち三年たち四年となると、それまで支援してくれていたものたちもそっぽを向き、長旅の疲れからか我ら両名も心身ともに衰えて、道がはかどらぬようになってしもうた」

「たいへんですね」

「しかも、路銀が尽き、国許《くにもと》の親類どもも、病床の母の看護に金がかかるゆえ、これ以上の仕送りはできぬ、あとはそのほうたちで工面せよと言うばかり。先日、目指す仇がどうやら大坂に潜伏しておると風の便りに聞き、勇んで当地まで参ったところが、あいにく縁者も知り合いもなく、宿銭にもこと欠くありさま。昼間は繁華な場所を仇を捜して歩き回り、日が暮れると神社仏閣の軒下にて一夜を過ごす日々。これも仇討ち本懐を遂げるまでの辛抱と我慢に我慢を重ねしが、本日はからずもこの店のまえを通りかかると、美味そうな匂いに腹の虫がぐぐ……と鳴った。三日もなにも食べておらず、ひもじさのあまり、悪いこととは知りながら、ついただ食いをつかまつったのだ」

講釈師のように硬い口調である。

「たとえ幾日飢えようと身どもはかまわぬが、妹が不憫《ふびん》でならず、思い余ってこちらの料理をちょうだいしたような次第」

伊吉が、

「ただ食いするんやったらちょっとは遠慮するもんや。その不憫な妹さん……食いすぎやで」

「この店に迷惑をかけるのは心苦しいが、払えぬものは払えぬのだ。天下の武士などとうそぶいても、金がなくては犬猫より劣る。そのこと、身どもは骨身に染みておる。刀を手放せぬのは、いつ仇と出くわすかわからぬからだ。町奉行所に訴え出られては困るというのは、我らの所在が仇に知れると逃げられてしまうからだ。――虫の良い話とは思うだろうが、なにとぞ……なにとぞお願いいたす」

小原左源太は土間に座し、額を擦《こす》りつけた。

「えらあいっ！」

店が震えるほどの大声《たいせい》を発したのは加似江だった。雀丸は耳を手で押さえながら、

「お祖母《ばあ》さま、そんなに大きな声を出さなくても聞こえます」

「このもの申すことに心動かされたゆえ、自然《じねん》と声が大きゅうなったのじゃ。――そのほうら兄妹はまことに天晴《あっぱ》れである。誉《ほ》めてとらすぞよ」

「あの……あなたさまはどちらのお方でござるか」

「わしは今は竹光屋の隠居をしておるが、もとをただせば大坂弓矢奉行付き与力を務めた家柄じゃ。仇討ちに努力を重ねるそのほうらの苦労、ここいらに並んでおるカボチャどもにはとうていわかるまいが、わしには痛いほどに伝わっておるぞ」

「そのお言葉でこれまでの難儀が報われた思いでござる。さすがは元武家、ご隠居さまのようにわかってくださるお方は滅多におられませぬ」

「腹が減っていては仇討ちなどおぼつかぬ。貧すれば鈍するの例えありじゃ。——よろしい、皆まで言うな。わしに任せておけ」

こくこくとした加似江は、

「雀丸、このものたちの飲食の代、おまえが支払うてやれ」

「えっ？　立て替えるのですか」

「馬鹿もの！　このものたちの孝心への褒美としておまえが遣わすのじゃ。わかったか」

「いえ、さっぱり……。どうして私がこの方々が飲み食いした代を肩代わりしなければならないのです」

「理屈を申さず払えばよい！　それと、今日からこの兄妹は当面うちに泊めてやることにする。よいな！」

「ええーっ？」

加似江は左源太とその妹に向き直ると、涙を拭いながら、

えらぁい

「わが家と思うていつまででも逗留《とうりゅう》せよ。遠慮はいらぬぞ」

左源太は、

「いや、飲食の費《つい》えを払うてもらうだけでもありがたき幸せでござるに、そのうえ泊めていただくなどとはあまりに恐縮」

「気にせずともよい。わが家に逗留すれば、宿賃はタダ、朝昼晩三食の代もタダ、布団も枕もある。腰を落ち着けて仇を捜すがよい」

雀丸は加似江に小声で、

「お祖母さま、もう少し人物を見極めてからのほうが……」

「やかましい。わしほどになるとな、その人物の善し悪しなど目を見ればわかるのじゃ」

「まことですか」

「ひとの世のつらさを舐めておる若きものたちに救いの手を差し伸べるのは、わしのような年寄りの務めじゃ」

結局世話をするのは自分なのだが、と雀丸は思ったが口には出さない。

「わかりました。——おふた方、よかったらうちにお越しください」

「うれしゅうござる。なにとぞよろしくお願いいたす」

左源太は涙にくれて礼を言ったが、妹は黙ってナスの煮浸しを食べていた。

◇

　こうして仇を捜す兄妹が竹光屋に宿ることとなった。三食付きで宿賃も無料なのだから、掃除、洗濯、料理、洗いものなどを手伝ったりするのが普通だと思われるが、このふたりはまるでなにもしなかった。布団を上げたり、食器を片付けたりもしない。起きたら起きっぱなし、食べたら食べっぱなしだ。だが、加似江がなにも言わぬので雀丸もそのままほったらかしにしている。

（武家育ちで身の回りのことはなにもかも家僕がやってくれていたからかな……）

　宿にも泊まれず、野宿をしていた、というわりに、家事には一切手を出すつもりがないようだ。兄のほうはときどき市中をうろついている。仇を捜しているのだろうと思われたが、たねという妹のほうはそれに同行せず、一日中家にいる。しかも、なにをするでもなく、時間をかけて化粧をしたり、借りてきた絵草紙を読んだり、煙草を吸ったりして過ごしている。ときどき風呂屋に行くが、あとはひたすら食べている。

　朝は茶漬けか雑炊を四杯か五杯、漬け物と目刺しかなにかをおかずに大きな丼で平らげる。昼は炊きたての飯を五、六杯、ひじきの煮物、豆腐の味噌汁などでいただく。夜は大根と竹輪の煮物、ナスの煮浸し、大根のひと塩漬け、熱々の味噌汁などで冷や飯を、それこそあればあるだけ食べてしまう。加似江の給仕をしたあと、その後片付けをした雀丸がようやく食事をしようとしたときには、すでにひと粒もご飯が残っていない、ということも珍しくない。やむなく雀丸が、自分の分だけは先に茶碗によそって、水屋に入れておいたら、いつのまにかそれも食べられてしまっていた。

しかも、たねは食事の合間あいまに間食をする。しまってある菓子を勝手に出して食う、素麺を勝手にゆがいて食う、芋をふかして食う、近所の店から勝手に出前を取って食う、屋台店などでツケで買い食いをする……好き放題である。みるみる金が減っていく。さすがに雀丸が加似江に訴えると、

「あの娘がさほどに食うておるとは思えぬ」

「いえ……とんでもない大食らいです」

「おまえはそう言うが、あの娘、いたって瘦せておるではないか。おまえの申すほど食うていたら肥えるはずじゃ。おまえの話は大げさでいかん」

「そんなことないと思いますけど……」

「よいではないか。ケチくさいことを申すでない。鴻池家からもろうた竹光の代が残っておるはずじゃ」

「それはそうですが、つぎの仕事がいつ入るかわかりません。大事に使わないとたちまちなくなってしまいます」

「文句を言うておる暇があったら、つぎの仕事を探せ。おまえは仕事をみずから取りに

いく、ということをせぬ。そんなやり方でこれからのご時勢が渡れると思うか。夢八のように、竹光屋のコマアサルを流してまわれ」

「そんなことはできません」

「ふん、横着ものめが」

雀丸がため息をつこうとすると、

「ため息をつくでない！」

雀丸は、つこうとしていたため息を、唇をすぼめて少しずつ出した。

兄妹は幾日経っても出ていく様子はないし、加似江も咎めるつもりはさらさらないようなので、雀丸は、

（そういうものだ……）

とあきらめた。侍を辞めてからこれまでずっと「そういうものだ……」で過ごしてきたのだ。

◇

「どういたすつもりだ。この果たし状によると、日時は今月みそかの八つ半（午前三時頃）。場所は下寺町大窟寺《だいくつじ》境内、とあるぞ」

恰幅《かっぷく》の良い老武士が、読み終えた書状をその場に放り出してそう言った。心配してい

るような、咎めているような、困惑しているような口調だった。髪はすっかり白いが、肌は脂ぎって光沢がある。

「果たし状と申しても、真剣を使って勝負をするだけ。どちらかが死ぬまで斬り合いをするわけではありませぬ」

「とはいえ、そなたが負けたら剣術指南役の職を辞さねばならぬ。果たし合いと同じではないか。やるのか、やらぬのか」

「やるしかありませぬ。でないと、やつはことの次第をすべて殿やご家老、恩師らに打ち明けるでしょう。そうなったらそれがしも義父上《ちちうえ》も破滅でござるぞ」

応えたのは壮年の侍だ。その表情は苦渋に歪《ゆが》んでいる。

「奈津野《なつの》に勝つ自信があるのか。もし、そなたが負けるようなことがあれば、そなたもこの結城《ゆうき》の家も……」

老武士は呻くような声で言った。

ここは中国地方のさる大名家の用人で大目付役も兼職している重役、結城悠之進《ゆうのしん》の役宅である。

「申されるな、義父上。それがしの見るに、やつめとそれがしの腕はほぼ互角」

「それが慢心だと申すのだ。ひとには欲目というものがあってな、おのれの腕まえがまさっておるように思えるものなのだ」

「いや、それがし、剣をもって身を立てるもの。立ち合う相手の腕をひと目で測れずして勝負に臨めましょうや。おのれの技量を測るならば、おのれを見るに他者を見るごとくすればよいだけのこと。欲目などに惑わされることは一切《いっせつ》ござらぬ」

結城悠之進の娘婿で、現在、城内で剣術指南役を務める結城外三郎《とさぶろう》はそう言った。

「わかったわかった。それならそれでよいが……ああ、丸平《まるへい》さえあんなことをしでかさねば、なにごともなかったものを……あの馬鹿ものめ！」

悠之進は苦々しい顔つきでそう吐き捨てた。

結城外三郎と奈津野由右衛門《よしえもん》はかつて同じ道場で切磋琢磨《せっさたくま》した仲である。道場主は、小酒井徳三の流れを汲《く》む心形刀流《しんぎょうとう》の森山無軒《もりやまむけん》という名高い剣客で、長年、剣術指南役の職にあった。無軒は平生、

「奈津野と結城の腕は伯仲しておる」

と言っていた。事実、道場における竹刀《しない》や木刀での対戦では勝敗は五分であった。

五年まえ、引退する無軒に代わる新しい指南役を選ぶことになり、家中が奈津野派と結城派に分かれて侃侃諤諤《かんかんがくがく》の議論をしているとき、奈津野由右衛門と結城外三郎は、ひそかに真剣で決闘を行った。私闘は禁止されているため、深夜に領内の山中で、余人を交えず、たったふたりで対峙したのだ。負けたものは身を引き、指南役を勝者に譲るという約束だった。

勝負の最中、もっとも緊迫した場面で、奈津野由右衛門が背にしていた崖のうえから、突然、大小の石が転がり落ちてきた。それに気を取られた奈津野に一瞬の隙ができ、すかさず一撃を放った結城外三郎が勝利した。

奈津野は潔く身を引いた。独り身だった彼は禄《ろく》を返上し、大坂に出て、町なかに道場を開いた。江戸と違って大坂には武士の数は少なく、剣術を教えることで生計《たつき》を立てるのはなかなかたいへんだが、彼は入門を請うてきた町人や百姓などを相手に機嫌よく稽古をつけている。教え方も上手だとの評判だ。

ところが天網恢恢《てんもうかいかい》にして漏らさず、最近のこと、奈津野が道場の近くの安い居酒屋で飲んでいると、酔っ払った渡り中間《ちゆうげん》が、タダで飲ませろと店の主にからみはじめた。

「ええやないか。まだ飲みたらんねん」

「なんであんたにタダ酒飲ませなあかんのや。アホか」

「なんやと？　わしを怒らせたらえらいことになるで。わしはこう見えて、手が後ろにまわるようなことをいろいろやらかしとるのや」

そう言ってその渡り中間は、かつて犯した悪事を自慢しはじめた。

「五年ほどまえやったかなあ、名前は言えんが、わしがあるご家中のお偉いさんのところで中間をしてるとき、そこの殿さんに大金もろて頼まれて、剣術の真剣勝負の最中に、崖のうえから石を落としたことがあるのや」

奈津野由右衛門の耳がぴくりと動いた。

「なんでそんなことで手が後ろにまわるのや」

「勝負しとるのはその殿さんの義理の息子や。勝ったら、剣術指南役に取り立てられる。せやから、相手の背中目掛けて石を落として、そいつがびっくりしてる隙に斬ってしまうゆう計略や」

「ははははは……それは無茶やな。やったんかい？」

「やったがな。うまいこといったで。――なあ、大将、飲みたいけど銭がないねん。一杯だけおごってえな」

「うちはツケはきかへんのや。飲みたかったらよその店に行き」

「おのれの頭に石落としたろか」

「わしの頭は硬いさかい、石ぐらい割ってしまうわ」

中間が舌打ちして立ち上がりかけたとき、奈津野が声をかけた。

「そこの中間さん、お酒を飲みたいのですか」

「お侍さんだっか。へえ、もう喉が渇いてたまりまへんのや。一杯招《よ》んだっとくなはれ」

「飲ませてやってもよいのですが、拙者の聞きたいことを教えてくれれば……」

「旦那の聞きたいこと、ゆうのはなんですねん」

「今、そなたが申していたことです。五年まえに真剣勝負の最中に頼まれて石を落とした、とか……」

「ああ、あれだすかいな」

中間は探るような目つきになり、

「旦那……町方のおひとやおまへんやろな」

「拙者は役人ではありません。拙者は……そなたが石を落とした、あのときの侍です」

「げっ……！」

中間は逃げようとしたが、奈津野は猿臂《えんぴ》を伸ばし、男の首筋を摑んで高々と吊るし上げた。そのまま店から連れ出して自分の道場へと向かい、稽古場に放り込むと、なだめたりすかしたり脅したりして、とうとう丸平というその中間の口を割らせた。その結果、結城親子の卑怯な振る舞いが露見したのだ。観念した丸平は白状した内容を記した文書に名前を書き、爪印を押した。

奈津野由右衛門は結城外三郎に書状を送った。真剣を手にもう一度果たし合いをしたいこと、命のやりとりをしたいわけではなく、勝負がつけばそこでやめ、まことはどちらの腕がうえなのかを明らかにしたい、それも公にではなくあくまで内々で試合がしたい、今度こそ邪魔が入らぬようにふたりだけで雌雄を決したいからこのことはだれにも言わないでほしい……書状にはそう書かれていた。

結城外三郎には断ることができなかった。もし、断ったら、奈津野は結城が五年まえにしたことを、殿や家老、そして、師の森山無軒に告げるだろう。すでに剣術指南役として出仕している結城外三郎にとって、それは破滅を意味した。そして、義父である結城悠之進が大目付役を罷免されることも間違いなかった。外三郎は、だれにも言うなという書状の指示を無視して、義父に相談した。

「丸平め。あれだけ大金を遣わしたるに、ぺらぺらとしゃべりおって……。早うに始末しておけばよかったのだ」

「今頃申してもせんないこと。もとはと言えば義父上が、それがしが頼んでもおらぬのに丸平に卑怯な真似《まね》をさせたるが発端でござるぞ！」

「うろたえるな。なんとしてでもこの難局を乗り切らねばならぬ。——そなたの申すことが正しいならば、腕前が互角。つまり、勝負は時の運ということだな」

「無軒先生がおっしゃったことですから、間違いはござらぬ。先生は贔屓や嘘を嫌うお方ゆえ、先生が互角と申されたら互角でござる」

「ならば、そなたにも五分の勝ち目があるわけだ」

「ところが……刀が違いまする」

「刀……？　そなたの携えおる刀も業物《わざもの》ではないか」

「ところが、奈津野の刀は『犬雲』と申して、名刀中の名刀。いくらそれがしに腕があっても、あの刀には勝てませぬ」

「犬雲とな……？　たしか、もとは『にゃん竜』なる刀と一対でこの世に生を受けたが、そのふたつが相まみえるときは凶事が起きる、という妖刀ではないか」

「さようでござる。犬雲は駿府城の剣術指南役を務めていた小酒井徳三の家に伝わりましたが、何代か後、跡取りがなかったため、弟子筋にあたる剣客《けんかく》に譲られました。そのものこそ、奈津野家の祖先だと聞いております。それがしもかつて一度だけ奈津野の屋敷にて見せてもろうたことがござるが、名前どおり犬の形をした模様が浮かび、なんとも妖しい力を感じ申した。にゃん竜には、猫の形が浮かぶとか……」

「ならばそのにゃん竜を探し出してそなたが持てばよかろう。犬雲とにゃん竜ならば刀も互角だ」

「凶事が起きたらなんといたします」

「そのようなこと、今は考えずともよい。結城家が改易になるよりひどい凶事があろうか」

「なれど……にゃん竜の行方は何十年もまえからわからぬと聞き及びます」

「ふーむ……それなら、にゃん竜でなくてもよい。犬雲を超えるような名刀を手に入ればよいではないか。金に糸目をつけずに探せばどこかにあるだろう」

「なにを申される、義父上。今どき、名刀という名刀はいずれかの大名、剣客、大商人《おおあきんど》などの持ちものになっております。月終わりまでの短いあいだに、犬雲を超える刀など、たとえ鉦《かね》や太鼓で探したとしても見つかりますまい」

「うーむ、そういうものかのう……。ならばこうしたらどうだ」

結城悠之進は外三郎の耳に口を寄せ、なにごとかをささやいた。外三郎の顔に赤みが差した。

「なるほど、こちらを上げるのではなく、あちらを下げるわけでござるか。なれど……そのような幻術のごときことができましょうか」

「ところがだ、わしが小耳に挟んだところによると、大坂にのう……」

悠之進は熱を込めて語った。外三郎はうなずき、

「わかり申した。早速明日にでも大坂に向かうことにいたします」

「いや、明日では遅い。今すぐ発《た》て。善は急げと言うぞ」

外三郎はにんまりと笑い、

「これは、善でござるかな」

「善だ。我らにとってはな」

ふたりは笑いあったが、外三郎は真顔になり、

「このこと、わが妻には内密にお願いいたす」

「わかっておる。あいつは昔から妙に固いところがあってな、根回しだの忖度《そんたく》だの謀《はかりごと》だのといったことを嫌う。女には、政《まつりごと》のむずかしさはわからぬものだな」

悠之進は苦笑いをしながらそう言った。

◇

雀丸は暇だった。鴻池善右衛門から店のものに持たせる竹光を、と注文を受けたのを最後に、仕事の依頼がぱったりとなくなってしまった。暇なのは一向かまわない。ぼんやりと雲の流れ、水の流れ、ひとの流れを見つつ欠伸《あくび》のひとつもしながら一日を過ごすのは、雀丸の得意とするところだった。城勤めだったころの日々の心労を思うと、今は嘘のように快適だ。しかし、それでは金が入ってこない。加似江はよく食べるし、よく飲む。その支払いが馬鹿にならないうえ、今はなぜか居候がふたりおり、そのうちのひとりがとにかく信じられないほどの大食いなのだ。雀丸は、竹光の注文がないなら、竹とんぼか虫かご、鳥かごでも作って売り出そうかと思っていた。

「ご免。竹光屋雀丸殿の店はこちらか」

入ってきたのは、三十代半ばぐらいの、羽織袴を着用した身なりのいい侍だった。肩幅は広く、腕も太い。指に竹刀だこがあるので、おそらく武芸者だろうと雀丸はにらんだが、そのわりに下腹が出ており、顔は酒焼けしている。

「はい、私が雀丸ですが」

「どんな刀でも、瓜二つの贋物《がんぶつ》を拵えてくれるそうだな」

「贋物と申されますと困りますが、よく似た竹光を作らせていただきます」

「素人はもとより、刀剣の目利きですら、パッと見るだけでは気づかぬほどの出来栄えと聞いたが……」

「そうおっしゃるお客さんもいらっしゃいます。ですが、竹光は竹光ですから……」

「わけあって姓名の儀は勘弁してもらいたい。金ならいくらでも出すゆえ、五日のうちに、ある刀とそっくりの竹光を作ってもらいたいのだ。だれが見てもわからぬ……その刀の持ち主が抜いてみてもわからぬようなものが所望だ」

　雀丸は首をかしげた。

「刀の持ち主、ということは、その刀はあなたのものではないのですか」

「さよう」

「うちに来るお客さんのご注文は、刀を手放さねばならないが、それを気づかれたくないので、もとの刀に似せたものを……というのがほとんどです。あなたのように、他人の刀の竹光を拵えろと言うのは珍しいですねえ」

「そんなことはどうでもよかろう。――じつは、犬雲という刀に似せた竹光が欲しいのだ」

「犬雲……？」

　雀丸は眉根を寄せた。

「よくは存じませんが、犬雲といえば、由比の乙斎がにゃん竜とともに打ち上げた名刀と聞いております。なぜそれを模した竹光をご所望か、ご事情をお聞かせいただけますか」

「うるさいことを申すな。金を払うのだ。つべこべ言わず作ればよい」

「そうは参りません。万が一、悪事に用いられると困りますので、そうだとしたらお断りさせていただきます」

「なに? 町人の分際で武士の言いつけが聞けぬと申すか!」

雀丸は穏やかな口調で、

「はい。なににお使いかをお話しください」

侍は一瞬頬をひきつらせたが、ほう……と太い息を吐き、

「事情を話さねば引き受けてくれぬならばやむをえぬ。恥になることだがお話し申そう。じつはな、今、犬雲はこの大坂は浄国寺町《じょうこくじまち》に道場を構える奈津野由右衛門という剣術使いが所持しておる。なれど、あの刀はもともとそれがしの家に代々伝わっていた家宝であったのだ。ところが、それがしの代になったとき、奈津野が言葉巧みに近づいてきて、犬雲を貸してくれと言い出した。一度は、家宝の品ゆえお貸しすることはできぬと断ったのだが、どうしてもと聞かぬ。しかたなく三日間と日を限って貸したのが間違いのはじまりだった……」

三日経ったので侍が返還を要求すると、すまぬ、明日返す、翌日行くと、もう一日だけ待ってくれ……などと日延べされ、ずるずるひと月が過ぎた。さすがに堪忍袋の緒が切れて、どうあっても今日返してもらう、と玄関先に座り込むと、

「なにをおっしゃる。なにゆえ一旦お譲りいただいたるものを返さねばならぬのだ」

と言い出した。

「譲ったのではない。お貸ししただけだ」

と言うと、

「今更なにを……ここに証文がある」

と見せられたのは、書いた覚えのない「譲り渡し状」だった。筆跡も違うし、印章も見たことのないものだ。

「でたらめだ！」

そう主張したが、奈津野はあくまで正式なものだと言い張る。こうして犬雲は、奈津野にまんまと取り上げられてしまったのだ……。

「それはひどい。騙《かた》りにしてもやり方が強引すぎますね」

「あの刀は、代々の家宝であるばかりでなく、わが親の形見。なんとしてでも取り戻さねばならぬのだが、相手は道場を開くほどの腕前、それにひきかえそれがしは、情けないことに剣術は未熟不鍛錬……正面から勝負を挑んでもとうてい勝ち目はない。それゆ

え、そのほうに竹にて犬雲の贋物を拵えてもらい、ひそかにすりかえようと思うておるのだ。頼む、竹光を作ってくれい」

「なるほど……だいたいのいきさつはわかりましたが、これはやはりお引き受けできません」

「なに？　これほどことをわけて頼んでも引き受けられぬと申すか！」

「はい……いくらご事情があろうとも、盗みに加担するというわけには……」

「さようか……」

侍はしばらく下を向いていたが、いきなりその場に土下座した。

「伝来の宝刀を当代になって奪われたるはそれがしの不覚。雀丸殿の竹光に最後の望みをかけていたが、それがかなわぬとなれば万策尽きた。もはやかくなるうえはこの場で腹かっさばいて先祖にお詫《わ》びつかまつる所存でござる」

そう言うと、肌脱ぎになり、小刀を抜いた。雀丸は仰天して、

「ま、待ってください。いくらなんでも刀一本のことで切腹するというのは大げさでしょう」

「いや、とめてくださるな」

雀丸と侍が揉み合っていると、

「えらあいっ！」

ネズミが驚いて梁《はり》から落ちそうなほどの大声《たいせい》とともに奥から出てきたのは加似江だった。

「お祖母さま、無駄な大声はおやめください」

「このものの申すことに心動かされたゆえ、自然《じねん》と声が大きゅうなったのじゃ」

つい最近、同じような台詞《せりふ》を聞いたなあ、と雀丸が思っていると、

「雀丸、このお方に竹光を作ってさしあげよ」

「え？　ですが、他人の刀とすりかえるための注文ですよ。それがわかっていながらお引き受けするのはいかがなものかと……」

「たわけ！　他人の刀ではない。おのれの刀を取り戻すだけじゃ。そこのところをわきまえよ」

「はあ……」

加似江は侍に向き直ると、

「安堵《あんど》いたせ。そなたの願い、このわしが聞き届けた。注文の竹光、たしかにわが孫に作らせるであろう」

「おお、それはありがたきこと。千万かたじけない」

「うわっははは。礼を申すには及ばぬ。刀は武士の魂じゃ。まして、家宝の名刀を計略をもって奪われた悲しみ、察するにあまりある。当家の竹光がそれを取り戻すための

一助になれば喜ばしいかぎりじゃ」

近頃、加似江がでしゃばってくるとろくなことにならない。雀丸は加似江に小声で、

「お祖母さま、もう少し人物を見極めてからのほうが……」

「わしほどになるとな、その人物の善し悪しなど目を見ればわかるのじゃ」

またた、と雀丸は思ったが、加似江が請け合った以上、作らねばならない。雀丸は、侍と加似江にわからぬようにため息をつくと、

「わかりました。お引き受けさせていただきますが……その刀、犬雲を拝見しないと竹光は作れません」

「それがしが微に入り細を穿《うが》って、いかなる刀かを教えてやろう。それではダメか？」

「はい。見た目を瓜二つにするには、できればしばらくお預かりしてじっくり検分させていただきたいのですが、おそらくそれは無理でしょう」

「うむ、向こうが渡すはずがない」

「では、せめて一度、差し裏、差し表を見せていただきたく存じます」

「むむ……そう言われても、それがしが頼んでも鼻で笑われるだけだろう。なにかよい思案はないか」

「雀丸、よい思案はないのか」

加似江がかぶせるように言う。少しはふたりとも考えろ！　と雀丸は叫びそうになっ

たが、そんなことをしてもはじまらない。

「私の知り合いで、呑気屋呑吉《のんきやのんきち》という男がいます。刀剣類ばかり扱う古道具屋で、なかなかの目利きです。あいつに上手く持ちかけてもらって、その先生の刀を拝ませていただく、というのはいかがでしょう」

「それは任せるが……呑気屋呑吉か。そのような呑気そうな名の男が頼りになるのか」

「呑吉は、名前こそ呑気そうですが……」

「まことはしっかりしているのか」

「いいえ、まことも呑気です」

「大丈夫か」

「今のところ、あの男しか思いつきません」

呑気屋呑吉は、雀丸が城勤めを辞め、竹光屋になったころからの友人である。安土町《あづちまち》に店を構え、刀なら赤く錆《さ》びた安物から百両を超える逸品まで広く扱っている。当人も刀が大好きで、寝ても覚めても刀のことばかり考えているような男だった。雀丸も、竹光を作るにあたっていつも多くの助言を受けていた。ただ、名前のとおり呑気すぎるほど呑気なので、金勘定に疎く、気に入った刀は算盤をはじくことなく仕入れるし、客と意気投合すると赤字になるとわかっていても安く売ってしまう。だから年中ぴーぴーしており、そのあたりが雀丸と相通ずるところなのだ。呑吉は女房、こどもがいるので、雀丸より暮らし向きはたいへんなはずだが、持ち前の楽天家ぶりを発揮して呑気にしているので、雀丸はいつも見習いたいと思っていた。

「そうか。竹光さえ作ってくれればなにをしてもかまわぬ。これは手付けだ。五日だぞ。五日後に取りに参る。しかと頼んだぞ」

侍は手付け金を上がり框《がまち》に置くと、礼も言わずに帰っていった。雀丸が立ったまま思案をしていると、表から商家の手代風の男が入ってきて、

「わては本町《ほんまち》の小間物屋駒田屋《こまだや》の手代だすけど、竹光屋雀丸さんのお宅はこちらですか」

「はい……私が雀丸ですが」

「こちらに、たねさんという方がいてはりますか」

「おりますけど……」

「そのお方がうちにお越しになられまして、珊瑚玉《さんごだま》の簪《かんざし》を購《あがな》いはりましたのやが、お代がまだですねん。すんまへんが払てもらえますすやろか」

「え？　私がですか？　今はじめて聞いた話なんですが……」

「これが証文です。店先で見て気に入りはったらしゅうて、今持ち合わせがないけどどうしても欲しいから、代金は浮世小路《うきよしようじ》の竹光屋にもらってください、言うて持っていきはったんでやす。一見《いちげん》のお客さんだしたけど、竹光屋雀丸さんというたら、横町奉行も務めるお方やさかい滅多に間違いはないやろと、あんさんの名前を信用して掛け売りさ

せていただきました。どうぞ払とくれやす」

「でも、今、手もとにお金が……」

「あ、ここにこれだけおますな。ちょっと足りまへんけど内入れにさせてもらいます。どうもおおきに」

手代は、上がり框に置いたままだった侍の手付け金を持っていってしまった。

雀丸はしばらくぼんやりしていたが、こうなってしまっては竹光を作るしかない。雀丸は早速、安土町の呑気屋を訪ねた。

「ごめんください。呑々《のんのん》さんいますか？」

呑々というのは、呑気屋呑吉を縮めたあだ名である。

「あー、雀さんかいな。ようお越し。上がってんか」

のっぺりした丸顔の呑吉が言った。二重まぶたで、鼻の下がやけに長い。いかにものんびりした顔つきだ。狭い店のなかはいつもながら大小の刀で足の踏み場もない。呑吉は刀をがらがらと隅に押しやって、雀丸が座る場所を作った。

「このまえ、珍しい刀を手に入れたんや。――これや、これ。まあ見てんか」

呑吉はひと振りの刀を雀丸に示した。抜いてみたが、なんの変哲もない新刀だ。

「どこが珍しいんです？」

「幡随院《ばんずいいん》長兵衛《ちょうべえ》の刀や、て言うんやけど……どう思う？　見かけ、どことなくそれっぽいやろ?」

「どう思うって……見ただけではわかりませんね。なにか証《あかし》はあるんですか」

「なんもない。けど……夢はある」

「夢ですか……夢ねえ……。おいくらで仕入れたんです?」

「三両や」

「三両? 幡随院長兵衛の刀にしては安すぎるでしょ。おかしいと思わなかったんですか?」

「嫁はんもそない言うて怒ってたけどな、幡随院長兵衛の刀がそんな安うに買えるやなんて、ついとるやないか」

あいかわらず呑気である。雀丸は刀を返すと用向きを述べた。

「犬雲とはにゃん竜のかたわれやな。名前はよう聞いてる。わてもいっぺん見てみたいと思とったんや。案外身近にあるもんやな。けど……見せてくれ、と言うて見ず知らずの他人に見せてくれるもんやろか」

「そこを上手くやるんです。私が計略を用います。まずは呑々さんが、刀剣商として後学のために一度犬雲を見せてもらえないかと頼むのです」

「ふむふむ」

「そのあとですね……」

雀丸は腹中の案を呑吉に語った。

「なるほど……それしかないかもしれんなあ。けど、命がけやで。ひとつ間違うたら斬られても文句は言えんがな」

「呑々さんに迷惑はかけません。私が矢面《やおもて》に立ちますから、なにかあったら呑々さんは逃げてください」

「まあ、なんとかなるやろ。やろか」

呑気ぶりを発揮した呑吉は、丸い顔をつるりと撫でた。

途中で買った金つばを手土産に、ふたりは奈津野道場のある浄国寺町へとやってきた。稽古着姿の門弟らしき町人が応対に出た。先生にお会いしたい、と来意を告げると、すぐに奥のひと間へと案内された。しばらくすると長身の侍が現れた。ひと目で奈津野由右衛門だとわかった。驚いたことに、急須と湯呑みを載せた盆を持っている。継ぎはぎが目立つ質素な木綿ものを着ているが、こざっぱりして見える。口髭《くちひげ》を短く整え、月代《さかやき》をきれいに剃り上げており、几帳面《きちょうめん》な性格が感じられた。茶を淹《い》れようとしたので雀丸が、

「私がやります」

と言おうとすると、にっこり笑いながら、

「客人の手をわずらわせずとも、茶ぐらい淹れられます」

茶を湯呑みに注いで雀丸と呑吉にすすめたあと、四角く座りなおして、

「拙者が当道場の主、奈津野由右衛門でござる。ご用のおもむきをうかがいましょう」

ひと当たりが良く、物腰が柔らかい。いかにも町人や百姓衆に人気がありそうな人物だった。呑吉が膝を進め、

「安土町で刀屋を営んどります呑気屋呑吉と申します」

「ほう！　呑気屋呑吉とは面白い名だ。拙者の名は平凡ゆえ、うらやましいかぎりです」

いきなり妙な誉め方をされて、呑吉は戸惑ったようだが、

「わては、刀を売り買いするだけやのうて、ええ刀を拝見して目のこやしにするのを楽しみとしとります。こちらに名刀の誉れ高い犬雲があると聞きまして、失礼をもかえりみずうかがいました。犬雲、ひと目だけでもお見せ願えんもんだすやろか」

「ふうむ……そちらの御仁は？」

由右衛門が急に雀丸に目を向けたので、呑吉はあわてて、

「こいつはその……うちの店の手代というか番頭というか丁稚というか下男というか……そ、そう、下男でおますねん。まあ、どっちでもええだすさかいお気になさらんように」

「さようか」

由右衛門は腕組みをして、

「まことに申し訳ないのですが、呑気屋殿、犬雲はわが奈津野家の家宝でござってな、おいそれとひとさまにお見せするというわけにはいかぬのです。せっかくのお越しですが、門人や親類にも滅多に開陳せぬものゆえ、おあきらめくだされ」

町人相手に、柔らかい口調で丁寧に説明するその姿勢に雀丸は好感を持った。正直、竹光作りを依頼に来たあの侍よりもはるかに「できた侍」のように思えた。しかし、ここで引き下がるわけにはいかぬ。雀丸は、呑吉を押しのけるようにしてまえに出ると、

「そこをなんとか見せていただきたいのです。目の保養というやつでして」

「困ったなあ。今申したとおり、家宝の品ゆえお見せできないのです。それは、拙者が決めたのではなく、当家の決まりなのです。どうかご堪忍していただきたい」

「ケチですね」

「え……？」

「思っていたより肝っ玉が小さいお方だ。たとえ家の決まりがどうあろうと、わざわざ訪ねてきたのだから、少しだけなら見せてやろう、というのがひとの情けというものでしょう。それを決まりだからダメだ、と木で鼻をくったような返事とは……見損ないました」

「ははは……いやあ、そのとおりです。拙者もひとの情けは持ち合わせているのですが、あいにく当主として、家の法を曲げるわけには参りません。お察しくだされ」

由右衛門は、なんと頭を下げた。失敬なやつ、出て失《う》せろ、と怒鳴りつけてもよいのに、不躾《ぶしつけ》な町人の身勝手な頼みにも嫌な顔を見せず対応するその態度に、雀丸は感じ入ってしまった。

（これはなかなかのおひとだ……）

雀丸は、今から自分がこの侍に対して吐かねばならぬ暴言を思って暗澹《あんたん》たる気分になった。

「では、先生、こうしましょう。刀身を見せてほしいのはやまやまですが、それは我慢してさしあげます。そのかわり、せめて雰囲気だけでも知りたいので、鞘ごとお見せ願えますか。鞘から抜かなければよろしいでしょう」

「うーん……そうですね。抜かなければよい、というわけではないのですが、たしかにせっかく当家の犬雲をお目当てにお越しいただいたのですから、空手で帰すのも気の毒。――わかりました。ただいま犬雲をお持ちいたしましょう」

雀丸は胸が痛んだが、上手く運んだ、という思いもあった。すぐに由右衛門は刀を持って戻ってくると、

「これが犬雲です。とくとご覧あれ」

由右衛門は鞘の先と柄を摑んで掲げ、雀丸に示した。鞘を見ただけで妖気のようなものを感じて思わず、

「抜かなくてもすばらしい風格ですね」

と言いかけた雀丸だったが、その言葉をぐっと呑み込み、鞘や柄、鍔などの造りを仔《し》細《さい》に吟味したあと、

「なるほど、鞘の拵えは立派です。でも、中身はどうかなあ」

「どうかな、とは？」

「中身は本物の犬雲ですか？　かたくなに見せようとしないところがどうも怪しい」

由右衛門の顔が怒りで一瞬引きつったが、すぐに穏やかな顔に戻り、

「これは異なことを。中身も天地神明に誓ってまことの犬雲です。お疑いあるな」

「そうですかあ？　抜いてみせてくれないとわからないですね。もしかしたら鞘だけ本物で、なかは竹光かもしれない」

「あ、あははは……馬鹿を申せ。持ってみれば重さでわかる」

「ところが近頃の竹光は上手くできていて、重さも鋼の刀と変わりなく作れるようですよ」

「なぜ拙者が竹光を持たねばならんのです」

「金に困って売り払ったんじゃないですか？　家宝を売ってしまったとは言えないから、鞘だけ残して、中身は竹光か安物の刀に入れかえた、とか。見栄を張ってもろくなことにはなりませんよ」

鞘を握り締める由右衛門の指に力が入ったのが雀丸にもわかった。もうひと押しである。

「そんなことはありません。これはたしかに犬雲です。信じていただきたい」

「見せてもらえないものを信じろと言われても無理ですね。ほんのちょっと……犬が浮き出ているところだけでもちらっと見せてくれたら、信じてあげられるのですが……」

「くどいですな。見せられないものは見せられないのです。どうしておわかりいただけぬのか……」

「ほらほら、偽物だからそんな風に隠そうとするんでしょう。顔が赤いですよ。嘘をついている証拠です」

「拙者、嘘は大嫌いです。ついたことはありません」

「それが嘘だっていうんです。よくいるんですよ、生まれてから一度も嘘をついたことがない、っていう嘘つきが」

由右衛門の鼻孔が膨らんだ。

「武士に向かって嘘つきとはあまりに雑言がすぎます。取り消していただきたい」

「そうはいきません。だって、見せてくれないんでそう言うしかないんです。やーい、嘘つき！」

「なにっ」

「嘘は盗人のはじまりと言いますが、もしかしたらだれかの刀を盗んで自分のものにしているとか？」

「世迷言《よまいごと》を……！」

「あ、そうか。こうまでお願いしているのにどうして見せてくれないのか不思議だったのですが、忘れてました。お金ですね。私が、出すものを出さないので渋っておられたのですか。わかりました。ここに銀一分あります。これでよろしいですか。もっと欲しいなんて、ひとの足もと見ないでくださいよ。この金の亡者！」

「ううむ……我慢もこれまで！」

由右衛門は水平に持った刀を抜き放ち、白刃を雀丸の喉《のんど》に突きつけた。

「さあ……目を開いてよう見られよ！」

雀丸は喉もとに迫った切っ先にびくびくしながらも、その刀の長さ、反り具合、切っ先、鎬《しのぎ》、刃文、地鉄《じがね》……などを舐め回すように細かく観察し、頭に叩き込んだ。

「なるほど！　さすがは名刀。刃文の湾《のた》れの具合といい、地鉄の精美さといい、見事なものです。しかも、刀身から立ち上る霊気と品格におのずと頭が下がります」

それは本心だった。雀丸はうっとりしたまなざしで、

「そして、この犬の形……刃文を波に見立てて、まるで波打ち際を走っているように見えます。さすがは由比の乙斎の仕事。目の保養をさせていただきました」

「では、拙者が嘘つきだ、というのは……」

「とんでもないことです。すべて私の勘違い。たいへんお見それいたしました。奈津野さまはまことに正直で誠実なお方と、感心も得心もしました」

「それを聞いて安堵しました」

「あなたを嘘つきだの金の亡者だのとののしったのは、けっして許されることではありません。このとおりです」

雀丸はその場に平蜘蛛《ひらぐも》のようになって頭を下げた。

「さぞかしご不快に思われたでしょう。どんなつぐないでもします。どんな罰でも受けます。死ね、というのはさすがにお許しいただきたいのですが、そのほかのことならたとえ手でも足でも……」

「おい、雀さん、なんぼなんでもそれは……」

後ろで聞いていた呑吉が言いかけたとき、奈津野由右衛門は破顔一笑して、

「いやいや……つぐないも罰もいりませんよ。あなたがわざと拙者を怒らせ、刀を抜かせようとしていたのはわかっておりました。ですが、やはり拙者もまだまだですな。計略だとわかっていてもつい腹を立て、あなたの手に乗ってしまった。――よほどこの刀にご執心なのですね」

雀丸は、この真正直で爽やかな剣客に対して卑怯な手を使ったことを心底恥じた。た

ただ頭を下げるだけだ。

「でも、おかげで犬雲を心から見たいと思っておいでのおふた方にご覧いただくことができました。喜んでくださって拙者もうれしく思います。もうそろそろ、旧弊な家訓は撤廃するときかもしれません。それに気づかせてくれたこと、お礼を申し上げます」

そう言って由右衛門は頭を下げた。雀丸は泣きそうになった。

（そうじゃないんです！　私は今から、あなたが見せてくれた刀の偽物を拵えてすりかえる企《たくら》みに加担するのです！）

と打ち明けそうになったが、かろうじて思いとどまった。すでに手付け金は使ってしまったのだ。

奈津野家の外に出た雀丸は、

（今日は完敗だ……）

そう思いながら道をとった。

「なあ、雀さん……」

呑吉が言った。

「今の先生、他人の刀をずるをしてわがものにするようなおひとには見えんかったけどな」

同感だった。しかし、一度引き受けた以上、竹光は作らねばならないのだ。雀丸は気が滅入《めい》ってならなかった。

三

その日から雀丸は竹光作りに精を出しはじめた。竹を削って、刀身の代わりを作る。気に入らないと捨ててしまい、一からやりなおす。形はもちろん、重量感を出すためにいろいろと細工をほどこす。もっともむずかしいのは銀箔《ぎんぱく》を貼る作業だ。皺が寄ったり、破れないようにするのはあたりまえで、鋼の持つ重い輝きを土台にしたうえで、本物そっくりの刃文や鎬の筋などを表現しなければならない。口に懐紙をくわえ、息をとめながら、細心の注意を払って貼っていく。ちょっと気が緩んだだけで予期せぬ皺ができる。雀丸が欲しているのは、刀と同等、あるいはそれ以上の「鋼の持つ品格」である。しかも、そんじょそこらのなまくら刀ではなく、天下の名刀の持つ品格を銀箔で表そうというのだ。

耐久性も大事なので、抜いてぶんぶん振り回したぐらいでは破れないようにしなければならない。鞘や鍔、柄、鎺《はばき》、下げ緒などはさまざまな種類のものを用意してあり、それに手を加えていく。これにもよほど手間ひまがかかるのだ。

雀丸が心血を注いでむずかしい作業に没頭している横でふたりの居候は手持ち無沙汰

にしていた。兄の左源太は昼過ぎまで寝ていて、夕方になるとどこかへ出かけていく。たねは、食事をしているときのほかはごろごろ寝ているだけで、なにもしようとしない。起き上がるのは煙草を吸うときか厠《かわや》に行くときだけだ。

「今日の晩ご飯のおかずはなに？」

仕事中の雀丸にたずねる。

「えーと……厚揚げの煮物とイワシの塩焼き、豆腐の味噌汁です」

「イワシ、もう飽きた。ほかのもんないの？」

「今、忙しくてなかなか料理にまで手が回りません。もしよかったら、お好きなものをご自分で作ってくださってもいいですよ」

「皮肉なこと言うなあ。私が料理できないの知ってるでしょ」

「そうでしたっけ。とにかく仕事が忙しいので……」

「仕事を言い訳にするつもり？　いいわ、私、外に食べにいく」

「えっ？　それは困ります。もう、あなたたちのツケが溜《た》まっている店からの取り立てで往生しているんです。うどんぐらいならともかく、高い店ばかり行くでしょう？」

「せっかく外に食べにいくんだから、ふだん食べられないものを食べなきゃ意味ない。ケチくさいこと言わないで」

たねがそう言ったとき、

「こんにちはー」

入ってきたのは園だ。

「急ぎのお仕事でお忙しいそうですね。陣中見舞いに参りました。少しは休んでください。これ、差し入れです」

そう言って園は、おはぎの包みを雀丸に手渡した。

「ありがたい。甘いものが欲しいと思っていたところです」

「進み具合はいかがですか」

「かなりできあがりました。鞘や鍔もまあまあの仕上がりです。なにしろ一度しか見ていないので、どこまで本物に近いかはわかりませんが……」

「早くできあがるといいですね」

そう言いながら、園は上がり框で寝転がっているたねをちらと見た。

「お仕事のお邪魔になるといけませんから、もう帰ります」

雀丸は、

「え？　まだいいでしょう。お茶を淹れますから、一緒におはぎを食べましょうよ」

すると、たねが大欠伸をして、

「いいところに来たわね。あんた、晩ご飯作ってくれない？」

「え？」

「毎日、イワシの塩焼きで飽き飽きしてるの。このひと、忙しい忙しいって、料理を手抜きするし、外には食べにいくなって怒るからさ、あんた、なにか作ってよ」

園は顔をしかめて、

「あなたが作ればいいじゃないですか。どうして私が……」

「あのさ、私は料理はできないの。あなた作るひと、私食べるひとってわけ」

「料理ぐらい覚えればいいでしょう」

「無理。やる気なし。美味《おい》しいやつ、お願いね」

「あなたたちはひとの家に泊めていただいているのに、料理はおろか、洗濯も洗いものも掃除もしないそうですね。布団の上げ下げも雀丸さんがやっているそうじゃありませんか」

「どうしてダメなの？」

「どうしてって……少しは遠慮というものをなさったほうがいいんじゃないですか」

「あははは……遠慮なんかしたら損ばかりしなくちゃならないでしょ。だから……晩ご飯よろしく」

「お断りします。赤の他人の晩ご飯を作ってさしあげるほど私は暇じゃありません」

「ふーん、冷たいんだね。じゃあ、いいよ。そのおはぎ食べるから」

「これは雀丸さんへの差し入れです。あなたたちの分じゃありません」

「このうちへの差し入れでしょ。だったらだれが食べてもいいはずよ」

たねがおはぎの包みを摑もうとしたので、園は自分のほうに引き寄せた。たねが包みを引っ張り、園も引っ張ったので、包みが破け、おはぎが土間に転がった。

「うわっ、あんたのせいでおはぎが落ちてしまったじゃない！」

「あなたのせいでしょう。ああ、どうしましょう。もう食べられないわ」

「私は食べるよ」

たねが落ちたおはぎを拾って、土を払った。

「あっ、ダメです。返して！」

「いいじゃない、あんたは食べられないんでしょ。私は気にしなーい」

「あなたにだけは食べさせたくないんです！」

雀丸は爆発した。

「うるさーい！　静かにしてください！　気が散って仕事になりません」

園はしゅんとして下を向き、たねはぷいっと横を向いておはぎを食べている。

騒ぎを聞きつけて奥から加似江が出てきた。

「なにごとじゃ」

雀丸が顔を上げ、

「晩ご飯のことでたねさんと園さんが言い合いになったのです」

加似江はため息をつき、

「くだらぬことで揉めるでない！　出されたものをありがたくいただけばよいではないか」

いつもおかずにいちばん文句をつけているのは加似江なのだ。

そこへ、左源太が表から帰ってきた。顔色がすぐれない。たねが、

「どうだった？」

小声できいた。左源太はかすかにかぶりを振った。たねはため息をついて、

「あんた、ほんとにダメね」

「そんなことより、このあたりを人相の悪いやつらがうろついているようだ。刀がどうこうと話しているのが聞こえた」

「そろそろ潮時よ。ここにいるの飽きたわ。そろそろよそに行きましょうよ」

「出ていきたいが金がない」

加似江は左源太をにらみつけ、

「おまえさん、毎日、夕刻になるとこそこそ出歩いておるようじゃが、目指す仇は見つかったのかや」

「それがその……手がかりがなくて……」

「大坂も広いからのう。焦らずゆっくり捜すことじゃ」

「そのことですがご隠居さま、我ら長年親の仇を追って諸国を経巡《へめぐ》って参りましたが、ほとほと疲れ果ててござる。こちらの雀丸殿が城勤めを辞めて町人となったいきさつを聞き、我らも家名を復興することになんの益があるのか、と考えるようになり申した。いつ見つかるかわからぬ仇を捜していたずらに歳を取るより、このあたりで生き方を変えて、町人となり、残りの人生を送ろうかと……」

「なにを申すぞ。おまえ方には親の仇を討つという立派なあてがあるではないか。気持ちを強く持つことじゃ。目指す仇はきっと近くに、この大坂にいよう。あきらめてはならぬぞ」

「いえ……もう精も魂も尽き果ててござる。まとまった金があれば、西国にでもおもむき、見知らぬ土地で商いでもはじめようかと思うていたところで……」

「ならぬ。そのような考えは親不孝ではないか。わが家を見よ。武士が禄を離れて商売をするというのは生半可な覚悟でできることではないぞよ。見事仇の首を挙げ、親の墓前に供えて、晴れて帰参するのが武士の道。そう思うたからこそ、そのほうどもをわが家に泊め、飯も食わせてやっておるのじゃ」

「それはそうですが……仇は生涯見つからぬかもしれません。そうなったとき、身どもの人生とはなんだったのか……と後悔するに決まっております。それよりも、親には悪いが、面白おかしく日々を過ごすほうがよいのではないかと思うてござる」

「よいか、そのほうたちは今、気が弱くなっておるだけじゃ」

「十分思案したうえでの答でござる」

「たわけっ！」

加似江は左源太の頬を思い切り引っぱたいた。

「な、なにをなされる！」

「目を覚ませ！　臆病風に吹かれたか！　わしはおまえ方の、親の仇を討ちたいという思いに打たれて手伝う気になったのじゃ。なせばなる！」

「はあ……」

「ひとりで捜しているから見つからぬのじゃ。そう思うて、わしが手配りをしておいた」

「手配りとは……？」

「わしの知り合いたちに頼んで、おまえさんの仇を捜してもらうことにしたのじゃ。町奉行所に頼めぬならば、仲間に動いてもらうしかないからのう」

「知り合い……？　どのような……」

「もうじきここに参ることになっておる」

その言葉が終わらぬうちに、

「ごめんなはれやー」

表から声がした。左源太はびくっと身体をこわばらせたが、入ってきたのが、頭に鉢巻きをして、褌一丁の裸身に半纏《はんてん》を引っかけたふたりの男とわかって、緊張を解いた。ひとりはのっぽでひとりは背が低い。駕籠かきの五郎蔵《ごろぞう》と又兵衛《またべえ》である。

「おお、よう来たのう」

加似江が言った。

「おばんの呼び出しやさかい、吹っ飛んできたんや。なにか用事か」

続いて現れたのは蘭方医で雀丸の旧友、烏瓜諒太郎《からすうりりようたろう》と、天満の「雀のお宿」という長屋で遺児を養っている河野四郎兵衛《こうのしろべえ》という浪人だ。

「すぐそこで烏瓜殿と会《お》うたのでな、一緒に参った。ご隠居殿、なにかあったのか」

「急病人かと思い、はりきって来たが、ちがうようだな。皆ぴんぴんしている」

「うむ、今話して聞かせる」

最後に入ってきたのは、大尊《だいそん》和尚である。下寺町にある臨済《りんざい》宗の寺、要久寺《ようきゆうじ》の住職だが、金があればすべて酒に注ぎ込む極道和尚なのでいつも貧乏である。額が福禄寿《ふくろくじゆ》のように縦に長く、身体はガリガリに痩せている。白い顎鬚《あごひげ》は、平安時代の女房の髪のように長い。

「なにごとじゃ。隠居が死んだのかと思ったが、ちがうようだな。引導ならいつでも渡してやるぞ」

加似江は目を剝いて、

「このとおり、わしは元気じゃ！」

和尚はまわりを見回して、

「蟇五郎《ひきごろう》も鬼御前も来ておらぬのか。薄情なやつらだ」

「いや、地雷屋《じらいや》は商売が忙しいらしいし、鬼御前はなにやら近隣の一家と揉めておる様子ゆえ声をかけなんだ。おまえさんは暇そうゆえ、な」

「なにを言う。わしも忙しいわい。近頃は、谷町の六郎七という極道ものの頭《かしら》が下寺町の寺から月々決まった金を集めようとしておってな、それを断ると子方を使うていろいろ嫌がらせをしてきよる。怖がって金を払うてしまう寺もあるそうじゃ。そやつらを追い返すのに……」

「なるほど、まあ、忙しかろうが手を貸してくれい。――ここにおる侍の兄妹じゃがな……」

加似江がふたりの身の上と、仇について詳しく説明した。左源太が迷惑そうに、

「いや、ご隠居さま、今も申したとおり、仇討ちはそろそろやめて商いでも……」

そう言いかけたとき、

「なるほど！　ようわかりました。泰平が長う続くせいで、侍ゆうたかてぬるま湯に浸かったみたいなふやけた連中が多いなか、親の仇討ちとは立派やないか。一丁、力貸しまっせ」

　五郎蔵が力こぶを作った。

「あ、ああ……気持ちはありがたいが、その……」

「ひと捜しなら任しときなはれ。わてらふたり、大坂中を駕籠で流してまんねん。なんとしてでもその仇、見つけまっせえ」

　又兵衛も言った。烏瓜諒太郎も、

「ふむ、俺も今日から気にかけるとしよう」

　河野四郎兵衛は、

「おぬし、剣術の腕はどうだ。あまり修行を積んでおるようには見えぬが、もしよかったらわしが稽古をつけてやるぞ」

「いや、それには及びませぬ」

「ははははは、遠慮するな。束脩《そくしゅう》は取らぬぞ。善は急げだ。今、ここで稽古しようではないか」

「身どもは剣術は不調法にて……」

「ならばなおさらだ。さあ、そこにある竹を木刀代わりに持て。筋を見てやろう」

　しかし、左源太は竹を掴もうとはしない。大尊和尚が、

「わしは坊主ゆえ助太刀はできぬが、どちらかが死んだときはうちの寺の墓に埋めてやろう」

左源太を取り囲んで、皆が口々に好き勝手なことを言う。

「二刀流のほうがええかもわからんな」

「妹さんは薙刀で」

「薙刀ならわしは得意じゃわえ」

「手裏剣を投げるのも手やな」

「それなら地雷火《じらいか》で……」

雀丸は立ち上がり、

「うるさいです！　見てわかりませんか！　仕事中なんです！　とにかく！　静かに！　気が散ります！」

皆は下を向き、一瞬静かになった。雀丸はやれやれとばかり作業に戻ったが、空気を読まない加似江が言った。

「よう考えてみたら、その仇の名前やら年格好などもまだ聞いておらぬな。お父上を酒のうえのいざこざで斬り殺して出奔したというその国家老の息子、名はなんという」

「そやそや、それを聞いとかんと捜すに捜されへんわ」

「な、名前でござるか。それは……」

左源太はうつむいて、口のなかでなにやらもごもご言っていたが、

「まさか忘れたわけやないやろな」

「そんなはずあるかい。たぶん口にするのも汚らわしい、と思てはるさかい、言いにくいのや」

「はよう申せ。もしかしたら心当たりがあるかもしれぬではないか」

左源太はたねを盗み見たが、たねはまるで関心がないように煙草を吸い、鼻から煙を出している。加似江が、

「漏洩《ろうえい》を気にしておるなら安堵せよ。ここにおるものは皆、わしの知己ばかり。おまえがたが内密にしたいのなら、洩《も》れる気遣いはないぞよ。さあ、申してみい。仇の名はなんじゃ」

「さあ、言え」

「さあ」

「さあさあさあ……」

まわりからせっつかれて、ついに左源太はひとりの名を口にした。

「仇の名は……その……皐月親兵衛と申す」

又兵衛が、

「なるほど、仇だけあって悪そうな名前やな。なあ、五郎蔵」

「そやなあ。碌《ろく》でもない侍に違いないわ。――けど、どこかで聞いた名前やなあ」

「うーん……」

仕事に集中しようとしていた雀丸までもが顔を上げて、

「私もなんとなく聞き覚えがありますが、たしかに悪党っぽい名前ですねえ」

烏瓜諒太郎が、

「相わかった。市中でその名を耳にしたら、ただちに尊公にお知らせしよう」

河野四郎兵衛も、

「わしも、雀のお宿に住むこどもらに捜させよう。吉報を待て」

左源太は上目遣いに皆を見ながら、頭を下げている。そのとき、園が、

「あっ……！」

と声を上げた。

「どうしました、園さん」

雀丸がきくと、

「それって……もしかしたら私の父……」

「あーっ！」

一同が声をそろえた。

「そや、町方の旦那の名前やないか！」

「まるで気づかなんだわえ」

「だれや、悪党っぽい名前とか言うとったのは」

「私ですが、五郎蔵さんも、碌でもない侍と言ってたじゃありませんか」

「そやけど、あの旦那が仇を持つ身やったとは、わからんもんやなあ」

園が、

「違います。うちの父は小心者で、侍以外を下に見がちで、上にこびへつらい、家族には威張り散らすひとではありますが……」

「やっぱり碌でもないがな」

「ではありますが……酔って刀を抜いてひとを斬るようなことは断じてありません」

「わからんでえ。人間、だれしも魔が差す、いうことがあるさかいな」

「そんな……！　雀丸さんもそう思うのですか」

園は雀丸に取りすがった。

「そう思うもなにも……だいたい皐月さんは代々、東町奉行所の同心をなさっていた家柄でしょう？　どこかの大名家に仕官したことはないはずです。もし、同じ名前だとしたら、同姓同名の別人ですよ」

「あっ……」

皆はやっとそのことに思い至ったようだ。雀丸は呆《あき》れて、

「ほかのひとはともかく、園さんはすぐに気づくべきです」

「すみません……つい、うっかり……」

園は顔を赤くしたが、雀丸は、

「いいです、間違いはだれにでもあることです」

加似江が左源太に、

「おまえ方の仇の名はまことに皐月親兵衛なのか、それともちがうのかどっちじゃ」

「申し訳ござらぬ。間違えました」

「間違えた？　親の仇の名をか？」

「はい。間違いはだれにでもあること。まことは、水無月親五右衛門《みなづきしんごえもん》と申す」

五郎蔵が、

「まるっきりちがうやないか。どないしたら間違うねん」

「いや、皐月と水無月はたったひと月違い」

加似江が、

「では、その水無月親五右衛門という侍を捜せばよいのじゃな。――一同、力を合わせてこの兄妹を助けようぞ」

「えい、えい、おうっ」

皆は勝ち鬨《どき》を上げた。

「では、この竹光屋を本陣といたす。なにかわかったら、ここに知らせてもらいたい。

よいな」

勝手にそう宣言する加似江に雀丸は頭を抱えた。

◇

「はなはおるか。兄が来た、と申せ」

鬼御前が一家を構える口縄坂の家を訪れたのは、兄の武田新之丞だった。応対に出た若い衆があわてて奥に飛び込んだ。しばらくして現れた鬼御前の服装や顔の化粧などを見て、新之丞は巨顔をしかめ、

「兄と会うときぐらい、まともな格好はできぬのか」

「これがあてのまともな格好や」

「おまえはまだ、俠客ごっこをやめぬのか。そもそも女というものは……いや、まあ、それはよい」

新之丞は咳払《せきばら》いして、

「わしが駿府から当地に参っておるのは、駿府城代と大坂城代の関わりを強めるためだが、おまえも知っておるとおり、駿府界隈には博打打ち、渡世人、俠客、ヤクザものの類が多く、駿府城代や駿府町奉行所も手を焼いておる。そういう連中は、大坂や京の貸元とのつながりもあり、わしもいろいろと見聞したことを大坂の町奉行所にも伝え、大

坂町奉行所からもこの界隈の俠客事情について教えてもろうた」

「なんや、兄《あに》さん。あてが俠客やから、世間に出てない裏のネタを上手い具合に仕入れたろうと思てるのならお門違いやで。あては同業をお上に売るような真似はせえへんさかい……」

「そうではない」

新之丞はいらいらと言った。

「その会合のとき、貸元でありながら十手取り縄を預かる、谷町の六郎七という親分の話が出た。そやつによると、清水港に一家を構える次郎長という今売り出し中の貸元が、旅の博打打ちに『にゃん竜』という刀を持ち去られ、やっきになって探しているそうだ。次郎長は、その六郎七にも刀の探索を頼んだらしく、六郎七が十手持ちであることから西町奉行所も手助けをしているらしい」

「そんなことはとうにわかってる。あてには関わりないことや」

「それはそうだが……わしがこの近所のものにあれこれきいて回ったところ、この家に若い旅の渡世人が担ぎ込まれるところを見た、というものがいた」

「え……」

「そやつは、谷町の六郎七のことは嫌《きろ》うておるゆえ、わしにだけ教えてくれたのだ。――二階におるのか。もしやそのもの、にゃん竜を持ち逃げしたヤクザではあるまいな」

「――知らん。違うと思うで。それより、なんでそんなこと、兄さんが近所にたずねて回るんや。あんたのご用と関わりないやろ。鬱陶しいさかい、やめてんか」

「おまえがどのような暮らしをしておるか、確かめておきたいと思うたのだ」

「はあ？　恥ずかしいことせんといて。役人の兄貴がおるとわかったら、世間を大手振って歩かれへんわ」

「上役人《かみ》のなにが恥ずかしい。ヤクザの妹を持つほうがずっと恥ずかしいわ！」

「せやから帰って、て言うてるやろ」

「そうはいかぬ。もしもおまえが匿っておる渡世人が、次郎長の刀を盗んだ男だったなら、今に次郎長の一家がここへ押し寄せてくるかもしれぬ。そうなったら、田舎《いなか》ヤクザの縄張り争いではすまぬぞ。大きな出入りとなる。近隣のものの難儀も限りなかろう。悪いことは言わぬ。その旅の男、少しでも怪しいと思ったら、すぐに叩き出してしまうのだ。おまえに災いが降りかからぬうちにな」

「兄さん、九官鳥がふところに入ったら漁師も釣り上げず、とかいうやろ。あては死んでもあの旅人《たびにん》を見捨てへんで」

「強情なやつだな。――じつはな、今度わしに縁談が持ち上がったのだ」

「ほー」

「相手は京の公家の娘だ。わしは養子で、大坂に妹がいる、ということは向こうも知っておる。おまえがここで騒ぎを起こしたら、相手の家にも、またわしの養家にも迷惑がかかる」

「はっ！　やっぱりそういうことかいな。あてを気遣《きづこ》うてるようで、つまるところがおのれの心配や」

「あたりまえだろう！　ヤクザの出入りのせいで破談にされてたまるか」

「しょうもないこと言うてんと、とっとと駿府に帰り」

そのとき、

「ごめんやで」

暖簾の左右が持ち上がったかと思うと、背の低い、肉付きのいい男が入ってきた。谷町の六郎七である。その背後には、子方たちが五、六人従っている。

「また、あんたですかいな。今日はまたなんのご用事だす？」

「こないだと同じ用件や」

「はあはあ、まだあの牛次とかいう三下、見つかってまへんのかいな」

「そういうことや。わしも毎日、大坂の安い宿屋やら裏長屋やら、世間狭い連中が潜り込みそうなあたりをうちのもん総出で見回らせとるのやが、足取りが摑めん。これはどうやらだれぞの家におるようやな」

「ほほう、そうだすか」

六郎七は細い目をいっそう細め、桃色の唇を舐めながら、

「口縄の。もし、あんたが牛次をここに匿ってる、てなことがあったら、これはえらいことになるで」

「どんなえらいことになりますのや」

「うちだけやない。清水の貸元を相手にしての出入りになる。そうなったら、向こうはこれから海道筋をのしていこうか、という勢いのええ若親分や。こんなちんけな一家はひとたまりもないで」

「ひとたまりもないかどうか、やってみまひょか」

「へっへへへ……えらい鼻息やな。けど、所詮は女子や。わしらに喧嘩売っても勝てる道理がない。そろそろ音《ね》を上げて降参したらどや。悪いようにはせんで。縄張りは今のまま置いといたるさかい、わしの妾《てかけ》にならへんか。あんたとわしが組んだら、この界隈、怖いもんなしや」

「あんた、おのれの顔を鏡で見はったことおますか。アホらしい」

六郎七は舌打ちして、

「とにかく牛次がおるかどうか、ちょっとこの家のなか見せてもらおか」

鬼御前はちらと兄に目を走らせたが、武田新之丞は目を閉じて壁に寄りかかったままだった。

「そこまでお疑いならこの家、隅から隅まで家捜ししてもかましまへん。そのかわり、もし牛次が見つからんかったら、そのときは……」

鬼御前はいきなり長いものを引き抜くと六郎七の首の横にあてがい、声を低めて、

「あんたの首……もらうで」

「お、おい、首のうなったら、なにも食えんようになるやないか」

「冗談やないで。あんたの素っ首落とすぐらいなんでもないこっちゃ」

鬼御前は刃で六郎七の首をつんつんつつく。

「わ、わかった。おまはんの言葉を信じとこ。そないいきがるな」

鬼御前が長脇差を鞘に収めたのを見届けたうえで、六郎七は、

「——言うとくが、わしはお上からこういうもんを預かっとる身や」

そう言うと十手をちらと鬼御前に見せ、

「わしに楯《たて》突いたら、そのうち天満の女牢《おんなろう》に入ることになるで。これまでも大勢ぶち込んだったけど、たいがい病にかかって獄死するのや。長いものには巻かれろ、ゆう言葉を聞いたことあるやろ」

「その長いもの、ゆうのがあんたのことやったら、生涯巻かれるつもりはおまへんなあ。谷町の親方、十手と長脇差、両方持つのは重いことおまへんか。そのうち手が腐りまっせ」

「なんやと？」

「あんたのこと、まわりのもんがなんて呼んでるか知ってはりますか。谷町の親方、やのうて、ダニマチや、あいつはダニや、て呼ばれてますのやで。強きをくじき弱きを助けるのが真の侠客。あんたみたいに弱いもんの生き血を吸うさかい、ダニやて言われますのや。嘘やと思たら、後ろにおるあんたの子方に聞いてごらん」

そんなやりとりのあいだに、豆太をはじめとする鬼御前の子方たちが玄関に集まってきた。皆、長脇差を鞘のまま左手に持ち、いつでも抜けるようにしている。それに対して、六郎七の子方たちも腰の長脇差の柄に手をかけ、まさに一触即発の状況になった。どちらの親方かが一言、やってまえ、と言ったら血の雨が降る場面だ。両陣営とも、じりじりと間合いを詰めていく。

「どーもー」

間の抜けた声が張り詰めた空気を掻《か》き消した。

「あれ？　お留守ですか？」

入ってきたのは雀丸だ。

「ああ……雀さんかいな。びっくりしたわ」

鬼御前はホッとしたように言った。

「お留守かと思いきや、ずいぶんとたくさんひとがいたんですね。お邪魔でしたら失礼しますけど……」

「かまへん。このひとら、もう帰りはるとこや」

谷町の六郎七は目玉だけを動かして雀丸を見て、

「おい、こいつ、牛次やないやろな」

「このひとはな、ボーッとした顔をしてるけど、横町奉行を務めてる竹光屋雀丸というて、大坂では町奉行なんぞよりずっと偉いお方やで」

「こいつが横町奉行……」

六郎七は雀丸の頭のてっぺんから足の先まで無遠慮に見やると、鬼御前に向き直り、

「牛次が来たらわしに知らせることやな。それがおまえが生き残るただひとつの道や。まごまごしとったら次郎長どんが来てしまうで。よう思案せえよ」

そう言い残すと、六郎七は子方たちとともに出ていった。武田新之丞はため息をついて鬼御前に、

「それ見たことか。悶着《もんちゃく》に巻き込まれておるではないか」

「こういうのがあてらの日々の暮らしや。毎日こんなもんやで」

「二階の旅人は火種になる。見つかるまえに追い出したほうがよいぞ」

「ほっといて」

「わしは、どうあってもおまえの足を洗わせてみせるぞ。――また来る」

「来るな」

鬼御前はその場に唾を吐く真似をした。新之丞は肩を怒らせて出ていった。雀丸は、

「今の、お兄さんでしたよね」

「そや。世話焼きで出しゃばりでおのれのことしか考えてへん頭のおかしい男や」

隈取りみたいな化粧をして、秋だというのに裾の短い浴衣を着て、高下駄を履き、長脇差を差した女に言われたくはあるまい、と思ったが雀丸は黙っていた。

「むずかしい仕事の山場に差し掛かっているのですが、銀箔が底をついたので、この近くにある店に仕入れに行くついでに寄ったのです。——あのヤクザの親方みたいなひとは……?」

「谷町の六郎七ゆう鬱陶しいやつや。あてとこの縄張りを狙《ねろ》とるねん」

「ははあ……お祖母さまが、鬼御前さんが近所の一家と揉めているらしい、と言っていましたが、六郎七さんのことでしたか」

「ご隠居さまの耳にまで届いてるんかいな。かなわんなあ……」

「大尊和尚さんも、六郎七一家が下寺町の寺から軒並みにお金を取ろうとしていて困っていると言っておられました」

「ほんま、ダニみたいなやつや」

鬼御前は、清水次郎長と谷町の六郎七との揉めごとについて手短に説明した。雀丸は

驚いて、

「まさかにゃん竜の話が出るとは……」

「どういうこと？」

今度は雀丸が鬼御前に説明する番だった。

「ふーん、ひとつの鋼から分かれた二本の刀か。それがどっちも今、大坂にあるんかいな」

「たいへんなことになりました。犬雲とにゃん竜を一緒にするととんでもない凶事が起こる、と言われてるんです」

「凶事ていうと？」

「わかりません。天変地異かなにかかもしれない」

「えらいことやがな」

「では、もしかしたら今二階にいる旅人さんというのが、次郎長というひとからにゃん竜を盗んだ当人かもしれないんですね」

「直にきいたわけやないからわからんけどな。いっときは話もできたんやけど、今また熱が高《たこ》うなってうなされてるわ。医者にも診せたんやけどなあ……」

「それらしい刀を持っていますか」

「それもわからん。あてはあくまで、患《わずろ》うてる旅人を泊めてるだけや。根掘り葉掘りたずねるのは悪いやろ」

「それはそうかもしれませんが……」

そう言って雀丸は天井に目を向け、

「お兄さん、二階に旅人さんがいるって知っているんでしょう?」

「まあな」

「お兄さん、そのことを六郎七さんに言いませんでしたね。鬼御前さんのことを考えておられるんじゃないですか?」

「あいつにかぎって、それはない」

鬼御前はにべもなく言い捨てた。

◇

五日間の格闘のすえ、雀丸は犬雲の竹光をなんとか完成させた。ほぼずっと徹夜だった。できあがったものを見直してみたが、なにしろ原物は一度見たきりなので、はたして依頼主の要求に応えられるほどに似ているのかどうかはわからなかった。しかし、雀丸の頭のなかに転写された犬雲とはそっくりの仕上がりであることは間違いない。念のため、予備としてもうひと振り拵えた。刃文が本物に近いほうを選んでもらおうと思ったのだ。

約束の日に侍はふたたびやってきた。欠伸を嚙み殺しながら雀丸がまず、出来栄えのやや優れた一本を差し出すと、

「うーむ、これか……」

依頼主の侍は鞘の呂塗りの按配《あんばい》、柄の組み糸の巻き具合、鍔の彫刻の出来栄え……などをじっくり吟味したあげく、刀を鞘走らせた。

「おお……」

白刃をひと目見て、侍は感嘆の声を発した。

「これがまことに銀箔か……信じられぬ。まるで氷のごとく冷徹ではないか」

「お気に召しましたでしょうか」

侍は鎬地を指で撫でながら、

「なるほど、名人よの。皺ひとつない。どう見ても鋼でできた極上の刀だ。しかも、重い。これなれば奈津野由右衛門の目もあざむけよう」

「ありがとうございます」

「しかも、この犬の浮かび上がるさま……まさにかつて見た犬雲と同じだ」

「それを聞いて安堵しました。もう一本をご覧になりますか」

「いや、これでよい。これは代の残りだ。一本分しか払わぬぞ」

「もちろんそれでけっこうです」

侍はいくばくかの金を雀丸に渡すと、竹光を腰に差した。

「造作をかけた。邪魔したな」

踵《きびす》を返して出ていこうとした侍に、

「お待ちください」

雀丸が声をかけた。

「なんだ」

「いただくものをいただきましたので申し上げます。私が会った奈津野さまは、軽妙洒《しゃ》脱《だつ》で真面目《まじめ》で思いやりのあるご立派な方のようにお見受けいたしました。刀欲しさに同僚をあざむくような卑怯ものとは思えませんでしたが……」

「騙《だま》されるな。ひとは見かけによらぬもの、ということだ」

侍はそう言うと、早足で表に出ていった。途端、雀丸はふらついた。原因はわかっている。寝不足なのだ。

「ふわわわああ……」

雀丸が大欠伸をしながら、少し眠ろうと奥に入りかけたとき、

「雀丸さん、いてはるかいな」

ぶらりと入ってきたのは鴻池善右衛門だった。雀丸も見知った手代をひとり連れているだけで、日本一の商人のわりに相変わらず気取ることなく出歩くものだ。

「ああ、善右衛門さん……」

雀丸は出掛かった欠伸を必死で呑み込んだ。さすがに善右衛門に、

「眠たいので今日はお帰りください」

とは言えない。その表情を別の意味にとらえたらしく、

「はははは、今日はうちの嬢《いと》のことで来たのやないさかい安堵しとくなはれ。じつは、面白い刀が手に入ってなあ、あんたは刀の目利きやと思うさかい、ちょっと鑑定してほしいのや」

「それは買いかぶりです。私は目利きではありません。そういうことなら私の知り合いに呑気屋呑吉という男がおりますが、彼ならばどんな刀でも見極めることができると思いますが……」

「そんな御仁がおるのかいな。ほな、お手数やけどちょっとここへ呼んでもらえんやろか」

雀丸は、近所のこどもに駄賃をやって、呑気屋に使いに出した。運よく呑吉は店におり、四半刻《しはんとき》（約三十分）ほどのちにやってきた。

「わしに見てもらいたい刀ゆうのはどこや」

雀丸が鴻池善右衛門を紹介すると呑吉は目玉をひっくり返しそうになるほど驚いたが、

「鴻池はんがお持ち込みの刀やったら、そらもうどえらい代物かもしれまへん。心して

目利きさせてもらいます」

「いや、それほどたいそうなもんやないと思う。うちの番頭……ほれ、雀丸さんもご存知の弥曽次が商いで駿府に行ったときの土産に買うてきよったのや」

「拝見いたします」

呑吉は、手代から受け取った刀を袋から出した。雀丸は驚いた。鞘といい、鍔といい、柄といい……なにもかも奈津野由右衛門のところで見た犬雲に酷似しているのだ。まさかこれは犬雲……と雀丸が言いかけたとき、善右衛門が言った。

「刀身に猫の形が浮かび上がっとりますのや。弥曽次は、わしの好みがようわかっとりますわ」

「猫の形……？」

雀丸が聞きとがめたとき、呑吉は鞘から刀を抜き、息を止めて刀身を検めた。そして、感に堪えぬように首を振りながら、

「間違いおまへん。これは本物の……にゃん竜だす」

「ええええっ」

雀丸は声を上げた。

「鬼御前さんに、この刀のことを聞いたところです。清水次郎長いうヤクザの親方が持っていたのを、旅人が盗んで逃げたとか言ってましたけど……」

呑吉は、

「わても次郎長のところにあると聞いとりましたけど、なんでそれがここにおますのや」

善右衛門が渋い顔になり、

「そんな曰く付きの刀だすかいな。かなわんなあ。——弥曽次は、駿府の古道具屋で安う買うたて言うとったけど……」

雀丸は善右衛門に、

「この刀の曰く因縁はそれだけじゃありません。ひとつの鋼から打ち出された犬雲とにゃん竜というふた振りの刀がありまして……」

言い伝えや、二刀を巡る最近の動向などを詳しく説明すると、

「そやったか。凶事を起こすやなんて、えらい怖い刀やないか。なんぞあったらうちの身代《しんだい》がわやになってしまうわ。それに、次郎長とかいうヤクザの親方が、この刀を取り返しに来よるかもしれんなあ」

「そうですね。次郎長と親しい谷町の六郎七という親方があちこち探しているらしいです」

「というて、せっかく手に入った天下の宝をひと手に渡す、ゆうのもおもろない。猫の形が浮かんだ刀やなんて手放しとうはない。——どやろ、雀丸さん。このにゃん竜にそっくりの竹光を作ってもらえんやろか。それを床の間に飾っとくわ。本物は蔵にしまっ

て鍵掛けて、だれにも見せんようにする」

「ああ、なるほど……それがいいかもしれません。ですが、今は寝不足……」

「なるたけ早うに頼んますわ」

そのとき雀丸の頭にひらめいたことがあった。彼は、犬雲の竹光の予備を出してきて、

「これは、にゃん竜の双子の片割れ、犬雲の竹光です。にゃん竜とほとんど違いはありません。この犬の形を猫に改めればよいだけです。それならすぐにできあがります」

善右衛門は手を打って、

「おお、それでかまへん。お願いでけるか」

「わかりました。にゃん竜をお借りできますか」

雀丸は、善右衛門からにゃん竜を預かった。眠い。眠い。眠いが……働かなくては……。雀丸は、落ちてきそうなまぶたにぐっと力を込めた。

◇

翌日が果たし合いと迫った日の朝まだき、いまだ夜の虫が鳴き止《や》まぬころ、奈津野由右衛門は屋敷の一室で犬雲の手入れをしていた。打ち粉を振って、目釘《めくぎ》が錆びたりゆるんだりしていないか、研ぎの按配はどうか、刀身に指紋などがついていないかなどを調べるのだ。

(見れば見るほどすばらしい刀だ……)

心静かに刀と向き合っていると、明日のことなどどうでもいいような気分になってくる。もちろん果たし合いには奈津野家伝来のこの刀を用いるつもりだ。普段差している刀に比べ、犬雲を手にすると、腕が五分ばかり上がったように感じられる。急に上達するわけはないので、おそらく犬雲が彼の素質を引き出してくれているのだろう。

(勝負にこだわることはないが、卑怯な手段を使って指南役の地位に納まったものを看過すると、わが先祖に申し訳がない……)

その思いだけが、彼を「果たし合い」に駆り立てているのだ。刀身を柄に差し込み、鎺《はばき》を嵌《は》めると、目釘を打った。座ったままで二、三度素振りをくれる。それだけで切っ先が部屋の隅にまで長く伸びていくようだ。

ガタン、と表のほうで音がした。彼には親も妻子もなく、住み込みの弟子もいない。屋敷にいるのは下男の老人だけだが、一旦寝てしまうと嵐が吹こうと雷が鳴ろうと起きないので、この程度の物音では目覚めることはないと思われた。

(風でなにかが飛んだか)

はじめは気にもとめなかったが、物音は二度、三度と間隔を置いて続いた。しかたなく由右衛門は刀を鞘に収め、立ち上がった。雪駄《せった》を履き、玄関を出て左右を見回す。なにもない。また、ガタッという音が聞こえた。門の外のようだ。くぐり戸を開けると、野良犬が一匹、地面に転がって暴れている。首が木枠のようなものにはまり込んでいて、それが取れずにもがいているのだ。木枠が、奈津野家の門や壁にぶつかるたびに音がしていたらしい。

「だれだ、こんないたずらをしたのは。かわいそうに……」

由右衛門はそうつぶやくと、木枠を割って外してやった。犬は頭を下げるようなしぐさをしたあと、どこかに走り去った。動物を助けたことで満足した由右衛門が屋敷に戻り、廊下を歩いていると、今度はおのれの部屋からカタカタ……というかすかな音が聞こえた。虫の声よりも小さいその音は、剣客でなければ聞き逃していたであろう微細なものであった。襖《ふすま》は開けっ放しだ。由右衛門は足音を殺してゆっくり近づくと、部屋に躍り込んだ。

しかし、そこにはだれもいなかった。天井を見ると、板が一枚ほんの少しずれている。もとからそうなっていたものか、今のあいだにだれかが忍び込んだものか、由右衛門にはわからなかった。

（先日、犬雲にえらく執心の町人がいたが、まさかあのものが……）

犬雲を抜いてみる。相変わらずの麗しい刀身がそこにあった。切っ先から鋼のところまで検分して、由右衛門は安堵の息を漏らした。ほかに盗られたものもなさそうだ。

（気のせいだったか……）

刀を鞘に収め、刀掛けに置いたとき、老僕が朝餉《あさげ》の支度をはじめる音が聞こえてきた。

◇

小原左源太とたねは、彼らが仇討ちを放棄して逃げぬよう見張っている又兵衛たちの目をすり抜けて、ようよう竹光屋から出かけることができた。ふたりが歩いているのは難波《なんば》神社の境内だ。御堂筋《みどうすじ》沿いにあるこの神社の敷地は広く、大勢の参拝客で賑わっている。

「暇だねえ、あの連中」

たねがそう毒づいた。

「一文にもならないのに、ひとさまの仇討ちの手伝いだなんて、よほど仕事がないんだ。おせっかいやきもほどほどにしてほしいよ」

「そう言うな。気のいい、ありがたいひとたちではないか」

「あんたの言葉もすっかり板についたねえ。今はもうぞろっぺえにしゃべってもいいじゃないかい」

「日頃から使うておらぬと、うっかりぼろが出る。だがな、たね……あれを見ろ」

左源太は目顔でたねに、狛犬《こまいぬ》の右横を歩いているふたりの遊び人風の男たちに注意を向けさせた。

「あれはこのあたりを仕切っている谷町の六郎七という貸元の子分たちだ。半纏の背中に『谷六』って書いてあるだろう」

「ああ、そうだね」

「六郎七は、清水次郎長と盃を交わしておる。たぶん大坂中をああして歩き回って、刀の詮議をしてるんだろうな。この格好で、女連れでなければ、とうに捕まっていたはずだ」

「ヤバいねえ。そろそろよそへ行かないと」

「金がないと動けぬ。今は竹光屋にいるから飲み食いの心配はないが、このふところ具合では、旅に出たら三日で底がつく。といって、廻状が回ってるから、うかつに先々の貸元衆のところに草鞋を脱ぐわけにもいかぬ。刀が金になるということがわかったゆえ、これまでは顔が差さぬよう夕刻になれば出歩いて、良さそうな刀を持った侍を物色しておったが、盗っても逃げきれそうな間抜けな侍はなかなかおらぬ」

「あははは……困ったわねえ」

「まるで困っているようには見えぬな」

「私は、今日、美味しいものがたらふく食べられたらそれでいいの。明日のことは考えない」

左源太はため息をついて、

「身どもはそういかぬ。なんとか金を作らねば……」

すぐまえの茶店の床几に、身なりの良い侍がひとり腰を下ろし、煮豆を肴《さかな》に酒を飲んでいる。そこに若い町人が駆け寄り、一言二言かわしたあと、侍に刀を一本手渡した。侍は左右に目を配ると、少しだけ抜いてみて中身を確かめ、財布を出して金を若者に与えた。左源太には、それが一分銀三枚であるように見えた。若者はすぐに走り去り、侍はにやにやしながらその刀を床几のうえに置くと、うれしそうな顔で酒の追加を命じた。

「あの侍、金持ちそうだな」

「そうみたいね。身につけてるものがいちいち高そうだよ」

「それに、今の若いやつ……あれは盗人だな」

「へえ、わかるの？」

「わかる。——ということは、あの刀は身どもがもろうても後腐れのない品だ」

「やる……？」

「やるか」

ふたりは顔を見合わせてくく……と笑い、それぞれ別の方向に消えた。

◇

結城外三郎は、博労稲荷《ばくろういなり》神社の境内にある茶店の床几に座って、五本目の酒を飲んでいた。難波神社と同じ場所にあるこの神社は船場の商家の信仰を集めている。外三郎の唇の端は知らぬまにめくれあがっていた。つまり、笑っているのだ。

身の軽さが自慢の元盗人に金を渡して、奈津野屋敷に忍び入り、刀をすりかえてこい、と言いつけたのだが、それがものの見事に上手く運んだ。盗んでいるところを見られることもなく、証拠も残さなかったという。ならば、由右衛門に、おまえが盗んだのだろうと言われても、知らぬ存ぜぬで押し通せばよい。それで外三郎は少し気持ちが大きくなっていた。

(もし、あいつが刀が竹光であることに気づかなければ、わしの勝ちだ。竹光だと気づいたところで、犬雲ではない刀を手にした奈津野など恐るるに足らぬ。いずれにしてもわしが有利であることに変わりはない。しかも、立会人のおらぬ野良試合。負けそうになれば、またそのときは考えがあるわい……)

ほくそえみながら、がぶり、と酒を口に含んだとき、

「お助けくださりませ。お助けくださりませ」

突然、若い武家娘が外三郎の膝にしがみついてきた。

「どうなされた」

面食らった外三郎がそう言うと、

「無頼漢に難癖をつけられて難渋しております」

外三郎があたりを見渡しても、それらしい男の姿はない。

「だれもおらぬようだが……」

「おそらく、あなたさまにおすがりしたのを見て、逃げ去ったものかと思います。お助けいただきありがとうございました」

「いや……それがしはなにもしておらぬが……。お供のものはどうなすった」

「無頼漢から逃げるときにはぐれましてございます。きっと私の身を案じておりましょう」

「それは心細かろう。屋敷までお送りしたいが、身どもは大事の用があってそうは参らぬ。気をつけてお帰りなされ」

「はい。なれど、せっかくお助けいただいたのになんのお礼もせぬのは心苦しく思います。せめてお酌などさせてくださりませ」

娘は外三郎に身体を近づけると、徳利を取り上げて酌をした。それがあまりに自然な動作だったので、外三郎も思わず湯呑みを持ち上げて応じた。

「ううむ……酌はたぼとか申して、酒は注ぎ手によって味の変わるものだが、たかのしれた茶屋の安酒が甘露の味わいだ」

「ほほほほ……口がお上手でござります」

「嘘ではない。まことの話だ。――そなたも一献参らぬか」

「私はとんだ不調法でござりますれば……」

「よいではないか、一杯ぐらい。無理にとは言わぬ。せめて酒の香なりと嗅いではいかがかな」

「そこまでおっしゃいますならば、おつきあいさせていただきます。——でも、盃がございませぬ」

「ああ、よいよい。それがしが茶店に言うてやる」

外三郎はよろよろと立ち上がり、茶店のなかに入ると、

「おい、盃をひとつくれい。それと、酒がもうないぞ」

「お武家さま、ずいぶんとお飲みだすなあ。あまりお過ごしにならんほうが……」

「やかましい。今からあの娘と一献傾けるのだ。ふふふふ……」

「あの娘て、どの娘だす？」

「ほれ、あそこにおろうが」

外三郎が床几を振り返ると、そこにはだれもいなかった。驚いて、自分が今まで座っていた場所に駆け戻ったが、そこにあるのは空の徳利と湯呑みだけで、娘の姿はおろか、犬雲までが煙のように消えているではないか。

「こ、こ、ここにあった刀を知らぬか！」

外三郎は茶店のものを振り向くと怒鳴ったが、もちろん知ろうはずもない。すると、

甘酒

別の床几に腰掛けていた商人が、

「刀でしたら、そこにいた娘はんが持っていきはりましたで」

「なに！」

外三郎は商人に詰め寄ると、

「なぜ止めぬ！」

「知りまへんがな。お侍さんと仲良うしゃべってはったさかい、てっきり知り合いやと思いましたんや」

「どちらへ行った」

「そうだすなあ。たしかあっちのほうへ行きはりましたで」

「あっちだな」

「いや、こっちやったかな」

「こっちか」

「やっぱりあっち……」

結局わからぬのだ。外三郎は蒼白《そうはく》になったが、もうどうにもならない。酔いもすっかり醒め果てている。ふらふらした足取りで博労稲荷神社の外に出ると、商家の壁にもたれてため息をついた。

「それがしとしたことが……。盗み取ったものゆえ町奉行所に願《ねご》うて出るわけにもいかぬ」

しかし、彼の目的は、奈津野由右衛門から犬雲を奪うことであった。それには成功したのだから良しとせねばなるまい……。そう思ったとき、にわかに外三郎は不安に襲われた。

（もし、犬雲がなくなったと由右衛門が気づいたとしたら、それに匹敵する、あるいは上回る刀を手に入れようとするに違いない。彼奴《きやつ》は剣術道場の主だから、名刀を入手できる手立てがあるやもしれぬ……）

手に入れたばかりの犬雲を失った外三郎は、明日までに今の差料《さしりょう》よりも良い刀を探そうと決意した。しかし、国から出てきたばかりの彼には大坂で刀を探す道筋がない。

（そうだ、あの雀丸という男なら刀に詳しかろうし、刀剣商の友人もいる、と申しておった。やつにきいてみよう……）

外三郎はその足で北へ……浮世小路へと向かった。

◇

「上手くいったねえ。侍なんかちょろいもんだ」

「そうだな。どうやらかなりの値打ちものらしい。これを売れば、当面の足代、旅籠《はたご》代にはなるだろう」

小原左源太とたねは、盗んだ刀を抱きしめるようにして道を急いだ。

「おあつらえ向きに、そこに古道具屋がある。刀剣類専門と書いてあるな。ここで売ってしまおう。もし、高く売れたら、そのまま旅に出るぞ」

「いっぺん竹光屋に帰らないと……荷物を置いたままだよ」

「馬鹿を申すな。金さえできれば、そんなもの途中で買えばよい」

「それもそうだね」

「身どもが話をつける。おまえはここで待っておれ」

たねにそう言いつけると、左源太は目についた「呑気屋」という古道具屋に入っていった。狭い店のなかは刀であふれていた。太刀、打刀、脇差、小刀……さまざまなものが無造作に転がしてある。

「お越しやす」

のっぺりした丸顔の男が言った。まばたくたびに長い睫毛《まつげ》が揺れる。鼻の下が二寸近くあって、もっさりした顔つきに見える。

「そのほうが主か」

左源太が言った。

「へえ、さようで。呑気屋の呑吉と申します」

「ここは、刀剣の買い取りをしてくれるのか」

「刀であれば、どんなものでも値をつけさせてもらいます」

「それはけっこう。これを買うてくれ」

左源太は刀を男に渡した。ひと目見て、主の呑吉は眉をひそめた。

「この刀をだすか」

「うむ。先祖伝来の宝刀だが、急にいささか金が入り用になってな、泣く泣く手放すのだ。手一杯に買うてくれ」

「そのようなお大事のものでしたら、質屋さんに曲げはったほうがええのとちがいますか。お金ができたら受け出すこともできますし、利さえきちっと入れてたら流れることはおまへんさかい」

「それが、身ども、まことに急いでおる。質屋であれこれ掛け合っておる暇がない。おまえのところで値良く買うてもらいたい。品物は身どもが請け合う。天下の名刀だ」

「さようでございますか？　そこまでおっしゃるならば拝見いたしますけどな……」

呑吉は刀を捧《ささ》げ持ち、一礼するとそっと抜き払った。そして、しばらくその刀身を見つめたうえで刀を鞘に収め、

「やはりそうでおました。これは、手前どもでは目が行き届きまへんよって、よそをお当たり願います」

「なに？　目が利かぬと申すか。これはわが家《いえ》に伝来の品で天下の名刀だと申したでは

ないか。身どもの申すことに嘘いつわりはない」

呑吉はしばらく黙っていたが、

「へえ……存知とります。これはたしかに天下の名刀だす。由比の乙斎が鍛えた犬雲……という刀やと思います」

「犬雲?」

「ご存知やおまへんか。にゃん竜という刀と一対になっておりましな、そのふたつを出会わせると凶事が起きるという不吉な代物だす。とてもうちのような店で扱えるもんやおまへん」

「にゃん竜だと……」

「へえ。こないだそのにゃん竜の鑑定を頼まれたところでおましてな。大坂で犬雲とにゃん竜が近い場所にあるやなんて、これはえらいことだすわ。互いが互いを呼び合ってるのかもしれん」

「そんなことはわしの知ったことではない。買うのか買わぬのか」

「それにまあ、この刀、あんた、ご自分の家に伝来の品やて言いなはったけど、わての知るかぎりこれを持ってはるのは奈津野由右衛門とおっしゃるお方のはずだっせ。あんた、どこでこれを手に入れなはった。まさか盗んだんとちがいますやろな」

「無礼な!」

図星を指された左源太は一喝した。

「これは間違いなくわが家のもの。その奈津野なにがしのところにあるというのは偽物《ぎぶつ》もしくは誤伝であろう。武士に向かって盗人呼ばわりとは片腹痛い。貴様には売らぬ」

「へえ、せやから買えまへんと言うとりますがな。盗品と知って買うのは罪になります。まともな古道具屋ならどんなお宝でも手は出しまへんわ」

「もうよい！　よそへ参る」

「うちだけやおまへんで。ちゃんと鑑定のでける刀屋ならば、これが犬雲やいうことはすぐわかりますさかい、大坂はおろかどこへ行ってもこの刀は売れまへんわな。あとは、なんでも扱《あつこ》うとる古道具屋で、そこそこの値段で叩き売るしかおまへんやろ」

「むむ……」

「わても、見てしもたうえは、このことを町奉行所か奈津野先生に知らせんわけにはいかん。そうなったら追っ手がかかる。あんた、早う逃げなはれ。今日一日は黙っといたるわ。あとのことは知りまへんでえ」

「武士に向かって言いたい放題、勘弁ならん。貴様のそのへらず口、この刀で塞いでくれるわ」

「ははははは……いやあ、あんた、ほんまは侍やおまへんやろ」

「う……」

「あんたのしゃべり方も動作も大仰で、侍の役をしてる芝居の役者みたいやな。――どや、わての鑑定は？」

左源太は大あわてで呑気屋を出た。そこにたねが走り寄ってきて、

「たいへんだよ。このあたりの家を一軒ずつ、谷町の六郎七の子分たちが家捜しをはじめてるよ。大坂中しらみつぶしにやるつもりかもしれない。人数もやたらと増えてる。あちこちの一家に加勢を頼んだに違いないよ」

「くそっ……！」

「それに、そいつらの噂話が聞こえたんだけど、次郎長一家が清水を発って大坂に向かったらしい。きっと六郎七に任してもにゃん竜を盗んだやつがなかなか見つからないんで、業を煮やして自分が出張る気になったんだ。どうするのさ」

「どうするって……どうしようもねえ。刀を返して謝ろうにも、にゃん竜は駿府の古道具屋に売っちまって手もとにはねえ。六郎七親分は、若い次郎長からの頼まれごとを果たせねえうちに、当人に出てこられちゃあおのれの顔が潰れるってえんで大わらわなんだろうぜ」

狼狽《ろうばい》のゆえか、左源太はくだけた口調になった。

「それにしても、こいつがにゃん竜と一対の犬雲だとは驚いたぜ」

左源太はそう言うと、たねに刀が売れなかった次第を説明した。

「ふーん……犬雲ににゃん竜か。不思議なめぐり合わせだね。私たち、この二本の刀に祟られてるんじゃないのかい」

「犬雲とにゃん竜が出会うと凶事が起きるそうだが、もうそいつが俺たちの身に起きてるのかもしれねえな」

「とにかく逃げなきゃ」

「言っただろ、金がねえから逃げられねえ。姫路《ひめじ》辺りでつかまるのがオチだ」

「あの竹光屋、貧乏そうだけどいくらかの蓄えはあるだろう。そいつを掻《か》っ攫《さら》って……」

「おい、あれだけ世話になって、まだあのうちに迷惑かけるつもりか。そりゃあいくらなんでもひとの道に外れてらあ。やっちゃいけねえことだ」

「ははは……あんた、妙なところで真面目なんだから。まあ、そこに惚れたんだけどね」

どうやらこの女は左源太の妹ではないようだ。

「私も存分に飲み食いさせてもらったのに、あのおばあと雀丸は好き勝手にさせてくれた。見ず知らずの私たちに、なんていう馬鹿……いや、好人物なんだと呆れたもんだ。たしかに私も、あのふたりにこのうえ不都合な思いをさせるわけにはいかないと思うよ」

「おめえも妙なところで真面目じゃねえか。俺はそこに惚れたんだ」

「ほんとかねえ」

「ほんとだとも。でなきゃ、一宿一飯の恩義がある次郎長親分から家宝の刀を盗んで叩き売り、二丁町の遊郭からおめえを身請けするなんてことはしねえよ」

「そうだねえ。あんたが役者だった時分、侍の役ばかりしてたのが役に立ったねえ。でも、まさか私が武家娘の役をして、仇を捜す兄妹を演じながら大坂くんだりまで旅をするなんて……」

「そういう芝居をやったことがあるんだ。でも、こういう暮らしも面白《おもしれ》えじゃねえか」

「ふふふふ……そうだね」

左源太は自分の腰に差している刀の鞘を叩いて、

「そうだ。雀丸に俺のこの刀を買ってもらおう。それなら掻っ攫うよりはましだろう」

「刀がなかったら、次郎長や六郎七と喧嘩になったときにどうするんだい」

「こっちには天下の名刀犬雲があらあな」

「あんたの腰の刀、いくらぐらいで売れるんだい」

「さあな、おそらく名もない刀だから、二束三文だろうな。今は少しでもいいから金が欲しいんだ」

ふたりは手拭いで頰かむりして顔を隠しながら、急ぎ足で竹光屋へと戻った。

「おおーっ、戻ってきたか」

加似江が憤然として、

「どこへ行っておったのじゃ。知らぬ間にふたりともいなくなったゆえ、てっきり出ていったものと思うたぞ」

　雀丸が、

「そんなことはないと言ったでしょう、お祖母さま。荷物が残っておりましたから……」

「とにかく勝手に出歩くでない。わしらがおらぬところで仇と出くわしたら助太刀できぬではないか」

　左源太は頭を下げて、

「じっとしているのも息が詰まるゆえ、妹とふたりで近くを散策しておったのでござる」

「ならばよいが、今後はだれかにひと言申してから出かけるようにせよ」

「申し訳ござらぬ」

　左源太は雀丸に向き直り、

「ところで雀丸殿、身どものこの腰のもの、いくらかで買い取ってはいただけぬか。たいした刀ではない。五両ばかり用立ててもらいたい」

　そう言うと、抱えていた刀を上がり框に置き、腰の刀を鞘ごと抜いて差し出した。

「え？　刀を売って、仇討ちはどうするのです」

「新たな刀を入手したゆえ、かまわぬのだ」

「ほう……」

　雀丸は上がり框の刀に目を走らせ、

「良さそうな刀ですね。ちょっと見せてください」

左源太が差し出した刀を無視して、置かれた刀のほうを取り上げた。

「あっ、それは……」

制止しようとした左源太の手をかわして、雀丸はそれを抜き放った。

「ほほう……この刀、見覚えがありますね。このまえ奈津野先生のところで拝見した犬雲だ。ここに浮かんでいる犬の形が動かぬ証拠です」

「返せ！」

「返しません。どこで手に入れたのですか」

「その奈津野という御仁から買ったのだ」

「奈津野先生が家宝を手放すはずがありませんし、心当たりのあるもうひとりの方も代々の家宝ゆえ入手されたとしたら売ったりしないと思います。つまり、あなたは真っ当でないやり方でこれを手に入れたということですね」

「う、うるさい！」

左源太は雀丸の手から犬雲を奪おうとしたが、雀丸は放さず、ふたりは揉み合いになった。そこにたねがむしゃぶりつき、

「あんた、逃げるよっ」

「わ、わかった！」

左源太は犬雲をあきらめ、もともと自分が差していた刀を引っ摑んで、竹光屋からまろび出た。雀丸はあとを追う気もなくその場に座ったまま、手に持った犬雲を見つめたあと、だれに言うともなく言った。

「困ったなあ。犬雲とにゃん竜がうちでそろってしまった……」

加似江はさすがに蒼白になったが、雀丸はどことなくうれしそうに二本の刀を並べて眺めている。そこへ入ってきたのは鴻池善右衛門だ。

「雀丸さん、もうできたそうやな。えらい早いやないか」

「わざわざ取りに来ていただかなくても、お持ちしましたのに」

「ははは……できたと聞いたらすぐに見とうなってな。どれどれ……」

善右衛門はにゃん竜の竹光を抜き、刀身に浮かんだ猫の形を愛《いと》おしそうに賞玩《しょうがん》した。

「ほほう……これは見事。たしかに猫や。えらいもんやなあ……」

「善右衛門さん、もし、次郎長さんが取り戻しにきたらどうしますか」

「そやなあ……。もとは次郎長いうひとのものや。盗まれたのやさかい、ほんまは返してあげるのが筋かもわからん。けど聞いてみると、次郎長さんかて三本松の松五郎とかいう親方から腕ずくで取り上げたもんらしいやないか。わしは駿河の古道具屋に百両払うて購《あがの》うたのや。次郎長が正しい持ち主やと言うなら、わしもや、と言いたい」

「ということは……？」

「返すつもりはない、というこっちゃ。可愛い猫ちゃんが浮き出たこの刀、わしは鴻池の守り神にするつもりや」

ややこしいことになった、と雀丸は思った。鴻池家と次郎長一家、六郎七一家の全面対決になったらたいへんである。それこそ町奉行所では扱えないような出入りになるだろう……。

「にゃん竜という響きがええやないか。わしはこのにゃん竜を生涯大事にするで」

善右衛門がそう言ったとき、表から侍が飛び込んできた。

「聞いたぞ、にゃん竜もろうた！」

侍はそう叫ぶと善右衛門の手から刀を引ったくり、身を翻すと、そのまま走り去った。あっという間の出来事だったので、雀丸も善右衛門もどうしようもなかった。ただ啞然として顔を見合わせるだけだった。

「今の侍……」

雀丸が言いかけると加似江が、

「うむ。犬雲の竹光を作れと言うてきたやつじゃな。思うていたとおりじゃ。碌なやつではなかったわい」

雀丸は祖母をにらむと、

「わしほどになるとその人物の善し悪しなど目を見ればわかる、とおっしゃっておられましたが……」

加似江はぷいと横を向いた。

◇

(思わぬ僥倖《ぎょうこう》だ。まさかにゃん竜が手に入るとは……!)

結城外三郎は、奪った刀を抱きかかえて浮世小路をひたすら走った。

(ふふふ……これで明日の果たし合いはわしの勝ちだ。奈津野、待っておれ。明日は完膚なきまでに叩きのめしてくれる)

高麗橋《こうらいばし》のたもとまで来たとき、振り返って追っ手がいないことを確かめた外三郎はほくそえみながらゆっくり歩き出した。

◇

「アホですね」

雀丸が言った。

「アホやな」

鴻池善右衛門が言った。

「アホじゃな」

加似江も言った。外三郎が奪ったのはにゃん竜の竹光のほうだったのである。

◇

たねの手を引きながら必死で走る小原左源太に、たねが叫んだ。

「どこへ行くんだよ！」

「さあ……とにかく西だ」

「西？　摂津《せっつ》か、姫路か、岡山か……」

「わからねえ。行けるところまで行くぜ。それしかねえ」

「そんなに強く引っ張っちゃあ手がちぎれるよ！」

「急げ。竹光屋の連中に捕まらねえうちに大坂を出るんだ。ぐずぐずしてたら六郎七一家に見つかっちまう」

「はなっからそうしてりゃよかったんだよ。ぐずぐずしてたのはあんただろ。金がないとかなんとか……」

「おまえには楽な旅をさせてやりたかったんだよ！」

「それはありがたいけど、私はあんたとならどんな苦労もいとわないよ！」

「おたね！」

「あんた！」

ふたりが道のまんなかで立ち止まり、歌舞伎の道行きよろしく見つめ合ったとき、

「どこに行くんや」

声のしたほうを見ると、駕籠かきの又兵衛と五郎蔵だ。ぎょっとして反対方向に向かおうとすると、

「仇討ちはどうしたのだ」

河野四郎兵衛だ。

「わしのところのこどもらにあちこち捜させたが、水無月親五右衛門なる侍は見つからなかった。短気を起こさず、今しばし待て」

「やかましい。待ってられない事情があるのだ。貴様ら、どけい！」

五郎蔵が、

「どかへん！　あんたを逃がしたら隠居に怒られるのや」

「どかぬと……」

左源太は刀を抜き、又兵衛と五郎蔵と河野を見比べてから、

「でええいっ！」

又兵衛に斬ってかかった。

「なんでわてやねん！」

又兵衛は泣き声を上げて逃げ出した。左源太はたねを後ろ手にかばいながら刀をめち

やくちゃに振り回した。河野四郎兵衛が、

「おいおい、なんだ、そのざまは。だから剣術を手ほどきしてやると申したのだ」

「うるさいっ！」

左源太は、河野に斬りかかると見せて体《たい》をねじり、五郎蔵に襲いかかった。

「ひえーっ」

五郎蔵は尻餅を搗《つ》いた。このときとばかり、左源太とたねは五郎蔵の身体を踏みつけて逃げ出した。ふたりは西横堀《にしよこぼり》沿いを南に向かって走った。河野四郎兵衛と五郎蔵は途中で脱落したが、信濃橋《しなのばし》が見えてきたあたりで又兵衛が追いつきそうになった。左源太は刀を又兵衛に向かって放り投げた。それが足にからまって、又兵衛は西横堀に転落し、派手な水音を立てた。

「へっ、ざまあみやがれ」

左源太があざ笑うと、たねも、

「おととい きやがれ」

手をつないだふたりがなおも道を急ごうとしたとき、どこからか石礫がふたつ飛んできて左源太とたねの背中に当たった。ふたりは又兵衛のあとを追うように西横堀川に転げ落ちていった。

四

夜が深くなるにつれ、闇もまた深くなる。消え残っていたうどん屋の提灯《ちょうちん》も一つまたひとつと消えていき、夜明かしで商いをする居酒屋や夜なべ仕事をしている商家などから漏れる灯りが遠くにちらつくだけだ。色里へ行けば夜通し昼と見まがうほど明るかろうが、寺ばかりが軒を並べる下寺町は漆黒に呑み込まれていた。担ぎのうどん屋などもこのあたりまではあまり回ってこないせいか、しわぶきの音も聞こえるだろうほどの静寂《しじま》のなかで、まもなくふたりの剣客による決闘が行われようとしていた。

大窪寺というのは、最近本山とのごたごたがあって無住になった寺で、今はだれも住んでいない。その境内に、結城外三郎は足を踏み入れた。まだ約束の八つ半までには半刻もある。奈津野由右衛門がずるい仕掛けを施すとは思えなかったが、待ち伏せや罠《わな》を避けるには早く行くに越したことはない。月はない。外三郎が持っている提灯の灯りだけが周囲をぼんやりと照らしている。境内がどれほど広く、またどこになにがあるか、などは到底わからぬ。しかし、外三郎はこの日に備えて、幾たびかここを訪れ、様子を調べてある。腰にはにゃん竜がある。支度は万全だ。

外三郎は、境内の奥に生えている楠《くすのき》の古木に向かった。それを背にして立ち合うのがもっとも有利であろうと考えたのだ。しかし、近づくにつれ、楠のまえにだれかいることに気づいた。提灯を突き出す。灯りのなかに凝《こご》ったひと影は、奈津野由右衛門のものだった。

「奈津野……来ておったか」

「おぬしも早いな」

「ふふ……気が急《せ》いてな」

奈津野由右衛門の足もとには提灯が置かれているが、火は消えている。つまり、それほど早くからここにいたということだ。外三郎は、先手を取られたようで、いい気はしなかった。ふたりは自然と間合いを置いて向き合った。

「約束の刻限はまだだが、はじめようか」

由右衛門が言ったので、嫌だとも言えぬ。

「そ、そうだな。それがしはかまわぬよ」

「ならば、やるか。立会人もおらぬゆえ、この果たし合いが行われることも、その結果も、知るものはわれらふたりだけだ。それゆえ正々堂々と勝負しようではないか」

「もちろんそのつもりだ」

「真剣での試合だが、どちらかが『参った』と言えばそれまで。どちらが強いかさえ明らかになればよい。相手を傷つけるのは本意ではない。もし、拙者が勝ちを得ても、試合の勝ち負けについて公にするつもりはない」

「わかっておる。――だが、この勝負、おぬしの負けだぞ」

「なに？　やるまえからわかろうはずがない」

「いや、おぬしの負けだ。それがしは五年間、家中の侍たちに日々稽古をつけてきた。おぬしはそのあいだ相手にしていたのは百姓、町人だけだ。気づかぬうちに腕もなまる」

「たしかにうちの門弟たちのほとんどは武士ではない。しかし、ひとりで鍛錬を積んできた」

「剣術はふたり以上でやるもの。ひとりでいくら鍛えても、それは無駄というものだ」

そのとき楠の幹の裏から声がした。

「無駄か無駄でないか、わしが見届けてやろう」

由右衛門も外三郎もぎょっとして巨木を見た。楠の後ろから現れたのは、杖をついたひとりの老人だった。軽衫《かるさん》袴を穿《は》き、脇差を一本差している。

「先生……！」

由右衛門は叫んだ。それは、ふたりの師である心形刀流の森山無軒であった。

「先生、どうしてここに……」

外三郎の問いに無軒は厳しい顔で、

「結城、おまえの妻女が此度のことを案じ、奈津野からの書状を持ってわしに相談に参ったのだ。五年まえ、わしが指南役を譲るにあたって、おまえたちが私《わたくし》の試合をし、敗れた奈津野が身を引いたことも、その試合でおまえとおまえの父親が卑怯な策を弄したことも妻女に聞いてはじめて知った」

「あの馬鹿が……」

「馬鹿だと？　おまえにはなにもわかっておらぬな。――まあ、よい。試合をしなさい。わしが行事役を務める。よいな」

ふたりはうなずいた。

「わしが、やめ、と言うたら刀を引け。勝ち負けはわしが申し渡す。いかなる結果になろうとも、双方遺恨を残すことは許さぬ」

無軒は両名の顔を見ると、

「真剣での試合ゆえ、まずは刀を検める。奈津野……」

奈津野由右衛門は一礼すると、腰のものを抜き、

「奈津野家に代々伝わる犬雲でござる」

「うむ……」

無軒は受け取ると刀身を検分し、

「まえにも見せてもろうたが、さすが稀代《きたい》の業物だ。――結城」

外三郎はにやりと笑って刀を抜き、

「近頃入手したるにゃん竜でござる」

由右衛門は「あっ」と声を上げたが、無軒も青ざめて、

「にゃん竜とな……？　見せてみよ」

ひったくるように手にすると、切っ先から根もとまですばやく目を走らせ、

「たしかに猫の形が浮かんでおる。これがにゃん竜か……」

「犬雲にはにゃん竜……これで奈津野とそれがしは刀の格においても互角かと存ずる」

「――ま、待て、この勝負預かりとする」

「今さらなにを仰せになられる。恩師といえどもその指図には従えませぬ」

「犬雲とにゃん竜が相まみえたときは凶事起こる、という言い伝えがある。なにが起こるかわからぬが、もし天変地異を招いたときは、世間の迷惑限りなし。刀を換えて、日を改めて立ち合いをいたせ」

「そのような迷信に惑わされる我らではない。そこをどいてくだされ。さもなくばまずは師から……」

「斬る、と申すか。この慮外者《りょがいもの》！」

相手の犬雲は竹光にすりかわっているが、おのれのにゃん竜は本物と思い込み、自身の勝利を確信している外三郎は、無軒を突き飛ばした。無軒はよろけて楠の根もとに倒れ込んだ。それが合図だったかのように、外三郎は由右衛門に斬りつけた。そのひと太

刀で、由右衛門の竹光は両断される、と彼は信じていた。由右衛門はかわすことなく間一髪抜き合わせ、外三郎の一撃を受け止めた。つぎの瞬間、二人とも呆然《ぼうぜん》とする出来事が起こった。ガキッ、という金属音が響くはずが、実際に聞こえた音は、

「ぱすっ」

という間抜けなものだった。しかも、当たったところの銀箔が剥がれてしまっている。

「こ、これは……」

「どちらも竹光か……」

外三郎は思いがけぬ展開にその場に棒立ちになったが、由右衛門はすばやく小刀を抜いて躍りかかり、外三郎の喉に刃をぴたりとあてがった。

「勝負あった」

倒れたままの姿勢で無軒が右手を上げた。由右衛門は飛びしさると片ひざを突き、無軒に向かって一礼したが、外三郎はうつろな顔でいまだ立ち尽くしている。由右衛門の手にすがって立ち上がった無軒は、

「ふたりとも竹光だったとはな。――どういうことだ」

しかし、両人とも答は持ち合わせていなかった。

「まあ、よい。――結城、この始末、いかがするつもりだ」

外三郎は屈辱で紫に変じた唇を噛みながら、

「こ、この負けは真の負けにあらず。よし、竹光でなかったならばそれがしが……」

「たわけ！　わしは以前、結城と奈津野の腕は互角だと申したことがある。その見立ては今も変わらぬが、心のほうでは大きく差がついてしまったようだな。今から心を練り直す修行をせよ」

外三郎はうなだれた。そして、由右衛門に向かって頭を下げ、

「五年まえの落石は義父が勝手にしたことで、それがしの本意《ほい》ではなかったが、その結果のうえに今日《こんにち》まで胡坐《あぐら》をかいていたことはわが罪だ。貴公の五年間を無駄にしてしまった。深くお詫び申す。これより国表《くにおもて》に戻り、ご家老にありのままの真実を申し上げ、剣術指南役を退く所存。そののちのことは殿よりのご沙汰を待ち申すゆえ、平にご容赦くだされ」

由右衛門はゆっくりとかぶりを振り、

「拙者は、五年まえのことも今日のこともご家老はじめどなたにも言う気はないし、再出仕するつもりも指南役になるつもりもない。今までどおり指南役を続けられよ」

「――え？」

「もし、あの落石がなければどちらが勝っていたのか知りたかっただけのこと。それに、おぬしは今、拙者が五年間を無駄にしたと言うたが、そんなことはない。これからは動乱の時代となろう。そのとき百姓や町人にも武芸が必要となる。――箍《たが》の緩んだ武士を

相手にするより、百姓や町人相手に稽古をつけるのは面白いものだぞ」

由右衛門はにこりと笑った。森山無軒が、

「おまえたちは同じころにわしに入門し、同じように修行を積み、同じように腕を上げた友人ではないか。そろそろ仲直りをして、たがいに励みあうことにしてはどうだ」

由右衛門は、

「先生がそうおっしゃるならば、拙者に否やはありません。——結城さえよければ、ですが」

外三郎は涙にうるんだ目を由右衛門に向けて、

「それがしを許してくれるのか」

「もちろんだ。今日でひと区切りがついた。ご新造《しんぞう》によろしくお伝えいただきたい。——ところで、結城、拙者が持っていたこの竹光だが、今の今までまるで気づかなかった。おぬしがすりかえたのだな」

「そうだ。竹光屋雀丸という男に作らせ、元盗賊に命じてすりかえさせた。だが、それがしのにゃん竜まで竹光だったとは……」

「それもまた雀丸の作なのだな。その男、先日うちを訪ねて参った町人であろう。拙者をわざと怒らせて犬雲を抜かせよった。あの刹那に刀の拵えをなにからなにまで見て取り、かかるものを作るとはたいした腕だな」

「犬雲とにゃん竜出会うときは凶事起こる、というが、竹光でよかった。――この二刀は拙者が預かり、雀丸に返すとしよう」

そう言うともう一度師に頭を下げ、境内を出ていった。

「稀代の名人だ」

◇

夜が明けた。むしむしと暑いようなきりきりと寒いような……いずれにせよ秋の清々《すがすが》しさは微塵《みじん》もない日だった。ここしばらく大坂の町にうっすら漂っていたきな臭い空気が急に濃くなったようで、早起きのものは皆、息苦しいほどの緊迫感を感じていた。

空にはまだ星が消え残っており、ほとんどの家は戸を閉ざしているそんななか、口縄の鬼御前一家のまえには、谷町の六郎七一家が助っ人も入れて三十人ばかり集まっていた。皆、素肌に濡《ぬ》れ紙を張ったうえに晒を幾重にも巻いたりして、少々斬られても傷つかない工夫をしている。鉢巻きに鉄板や手裏剣を仕込んだり、刺股《さすまた》や鎖鎌を手にしたりしているものもいるが、そういうのはどれもこけおどしだ。彼らの後ろには、金で雇われたとおぼしき浪人風の男が眠そうに目をこすっている。

「おい……」

先頭の六郎七が顎をしゃくると、子方のひとりが乱暴に戸を叩いた。

「口縄の鬼御前、出てこい！　六郎七一家のお出ましや。出てこんかい！」

しばらくしてくぐり戸が開き、豆太が顔を出した。豆太は人数の多さに驚いたようだったが、

「朝っぱらからうるさいなあ。寝てられへんがな」

「鬼御前を出さんかい」

「姉さんになんの用じゃ」

六郎七がその子方を押しのけるようにしてまえに出ると、

「昨日の晩に、旅人《たびにん》風の男がこの家に入るのを見た、ゆうもんがおるのや。もう言い逃れはでけへんで。家捜しさせてもらう」

「家捜しやと？　どう見ても出入りの格好やないか。出入りやったらまずは喧嘩状持ってこい」

「やかましいわい！　家捜しして、次郎長から刀を盗んだ旅人が見つかったら、それから喧嘩するのや。とっとと大戸開けい」

豆太は、まだなにか言い返そうとしたが、喧嘩支度でこちらをにらむ男たちの迫力に押されて、

「ま、待っとれ。今、姉さんにきいてくる」

そう言うと、一旦引っ込んだ。ややあって、鬼御前が現れた。

粋なヤクザとひとくくりにせんとって」

「急にお越しいただいても、女には身支度ゆうもんがおますのや。あんたらみたいな無粋なヤクザとひとくくりにせんとって」

たしかに早朝にもかかわらず、鬼御前はいつもの化粧にいつもの着物である。

「ふん、呑気なことを言えるのも今のうちやで。おう、旅人がおることはわかっとんのじゃ。ここへ連れてこい。さもないと力ずくで家捜しすることになる。途中でなにかのはずみに火事になったとしても、それはわしらの知らんことや」

「しょうもない脅し方しかでけへんのかい。売られた喧嘩は買わなしゃあないけど、近所の迷惑になるさかい、ここであんまり揉めとうはない。どや、谷町の。茶臼山《ちゃうすやま》に場所を移して、おたがい支度万端整えたうえで喧嘩しようやないか。突然押しかけてきて、さあ喧嘩や、というのはあまりに仁義に外れたやり方やろ」

「わしが急に来たのは家捜しのためや。まえもって知らせたら、その渡世人を逃がしよるさかいな。さあ、なかに入れてもらおか」

「聞き分けのないやつやな。あんたらのその泥足、この家には一歩たりとも踏み込ませへんで」

するると、六郎七の横にいた若い男が、

「こらあ、ここでガタガタしとる暇はないんや。次郎長一家がもうじき大坂に着くらしい。それまでに刀盗んだやつを見つけとかんと、うちの親方の面目が潰れるのや！」

　六郎七はその男を殴りつけ、

「じゃかあし！　そんなことは言わんでええねん」

　鬼御前は苦笑して、

「次郎長が来るまえに少しでも点を稼ごう、ゆうことか。あかんあかん。そんな了見ではあてには勝てんわ。帰った帰った」

　六郎七は頭に血がのぼったらしく、

「なんやと、こら！　もう許さんぞ。家捜しして旅人がおったらそいつ捕まえるだけで、あとのことは堪忍したろ、と思とったが、仏心もこれまでや。――おい、口縄の。女子だてらに一丁前に一家張りやがって、えらそうにしくさるガキやとまえまえから思うとったのや。女子なら、谷町の親方さんに助けていただく見返りに、うちの縄張りもろとくなはれ、と差し出すのがあたりまえやろ。旅人の一件がええ潮時……今日という今日はおのれの一家潰してしもたる。縄張り寄越さんかい！」

　鬼御前は呆れて、

「わけのわからんこと言うて、どないしはったん？　とうとう頭がおかしいなったんか。医者呼ぼか」

「うるさいわい。――おい、この女、いてもうたれ！」

そのとき、くぐり戸からひとりの男がふらりと姿を見せた。縞柄の着物を着た旅人だ。

「あんた、病気はもうええんか」

「へえ、おかげさんでよくなっちまいやした。これも姉さんのおかげでござんす」

「そらええけど……あんたは二階に上がっとき。あんたのことはあてら一家が、死んでも守ったるさかい」

「へへ……それでは姉さんの恩義に報いることができやせん。ちいと通しておくんなせえ」

まえに出た男は、六郎七を射殺すような目でにらみつけると、

「おう、そこのおひと。どこのどなたか存じませんが……この姉さんに手を出すなら、俺が相手になりますぜ」

長脇差の柄に手をかけた。ぎょっとして後ずさりしかけた谷町の六郎七は子方たちの手前、ぐっとこらえて声を絞り出した。

「おまえのほうからこのこ出てくるとはええ度胸や。刀はどないした」

「なんだと?」

「刀や。おまえ、大坂くんだりまで来たのは刀のことでやろ」

「ああ、そうさ」

「やっぱりや。——おまえのその刀、こっちへ寄越せ」

「どうして俺が刀をおめえに渡さなきゃならねえんだ」

「つべこべ抜かすな、三下が！　寄越せゆうたら寄越さんかい！」

しびれを切らした六郎七がそう叫ぶと、若い渡世人の目つきが険しくなった。

「俺を三下と抜かしたな」

言うや、男は腰の刀を鞘走らせた。あまりにも素早かったので、だれの目にもとまらなかったが、刀はふたたび鞘に戻っていた。つぎの瞬間、六郎七の着物が胸もとから股《また》座《ぐら》まで縦に切り裂かれ、左右にべろんとめくれた。居合いだ。

「ひやあっ！」

六郎七は甲高い悲鳴を上げて着物のまえを手で押さえ、その声の高さが自分でも情けなく思えたらしく、照れ隠しのように低い声で、

「この野郎を叩っ斬れ！」

そう叫ぶと、後ずさりして子方たちの後ろに回った。大戸が開けられ、鬼御前一家も手に手に得物《えもの》を持って勢ぞろいした。総勢は十人ほどである。人数では圧倒的に優勢な谷町一家だが、居合いを使う旅人が先頭に陣取っているので、皆、長脇差の切っ先を震わせて威嚇するだけで手を出そうとはしない。

「なにしとるんや！　やれ、やってしまえ！」

背後から六郎七が怒鳴るが、だれも動かない。旅人が馬鹿にしたように笑って、

「そろいもそろって腰抜けばかりかい。来ねえならこっちから行くぜ」

白刃が一閃《いっせん》し、手前にいた男の髷がすっ飛んで髪がざんばらになった。

「ひいーっ！」

男は泣きながらしゃがみこんだ。六郎七が着物を掻き合わせながら、

「先生、お願いします」

無精《ぶしょう》髭で顔が埋もれた侍は迷惑そうに、

「拙者は居合いは苦手でな……」

「なに言うてますねん。払うた分は働いてもらわんと……」

「うむ……仕方がないな」

「やっつけてもらえますのか」

「いや、金を返す」

侍はその場に金を放り出すとそそくさと姿を消した。

「なんじゃ、あいつは！」

六郎七は激怒し、子方たちの背中を強く押しながら、

「おまえら、やらんかい。人数ではこっちの勝ちに決まっとる」

「お、親方、押さんといとくなはれ。あの居合いが……」

「居合いがなんぼのもんや！」

着物を押さえながらそう言っても説得力はない。呆れた鬼御前が、

「いつまでほたえとるねん。待ちくたびれたわ」

長脇差を抜いて、六郎七の子方ふたりほどに軽い手傷を負わせた。それがきっかけとなり、やっと喧嘩がはじまった。数で勝るとはいえ、臆病風に吹かれた谷町一家は腰が引けている。鬼御前たちは谷町一家のなかに飛び込み、大暴れしはじめた。鬼御前は酒に酔ったときのような表情でだんびらのように大きな刀を縦横に振り回している。口もとに笑みが浮かんでいるのは、喧嘩を楽しんでいる証拠だ。血を浴びれば浴びるほど動きがいきいきしてくる。

しかし、やはり多勢に無勢で、次第に鬼御前側が劣勢になっていった。

「今や、ひと思いに揉み潰せ！」

一番後ろから六郎七が声をかぎりに叫んだとき、

「待ってくださあああい！」

駆け込んできたのは雀丸だった。五郎蔵と又兵衛が担いだ駕籠と一緒だ。五郎蔵たちは重そうに駕籠をおろした。

「この駕籠のなかに犬雲を盗んだ下手人がいます。そこの旅人さんは関わりありません！」

雀丸がそう言っても六郎七は、

「やかましいわい！　もう少しで喧嘩に勝つのや。ひっこんどれ！」

「そうはいきません。そもそも次郎長から刀を盗んだやつを匿っている、というのが喧嘩のもとでしょう？　こいつが下手人なら鬼御前さんはなにも悪くないことになります」

「そんなことはもうどうでもええのや。わしはこの生意気な女子を痛い目に遭わせたいだけや。――ええからやってまえ！」

六郎七の叱咤《しった》に、子方たちがまえに出ようとしたとき、

「静まれ！　静まらぬか！」

駆けつけたのは同心皐月親兵衛だった。

「貴様ら、昼日中、天下の往来において、大勢で白刃をふりかざし、喧嘩口論いたすとはもってのほか。双方、刀を引け」

さすがに谷町一家も動きをとめたが、長脇差は下ろさない。皐月同心は六郎七をにらみつけ、

「六郎七、おまえはお上から十手を預かる身ではないか。それがなんだ、かかる騒ぎを引き起こすとは……おのれの務めをわきまえよ！」

六郎七は、相手が町方同心と見てとると、裂けた着物がはだけて胸から腹、褌までが露出するのもかまわず揉み手をしながら、

「へっへへ……旦那、わしが悪いのやおまへんのや。今度のことはなにもかも、この口

縄の鬼御前というやつが悪いんだす。女だてらにヤクザの真似事しとるだけやなく、刀を盗んだ盗人を二階に匿《かくも》うとるさかい、そいつを召し捕りに来たところが、刃物を持ち出して逆らいよったので、わしもしかたなしに応じまして……それでちいっとばかり騒ぎになった、ゆうわけでおましてな……」

「嘘を申せ。わしの目はごまかせぬぞ。貴様は旅人の件にかこつけて鬼御前に難癖をつけて喧嘩を売り、その縄張りをおのれのものにせんと企んでおるのであろう」

「なにをおっしゃいますやら。わしも十手を預かる身。そんなせこいことはいたしません。世のためひとのためお上のために、いつも働かせてもろとります。この女は、ここらあたりでは嫌われ者のごく潰し、近所のものがいつも迷惑しとることをわしもよう知っとります」

「さようか。わしの聞いたところでは、貴様のほうが、ここいらの商家から金をせびりとる、谷町ならぬダニマチよ、とさんざんな評判であったがのう」

六郎七の子方のひとりが思わず「ぷっ」と噴き出したので、六郎七はその子方をぶん殴り、

「わしはなにも、この女の縄張りが欲しい、とかいうケチな了見でこんなことをしとるのやおまへん。駿河に住む清水次郎長という、近頃売り出しの博打打ちがおりましてな、そいつが不細工なことにおのれの持っていた刀を旅人に盗まれた、大坂のほうに逃げた

らしいからどうしても取り戻してもらわんと顔が立たん、と泣きついてきよった。情けないやっちゃな、おのれでなんとかせえ、とは思いましたけど、まだ駆け出しの若いもんのことだすさかい、わしもつい情にほだされて、嫌々ながらに引き受けた、とまあ、こう言うわけでして……」

それまで聞いていた旅人が、

「ひーっひひひ……おいおい、言うにことかいて、とんでもねえでたらめを並べやがったな。こいつぁ笑いがとまらねえや。ひいっひひひひ……」

腹を抱えて笑い出した。

「ひひひ……俺が聞いてる話じゃあ、てめえは以前、大前田栄五郎《おおまえだえいごろう》親分のまえで大しくじりをやらかして、その尻拭いを若え次郎長親分がしてくれたそうだな。おかげでてめえは次郎長親分に頭が上がらなくなった。その次郎長が、刀を盗んだ旅人が出回りそうな先々に廻状を送ったときに、てめえのほうから手を挙げて、『かならず捕まえて刀ともども清水まで送り届ける』と見得を切ったそうじゃねえか。なにが次郎長に泣きつかれて嫌々だよ」

「嘘やない。わしから見たら次郎長はまだケツの青い小僧っ子や。わしとは貫禄がちがうわい」

「だれがケツが青いって？」

後ろから声がしたので、一同は一斉にそちらを向いた。旅姿の男たちが五、六人、そこに立っていた。先頭の背の高い男が笠を脱いだ。鷹のような鋭い目つきに六郎七はたじろいで、

「じ、じ、次郎長……親方やおまへんか。遠路はるばるようお越し」

「なに言ってやんでえ。俺があんたに泣きついただと？　馬鹿も休み休み言ってくれ。この次郎長はそんな腑《ふ》抜《ぬ》けじゃあねえよ」

「そそそそれはやなあ、嘘も方便というか、嘘から出た実《まこと》というか、盗人のはじまりというか……とにかく、この口縄の鬼御前という女がおまはんの刀盗んだ旅人を匿ってましたんや。おまはんが来てくれたら百人力だすわ。一緒にこいつの一家、踏み潰してしまいまひょ。――それで、この男が、おまはんの刀盗んだ盗人だす！」

次郎長は、若い旅人の顔を見て、

「おう、小政《こまさ》じゃねえか。おめえに、ひとりで大坂に行って様子を見て来い、とは言ったものの、それ以来、知らせがまるっきり来ねえんでやきもきしたぜ。それでとうとうこうして押し出してきちまった。いったいなにがどうなってるんでえ」

「実ぁ親分、三十石の中で患っちまったのをこちらの姉さんに助けていただいて、ずっと二階で寝込んでたんでさあ。熱が高くてどうしても枕が上がらねえ。朦朧《もうろう》として手紙も書けず、随分ご心配かけましたが、ようやく起きられるようになりました」

小政は鬼御前に深々と頭を下げ、

「姉さんがどういうお方かわからなかったもんで、つい名乗りそびれちめえやした。許してておくんなせえ」

それを聞いて次郎長は、

「そういうことか」

そして、鬼御前に向き直ると、

「口縄の鬼御前という気風《きっぷ》のいい女貸元が大坂にいる、てえのは風の噂に聞いておりやしたが、手前は清水の次郎長という駆け出しの若いものでござんす。鬼御前さんには一度お目にかかりてえとかねがね思っておりやしたが、今日その願いが叶《かな》いました。このたびはうちの子分がたいへんお世話になったとのこと、この恩は次郎長、生涯忘れませんん」

「いや、そんな……嫌やわ、大げさに」

鬼御前は照れたように言うと、

「そうだしたか。清水の貸元のお身内さんだしたんか。あてはてっきり……。けど、道理でしっかりしてはりますわ。居合いの腕もたいしたもんや」

「そう思って、こいつひとりで刀のことを探りにやらせたのが間違《まちげ》えで……とんだご迷惑をおかけしやした」

「そんなことはおまへん。――けど、それやったら次郎長さんの刀を盗んだのはどこのどいつやろ」

　雀丸がため息をついて、

「だーかーらー……この駕籠のなかにその下手人がいるって、さっき言ったでしょう！　みんな、私の言うことをまるで聞いてないんだから……」

　次郎長が、

「はて、おめえさんは……？」

　雀丸は頭を下げて、

「大坂で横町奉行をしています竹光屋の雀丸と申します。――これを見てください」

　駕籠の垂れをまくり上げると、なかから左源太とたねが転がり出た。手首、足首はもちろん、顔にも袋がかぶせられ、紐でぐるぐる巻きにされている。

「このひとが小原左源太さん……にゃん竜を盗んだ下手人です」

　次郎長は左源太の顔をのぞき込むと、

「こいつが左源太？　冗談言っちゃいけねえや。この野郎はうちに草鞋を脱いでた百川の牛次って元役者の博打打ちよ。――おい、牛次、久しぶりだな」

　牛次は首をすくめると、

「清水の貸元もお元気そうで……」

次郎長は苦笑して、

「なに言ってやんでえ。――刀ぁどうした」

「すいません。とうに売っちまいました」

左源太こと百川の牛次によると、彼はもともと旅回りの一座にいた役者で、おもに侍の役を受け持っていたが、生来の博打好きが災いして身を持ち崩し、ついには渡世人の仲間入りをしたのだ、という。盃ごとをした親分・親方を持たない旅暮らしだったが、駿府城下の色里である二丁町に出ていたたねという遊女と深間にはまり、夫婦《めおと》約束までかわす仲になった。なんとか請け出せないかと思案したが、いかんせん金がない。思い余った牛次は、たまたまそのとき草鞋を脱いでいた次郎長のところにあった刀を、悪いこととは知りながら勝手に持ち出し、叩き売って金に換えてしまった。そのあと刀がどうなったかは……。

「知らねえんです。――清水のお貸元、堪忍しておくんなせえ。こうなったら逃げも隠れもしねえ。この首、ばっさりやってもらいてえ」

牛次はその場に胡坐をかくと、首を伸ばした。次郎長は長脇差の柄に手をかけた。牛次は目を閉じた。やがて、次郎長は息を吐くと、

「斬れねえもんだな、大政」

すぐ横にいた侍髷の大柄な男が、

「こいつだけなら叩き斬ってもよかったが、その女が不憫だと思ってな。――おい、牛次」

それだけ言った。次郎長は、

「親分は立派になりなすったね」

「へ、へえ……」

「こいつあ餞別《せんべつ》だ。これを持って、その女とどこへでも行っちまいな」

次郎長が手渡したのは小判で三十両ほどの大金だった。

「こ、こんなに……」

「かまわねえ。どこかに落ち着いたら堅気になりな。その女を大事にするんだぜ」

牛次とたねは涙を浮かべながらその場を立ち去った。

「いいんですか、あれは帰りのみんなの路銀ですが……一両ぐらいは残しておきなすったか」

笑いながら大政が言うと、

「いや、丸ごと渡しちまったよ」

「仕方ない。なんとかしましょう」

雀丸が進み出て、

「次郎長さんの刀、にゃん竜は、ひょんなことから鴻池善右衛門さんが百両でお買い上げになり、今、鴻池家の蔵に納まっています。あれが次郎長さんのものなのか善右衛門さんのものなのかはともかくありかだけははっきりしています」

「そうかい。そいつぁありがてえ。場所さえわかればあとは話し合い次第だ」

次郎長は六郎七に目を向けて、

「牛次の件は丸く収まったが、こっちの件は収まらねえ。——やい、六郎七。よくも以前の恩を忘れて、あることねえこと言い立てて、俺っちの顔に泥ぉ塗りやがったな」

「そそれはなにもかも次郎長どんのためを思ってのこと……」

「たしかに廻状は送ったが、鬼御前さんの縄張りをわがものにしようなんてこたぁ頼んでねえ。人でなしめ。潔く一家を畳んで隠居するなら許してやらあ。それが嫌なら、ここでうちの一家と命のやりとり……けじめをつけるかね」

目論見《もくろみ》が外れた六郎七は顔の筋肉を痙攣《けいれん》させながら、鬼御前とその一家、次郎長とその一家、雀丸たち、そして、皐月同心を順に見渡していたが、急に自分の子方たちを振り返り、

「おい、おまえら、この連中はうちの一家をぶっ潰すつもりらしいで。わしらの絆《きずな》の強さ、見せたろやないか！」

子方のひとりが、

「あの……親方」

「なんじゃい」

「わし、盃返しますわ」

「なんやと」

「わても、悪いけど、盃お返しします」

「わしも」

「俺も」

「わても」

「すんまへん、親方、残るやつひとりもいてまへんで」

「な、なんや、おのれら、一人前にしてやったわしになんちゅうことを……こら、待て。待たんかい！」

　子方たちは皆、六郎七に返盃《へんぱい》を宣言すると、四方へ散っていった。

「おのれら、わしを見捨てるつもりか！　帰ってこい！　帰ってこい！　帰ってこおおおい！」

　何人かの子方が走りながら振り向いて、「べかこ（あかんべえ）」をした。六郎七は地団太を踏んだがどうにもならぬ。次郎長や鬼御前にガンを飛ばすと、

「この借りはきっと返すからな」

　言い捨てて六郎七は着物の前を押さえたまま駆け出した。

鬼御前が雀丸に小声で言った。

「ちょうどええとこで助かったけど……なんで来てくれたん？　あてのことが心配やったん？」

「刀を盗んだのは左源太さんで、鬼御前さんのところにいる旅人さんは濡れ衣《ぎぬ》だとわかったので、疑いを晴らすために左源太さんを連れてこようとしたところだったんです」

「なんや。たまたまかいな」

次郎長が雀丸に向かって、

「どうやらなにもかもおめえさんの骨折りのようだな。礼を言うぜ」

「そんな、とんでもない。——次郎長さん、これから清水に帰るんですか」

鬼御前が、

「もしよかったら、しばらくうちに泊まっていきはったらどないです？　いろいろお話もうかがいたいし……」

次郎長も、

「それじゃあお言葉に甘えさせていただくか。——おい、みんな、こちらに厄介になるぜ」

「へい！」

次郎長一家が声をそろえた。

◇

家に戻ってきた雀丸を待っていたのは、奈津野由右衛門だった。怒鳴られる覚悟をした雀丸に、二本の竹光をたずさえた奈津野は、今しがたの果たし合いのことを話し、

「雀丸さんの竹光のおかげでふたりとも怪我ひとつなく勝負を終えることができました。もし、拙者が真剣を持っていたら、結城に傷を負わせていたかもしれません。ふたりとも無事で、仲直りもできたのは雀丸さんのおかげです。——なぜどちらも竹光だったのかはわからないのですが……」

「奈津野さんの犬雲を竹光にすりかえたのは結城さんです。そのうえ結城さんは本物のにゃん竜だと勘違いして、うちから竹光を持ち出したのです」

「なるほど、いずれにしても結城が悪いのですね」

「それと……ここに犬雲があります。本物です」

「えっ？　それも結城が……」

「いえ、これにはややこしい話がありまして……」

雀丸も、左源太こと百川の牛次が犬雲を置いていったいきさつについて述べ、犬雲を手渡した。

「こうして家宝の刀がわが手に戻ったのは、雀丸さんのお働きです。深く感謝します」

「とととんでもない。私はなにもしていません」

「いえ、あなたがその牛次というひとに親切にしていたからこそ、その男は犬雲をあなたのところに持ち込んだのです」

奈津野も二本の竹光を雀丸に渡し、

「犬雲の竹光は結城が作らせたもの、にゃん竜の竹光は鴻池さんが作らせたものですから、ここに置いていったほうがよいでしょう。うちにあると、うっかり本物と間違えますから」

ふたりは笑い合った。また来ると言って、奈津野は帰っていった。雀丸がわざと怒らせたことも、すりかえるのを前提に竹光を作ったことも咎めることはなかった。奈津野の後ろ姿が見えなくなっても雀丸は頭を下げていた。そして、そこには竹光が二本、残されていた。

◇

翌日は朝から曇っていた。雲は重く水をはらみ、いつ降り出してもおかしくない空模様であった。そんななか、いつものほほんとしている竹光屋に、今日はただならぬ雰囲気が漂っていた。土間の壁際には次郎長一家が立ったまま並び、茣蓙のうえに鬼御前、加似江、五郎蔵、又兵衛、皐月親兵衛、それに鴻池家の番頭弥曽次らが座っている。上がったところに次郎長と鴻池善右衛門が相対し、雀丸は行司役のようにすぐかたわらに控えている。鬼御前のところでの騒動について文を送ると、善右衛門はわざわざにゃん竜をたずさえて、一番番頭とともにやってきたのである。

「次郎長さんと言いなはるか。わしが鴻池善右衛門だす。よろしゅうお頼《たの》申します」

善右衛門は先に頭を下げた。次郎長はあわてて、

「こいつぁ申し遅れました。あっしは清水の次郎長という半端ものでござんす。うちにあったにゃん竜てえ刀がこちらさまにあると、雀丸さんに聞きまして、恥もかえりみずやってきたてえわけで……以後、ご昵懇《じっこん》にお願《ねげ》えいたしやす」

「これがにゃん竜でおます。ここにおるうちの番頭どんが駿府の古道具屋で百両で買うたのやが、そのときはもちろん盗品とは知らなんだ」

「そりゃあわかってます。鴻池さんともあろうお方が盗まれたものと承知で買いなさるはずはねえ。ただ……もとはあっしの手もとにあったもの。なんとか返していただきてえんで」

「うーん、つらいなあ……。わしも気に入っとるのや。あの猫ちゃんが浮かんどるところがなんともいえん。――ほんまは意地でも渡さんつもりやったけど、あんたが将来の見込みのある、たいそうええ親方はんやということを、雀丸さんに聞いたもんでな、お返ししまっさ。犬雲とにゃん竜が両方とも大坂にある、というのもよろしからずや。け

ど……返してほしいならそれなりのものと引き換えてもらわんとな」

「百両てえことですかい」

「ははは……わしをだれやと思とる。百両ぐらいもろてもしゃあない」

「いくら払ったら返してくれるんです」

「悪いけど、たとえ千両積まれてもわしにとってははした金。そんなもんでは渡せんなあ」

ふたりのあいだに険悪な空気が流れた。

「じゃあ、どうすりゃいいんでえ。命が欲しいってのか？　ああ、くれてやろうじゃねえか。この次郎長、命が惜しいから刀をあきらめた、なんて言われたくねえからな」

「命もいりまへん。わしが欲しいのはにゃん竜に代わるなにかや」

「俺っちはただの貧乏ヤクザだ。そんなものは持ってねえ」

「ありますやろ。あんたの看板や」

「俺の……看板？」

「あんたは今でこそまだ子分、子方も十人ほどやが、これから東海道で売り出していくお方やそうな。今は看板も小そうて見えにくいやろうけどな、その看板、わしに元入れさせとくなはれ」

「どういうことでえ」

「ゆくゆくあんたが海道一の親方になって、子方が千人、二千人に増えれば、看板も大きくなる。どこからでも見えるようになる。そうなったとき、わしに利を返しとくなはるか」

「どうやって？」

「うちになにかあったとき、あんたを呼ぶわ。そのとき、わしを助けとくなはれ」

次郎長は笑って、

「へっへっへっ……天下の鴻池の旦那が俺っちを買いかぶっていなさる。——大政、俺の子分が千人になるはずがねえよな」

「いや、親分、そうとは言えません」

大政が真面目な顔で言った。

「日本一の分限者《ぶげんしゃ》なら、これまで大勢のひとを見てこられたはず。そのお方がおっしゃるのだから、いずれそういう日が来ないともかぎらない。いや……俺たち子分は、そう信じたからこそ親分に付いてきているんです」

「俺が海道一の親分にねえ……まあ、望みは大きく持ったほうがいいからな。——ありがとうございます、鴻池の旦那。それじゃあ、ありもしねえものと引き換えに、このにゃん竜、いただいてめえりやす」

「ああ、そうしとくなはれ」

雀丸が、

「それでは善右衛門さんにはこれを差し上げましょう。すいませんがそれで我慢してください」

そう言って、二本の竹光を善右衛門に渡した。

「おお、これは……！」

善右衛門は犬雲とにゃん竜の竹光を手に、踊り出しそうなほど大喜びした。

「我慢もなにも、こっちのほうが洒落《しゃれ》たあるやないか。いや、負け惜しみやないで。なにより、こっちは二本並べといても天変地異は起こらんやろ。本物の犬雲、にゃん竜が祟りを招くなら、こっちは福を呼ぶ。商売にはもってこいや。——うちの家宝にするわ」

加似江が大きくうなずいて、

「これで犬雲もにゃん竜もその竹光も、無事に行き先が決まった。めでたいぞよ。——五郎蔵、又兵衛！」

「へえ、もう支度できとりまっせ！」

ふたりは酒樽《さかだる》を土間に据え、裂いたスルメと焼き味噌を皆に配った。

「肴はこれしかないが、酒はある。存分に飲んでくれ」

加似江が言うと、皆一斉に飲み出した。上酒を吟味した。次郎長の子分たちも、

「ほんとになんにもねえな」

「しみったれた酒盛りだぜ」

などとぶつぶつ言いながら酒を呷《あお》り出したが、

「おや……この酒、美味《うめ》えな」

「いい酒だ。いくらでも飲めらあ」

「このスルメも上等だ。嚙めば嚙むほど味が出てくるぜ」

「あの婆《ばあ》さん、ただものじゃねえ」

そんなことを言いながら機嫌良く飲み食いしている。次郎長と鬼御前は意気投合したらしく、差し向かいで飲んでいる。普段は山海の珍味に舌鼓を打っているだろう鴻池善右衛門も焼き味噌を指につけて舐めながら、美味そうに酒を味わっている。雀丸も、ようやく肩の荷がおりた気分で、茶碗酒を一杯飲み干した。五臓六腑に染み渡る。次第に座が乱れていき、小政と善右衛門が肩を組んで放歌高吟していたり、鬼御前と皐月親兵衛が飲み比べをしていたり、又兵衛と弥曽次が喧嘩をはじめたり……めちゃくちゃである。だが、皆楽しそうだ。次郎長は酒に弱いのか、早々にいびきをかいて寝てしまった。

「ややこしい一件じゃったな」

加似江がスルメをかじりながら雀丸に言った。この老婆の歯は壮年のように頑丈である。

「はい。わかりやすくほぐして言いますと、次郎長さんのにゃん竜を牛次さんが盗んで古道具屋に売り、それを弥曽次さんが買って善右衛門さんに渡し、私に竹光を作れと言ってきました。その竹光を結城外三郎さんが勘違いして持っていってしまった。犬雲のほうは、奈津野由右衛門さんが持っていたのを外三郎さんが私に竹光を作らせて元盗人にすりかえさせたのを、牛次さんが盗んで、私のところに持ってきました。結果、由右衛門さんと外三郎さんは竹光同士で果たし合いをすることになりました」

「それでほぐしたのか。まことにややこしいわい」

「私も頭がこんがらがっております。横町奉行としては、こういうややこしいのはやめてもらいたいです」

「雀丸、おまえは気づいておらぬのかや」

「なにがです?」

「おまえがおらなんだら、こんなややこしいことにはなっておらぬのじゃ」

雀丸はあっと思った。たしかに、雀丸が犬雲とにゃん竜それぞれの竹光をそっくりに作ったから、こういう事態が起きたとも言えるのだ。横町奉行として自分で自分の仕事を増やしてしまったのかもしれない。

(なにもしないほうがよかったのかな……)

そう思ったとき、加似江が言った。

「まあ、よい。飲め」

「はい」

雀丸は湯呑みに注がれた酒をひと息で飲み干した。

◇

宴会は夜半まで続いてお開きになった。次郎長一家は泥酔したまま旅支度をして、清水に帰っていった。その足取りは後ろから見ていてもふらり、ふらりと起き上がり小法師《こぼし》のようだった。皐月親兵衛も、珍しく文句を言わず、飲むだけ飲んで帰っていった。鴻池善右衛門は弥曽次が駕籠を呼ぶというのを断って、徒歩で帰っていった。逆に又兵衛と五郎蔵は、意地汚くタダ酒を飲み過ぎて腰が抜け、駕籠を呼んでくれと喚《わめ》いていた。最後に竹光屋を出たのは鬼御前だった。だれよりも酔っている。「へべのれけれけ」というやつだ。顔の化粧もすっかり落ちてぐちゃぐちゃだし、帯もほどけかけ、浴衣の胸もはだけ、晒が丸見えになっている。なにがうれしいのかへらへら笑いながら、右へ左へとよろめきながら歩き出した。

「そんなに酔っていて、ここから天王寺まで歩いて帰るのは無理です。今夜は泊まっていってください」

雀丸がしきりに勧めたが、

「気分ええさかい大丈夫や」

「では、せめて途中まで送ります」

「あはははは……あてと道行きかいな。心中することになるでえ」

「そんな……縁起でもない」

「あてもうわばみの鬼御前と異名をとる女や。ちょっと酔うたぐらいで男にいちいち送ってもらわなあかんような、そんな酒飲みと違います。気ぃ遣わんとって」

「そうですか……？」

「だいじょぶ、だいじょぶ……あては素面《しらふ》や！」

どう考えても大丈夫そうではないが、あまりにしつこく言うと怒りだすので、雀丸は鬼御前の言うとおりにした。

「気をつけて帰ってくださいよ。ああ、そんなに提灯を振り回したら火が消えますって」

「あはははは……ははは……はは……ははは……」

一度笑い出すと止まらないようだ。雀丸は鬼御前の姿が見えなくなってから、家に入った。

◇

半刻ほどのちのことだ。雀丸は加似江とふたりで残りの酒をちびちび飲んでいた。酒宴の後片付けをしなければならないのだが、酔っているし、散らかりまくった惨状を見るとそんな元気は湧いてこない。片付けは明日に回して、残りを飲んでしまおう、ということになったのだ。

「お祖母さま、ひとつだけ気になっていることがあるのですが」

「なんじゃ」

「この家で、本物の犬雲とにゃん竜がほんの一時だけ出会ったでしょう？　にゃん竜は善右衛門さんがすぐに持って帰ったわけですが、しばらくは同じ場所にあったわけです。――凶事は起こらないでしょうか」

「さあ……わしにきかれてもなんとも答えようがないわい。なにごともないよう祈るだけじゃな」

「ですね。それしかありませんよね……」

そのとき、表の戸を叩く音がした。雀丸と加似江は顔を見合わせた。

「すいません、今日はもうおしまいです。また、明日お願いします」

雀丸が家のなかからそう応えると、

「あてや。雀さん……鬼御前や」

「どうしたんです、忘れものですか」

「そやないねん。やっぱり今晩泊めてほしいねん」

「だから言ったでしょう。あれだけ飲んだら天王寺まで帰るのは無理だって……」

言いながら雀丸がくぐりを開けると、泥だらけの鬼御前が転げ込むように入ってきた。驚いた雀丸にかまわず、鬼御前は泳ぐように酒樽のところにたどりつき、柄杓《ひしゃく》できゅーっと一杯飲んだ。そして、その場に座ると、

「なあ……雀さん、聞いてえな」

「はい、なにをでしょう」

「今、兄さんと会うたんや」

「え？　武田さんにですか」

「そや……」

鬼御前は、酔っ払って最後に竹光屋を出たあと、ふらふらと浮世小路を東へ向かった。

「あははは……ああ……酔うた。おもろかったなあ。次郎長さん……ええ男やったなあ……」

自分ではつぶやいているつもりなのだろうが、実はかなりの大声で独り言を言っている。

「ちゃちゃん、ちゃんときてちゃんちゃんちゃん……か。ちちん、ちんときてちりとてしゃん。ああ、すたこらさっさのほいさっさ。狸が浮かれてぽんぽこぽん、狐《きつね》が真似してこんこらこん……」

わけのわからない歌を歌いながら高麗橋を渡ろうとした、そのとき、

「死ねっ！」

声とともになにかが柳の木の陰から飛び出してきた。刃がぎらりと提灯の灯りに光った。鬼御前は身体をひねってかわそうとしたが、なにしろへべれけなので思うようにならず、その場に倒れた。腰をしたたか打って、立ち上がれない。相手は匕首《あいくち》らしきものを振りかざしながら鬼御前にのしかかってきた。それが、谷町の六郎七であることを鬼御前は見て取った。

「谷町の親方、闇討ちとは卑怯やないか」

「やかましい！　おのれのせいでわしは縄張りも子方も失《うしの》うてしもた。このうえはおのれを殺らんと腹立ちが収まらんのや。こうなったら死なばもろともで、おのれをぶっ殺したる！」

自暴自棄になった六郎七は、鬼御前の胸目掛けて匕首を振り下ろした。

「馬鹿者！」

周囲の空気を震わせるほどの大喝が轟《とどろ》き、六郎七は胸板を突かれて横向きに倒れた。

「だ、だれや！」

身体を起こすと、六郎七は匕首を構え直した。鬼御前はてっきり、雀丸が追いかけてきたものと思ったが、そうではなかった。立っていたのは鬼御前の兄で駿府城代配下の役人、武田新之丞だった。新之丞が六郎七の腕を摑んだ途端、六郎七は、

「ぶぎゃーーーーーっ！」

どこにどう触れたのかはわからないが、何町も先まで聞こえるほどの大声を上げた。よほど痛いのか、六郎七は泣きながら地面を転がりまわった。ようやく体勢を立て直し、ふたたび匕首を手にすると、

「邪魔するな！」

そう叫んで、今度は新之丞に襲い掛かった。新之丞は軽くいなすと、匕首を持ったほうの腕を背中側に引っ張り、ぐいと曲げた。

「あっ……ああ、ああ、ああ……いひーっ！」

肩が抜けたらしく、六郎七の腕がだらりと下がり、匕首が落下した。

「わが妹に害を及ぼさんとするものは許すわけにはいかぬ。このうえなにかしようというならば斬って捨てる。さよう心得よ」

六郎七はイタチのような素早さで逃げていった。

「兄さん……おおきに」

鬼御前が言うと、

「礼を言われるほどのことではない」

「なんで、あいつがここであてを襲うてわかったん？」

「たまたま通りかかった……と言いたいが、おまえがあのものの一家を潰したと聞いて

気になってな、市中で見かけたので後をつけたのだ。そうしたら案の定、竹光屋の表でおまえが出てくるのを待っておった」

鬼御前はしばらく無言で下を向いていたが、

「兄さん、いろいろすんまへん……」

「わしも、おまえのことを家の恥などと申したこと、すまなかったと思うておる。我らはたがいに道が違うのだ。相手の生き方を尊重すべきだった」

「あても兄さんのこと、大仏顔や言うて悪かったわ」

「わしにはおまえの稼業がどのようなものかわからぬが、刃傷《にんじょう》沙汰も多かろう。くれぐれも身体に気をつけよ。たまには手紙の一本も寄越すがよい」

「…………」

「おまえとわしは、ひとつの腹から生まれた兄妹だ。喧嘩もするが、兄妹であることは生涯変わらぬ」

「では、さらばだ」

鬼御前はハッとして顔を上げたが、

新之丞はすでに鬼御前に背を向け、歩き出していた……。

「そんなことがあったんですか。道理で着物が泥だらけです」

「ははは……」

いつのまにか側《そば》に来ていた加似江が、

「おまえとその兄は、ひとつの鋼から分かれた刀……犬雲とにゃん竜と同じじゃ。出会うといつも揉めごとを起こすが、引き離されるとたがいに引かれあって会わずにはおれぬ。そういうものじゃ」

雀丸は、

「なるほど。もしかしたら犬雲とにゃん竜を一緒にしたときに起こる凶事というのも、ただの兄弟喧嘩みたいなものかもしれませんね。あまり気にしないほうがいいのかな……」

自分に言い聞かせるようにそう言ったあと、湯呑みの酒をもう一杯呷ったが、そのとき雀丸は自分に降りかかってくる「凶事」のことをまるで知らなかったのである。

叩いてかぶって禅問答の巻

一

ついさっきまで晴れていたのに、突然、空が暗くなった。同時に、ずあーっ、という激しい雨音が室内にまで聞こえてきた。雨漏りが盃《さかずき》に入り、要久寺《ようきゅうじ》の大尊《だいそん》和尚《おしょう》は天井を見上げた。そこには汚らしい、いびつな染みが広がっている。長年に渡る雨漏りがつけた模様なのだ。大尊和尚は、鉢巻きが十本ほども巻けそうなほど長い額を指でこすった。しずくが落ちてきたらしい。

「万念《まんねん》……万念はおらぬか」

「はい……ここに」

小坊主が進み出た。目のくりくりした、利発そうな少年である。

「盥《たらい》を持って参れ」

「雨漏りを受けるのですか」

「そうじゃ。このままでは畳が傷むし、根太《ねだ》も腐る。早《はよ》ういたせ」

「盥の底に穴が開いておりますが、よろしいですか」

「よろしいはずがない。ならば、桶《おけ》を持ってこい」

「桶も穴が開いております」

「穴の開いていないものはないのか」

「私が見渡しているかぎりでは、そういうものはありません」

「なければ仕方がないな。雨が漏ったとて怪我《けが》をするわけでも死ぬわけでもない。ナメクジが増えるぐらいだ」

近所ではこの寺のことを「ナメク寺《ジ》」と呼んでいる。要久寺を『かなめくじ』と読んで嘲っているのだ。

「よう考えれば、とうに畳も傷んでおるし、根太も腐っておった。放っておくか」

そう言って大尊和尚がごろりと横になったとき、

「すんまへん……どなたかおいでですか」

表から声がした。

「万念、だれぞ来ておるようじゃ。見て参れ」

「はい」

しばらくすると戻ってきた万念が、

「にわか雨にあって難渋しているお方が、軒先で雨宿りをさせてもらいたい、とおっしやっておいでですが、よろしいでしょうか」

「雨宿りならいくらしてもろうても差し支えない。軒先では地面からの跳ね返りで着物の裾が濡《ぬ》れるゆえ、よかったらなかに入ってもらえ」

「かしこまりました」

ややあって、びしょびしょに衣服を濡らした中年男が、万念に先導されて現れた。宗匠頭巾をかぶり、袖なしの羽織を着たその男は、廊下の割れ目や板の間の穴に注意しながら、大尊のいる座敷までやってきた。フクロウのように目が丸く、鼻が尖《とが》っている。

「まあ、お座りなされ」

大尊に言われて男は板の間に座り、

「店を出たときは晴れとりましたので傘は持たずに出ましたのやが、そういうときに限って降って参りましてな……助かりました」

「それはそれは。万念、手ぬぐいを持ってきなされ」

万念は手ぬぐいとともに茶を出した。男は、その煮染《にし》めたような色合いの手ぬぐいと欠けた茶碗《ちゃわん》を薄気味悪そうに見つめていたが、やがて意を決したように手ぬぐいを手にし、おざなり程度に身体《からだ》を拭いた。そして、茶を飲みながら、無遠慮にあちらこちらをねめ回していたが、

「ご挨拶が遅れましたが、わては古道具を商《あきの》うておりますす桃《もも》ノ屋団兵衛《やだんべえ》と申します。以

後お見知りおきを……」

「ほほう、古道具屋さんならばちょうどよい。うちの寺にある道具で、値のつくようなものがあれば買い取ってもらいたい。どうも手もと不如意でな」

「さようでございますか。手前ども、商売でございますので、見ろと言われれば見んことはおまへんけどな……」

まるで乗り気でない様子だが、無理もない。寺の門は崩れかけており、建物も斜めに傾《かし》いでいる。屋根の瓦のうち、半分は割れ、半分は地面に落ちている。雨漏りするのももっともである。なかに入ると、壁土は落ち、天井にも廊下にも稲妻のような亀裂が走っている。本堂のなかはネズミと蜘蛛《くも》の住処《すみか》となっており、仏だか如来だか観音だかわからぬ仏像が居心地悪そうに座っている。調度といえば、なにに使うのかわからないようなものばかりで、しかも埃《ほこり》と蜘蛛の巣にまみれている。とても値打ちのあるようなものはない……と玄人《くろうと》が見てとるのも当然である。しかし、座ったままというのもあまりにおざなり、と思ったのか、桃ノ屋団兵衛は立ち上がり、本堂のなかから庫裏《くり》に至るまでひととおりをざっと見て回ったあと、大尊のまえに戻ってくると、

「拝見いたしましたが、手前どもでお引き取りできるようなものはないようで……」

「それは残念じゃ。なにひとつないか？」

「そうですなあ。強いて申し上げれば、ご本尊ぐらいでおますけど、それはさすがにも

ったいのうて……」

「ははは……じつはあの本尊はとうに質に入れてある。あそこに置いてあるのは、質屋が、寺に仏像がないのはあまりに罰当たりだ、うちの蔵に置くのも寺に置くのも同じだから、という親切心から持っていっておらぬだけでな」

「そうでしたか」

団兵衛は呆《あき》れ果てたような顔つきで言ったが、ふと大尊の後ろの板壁に貼られた一枚の墨絵に目をとめた。

「その絵はなんでおます?」

「ああ、これか」

大尊は顔だけ絵の方に向けると、

「以前、うちにいた寺男が酔っ払《ぱろ》うて、ここに飛び蹴りをかまして大穴を開けたのでな、穴隠しに貼ってあるのじゃ」

それはいわゆる山水画で、峻厳《しゅんげん》とした山々の合間の道を、仙人のような老人が男児とともに歩いている図であった。老人は酒に酔っているらしく、足もとがおぼつかないのを男児が支えている。あちこちに染みがついており、破れた箇所もある。描いたものの署名も落款もない。

「これは、名のある絵師の作でしょうかな」

「なんじゃ、目利きのくせにわからぬのか。これはそんなものではない。古くからこの寺の押入れに突っ込んであったガラクタじゃ。おおかた浮世絵描きの落書きかなにかであろうが、酔っ払ったジジイの顔が妙に気に入っておるゆえ置いてあるだけの代物じゃ」

「ははあ、そうでしたか。――お住持、この絵ならば、手前、買い取らせてもろうてもよろしゅうございますけどな」

「おまえさんも物好きじゃな。値打ちはない、と言うたじゃろ」

「それはそうですが、どことのう面白みがございます。無名の絵師の筆ではあれど、多少の値打ちはございましょう。どうだすやろ、この絵……銀一分《ぶ》ならばお出しいたしますが……」

「一分？　おまえさん、こんなつまらぬ絵に一分も払うと言いなさるか。やめとけ、やめとけ。損するとはなからわかっておる商いは、金をドブに捨てるも同じじゃ」

「でもありましょうが、こうして雨宿りをさせてもろうた恩もございます。損がいくとわかってはおりますが、袖振り合うも多生の縁と申します。こちらさまとの縁ができた、そのお礼と言うことでこの絵を一分にて……」

　大尊は顔をしかめた。

「なに？　値打ちがないとわかっていながら、雨宿りの礼として、損する覚悟で一分払うと言うのか」

「はい。悪いお話やないと思いますが……」

「お断りじゃ」

「は……？」

「わしは、見返りが欲しゅうておまえさんを雨宿りさせたのではない。ましてや損するとわかっているが金を払う、と言われて、そうですか、とは応えられん。いらんと思うとるなら買わねばよい。そんな恩着せがましい言いようをされる覚えはないわい」

団兵衛はあわてて、

「これは手前の言い方が悪おました。すんまへん、ぜひともこの絵をお売りいただきとうおます」

「いや、売らん。わしゃなにがあっても売らんぞ」

「そうおっしゃらずに……それでは手前の気が済みまへん」

「おまえさんの気が済むか済まんか、そんなことはわしの知ったことではない。そろそろ雨も上がったじゃろ。帰りなされ」

「ほな、倍の二分ではどうだすか。穴隠しなら、白紙《しらかみ》でも貼っておきはったらよろし」

「わしがここになにを貼ろうと勝手じゃ。放っておいてくれ」

「わかりました、銀一両出しまひょ。これで文句おまへんやろ」

団兵衛がふところから財布を出そうとしたのをさえぎり、

「たとえ百両出そうとおまえさんには譲らん。帰った帰った」

「あんたも意固地やなあ。欲掻《か》くのもええ加減にしなはれ。ほな……二両あげまっさ。さっきのお話では手もと不如意やそうで、困ったときはおたがいさま。二両あればずいぶん助かるのやおまへんか」

「いらんと言うたらいらん！　万念……万念はおるか！」

「はい、先ほどからここにおります」

「ならばいきさつはわかっておろう。この御仁を寺の外に放り出せ。なに？　まだ小雨が降っている？　かまわぬ、ケツを蹴り上げて追い出すのじゃ。ぐずぐずするな。早うせい！」

「かしこまりました。そういうのは得意でございます」

言うなり、万念は団兵衛の尻を蹴り上げた。

「痛いっ！　なにをするのや、このクソ小坊主！」

「クソと言ったのでもうひと蹴り」

「痛っ！　こんな貧乏寺、潰れてしまえ！」

「では、もうひと蹴り！」

桃ノ屋団兵衛は尻を両手でかばいながら廊下を駆け出していった。

「ははは……愉快愉快。見たか、万念。あやつ、廊下の穴に右足を引っ掛けてけつまずきよったぞ」

「見ました。面白うございました。——でも、この落書きが二両というのはちょっと惜しかったような気もしますが」

「うむ、わしもそう思うた。金は喉から手が出るほど欲しいからな。なれど、謂《いわ》れのない施しを受けることはない」

「はい」

「ああいう連中は金さえ出せば皆が言うことをきく、と思うておる。金は大事じゃが、金が仇《あだ》になることもある。この世には絶対ということはないのじゃ」

大尊は立ち上がろうとして、

「痛《い》たたたたたっ！」

腰に手を当てて大声を出した。

「またですか」

「またじゃ」

万念は和尚の腰をさすった。

「痛い、痛い。——腰の痛みには酒じゃ。酒を持ってこい」

「酒は、あとわずかしかございません」

「師の言いつけに逆らうか」

「そうではありませんが、和尚《おっ》さまはいつも、酒を全部飲んでしまわれたあと、なにゆえ酒がないのだと理不尽な文句を申されますゆえ、一応ご注意したまででございます」

「ならばよい。早うせよ。肴《さかな》はなにかあるか」

「なにも……あ、梅干しがございます」

「それでよい。ひと粒しゃぶれば、酒の五合《ごんごう》ぐらいは飲める」

そう言うと大尊は痛みに顔をしかめながら、

「万念、ちと、使いに行ってくれぬか」

「どちらまで？」

「浮世絵師の長谷川《はせがわ》貞飯《さだめし》のところじゃ」

万念はうなずいた。

◇

どこからかいびきが聞こえる。寺の玄関にある沓《くっ》脱ぎ石に腰をかけ、若い僧がひとり、箒《ほうき》を抱えたまま居眠っているのだ。寺が広いのでいびきもわんわん響き渡っているが、当人は心地良さそうに箒にもたれ、なんの夢を見ているのかときどきにやっと笑っている。

「たのもう！　たのもう！」

突然、銅鑼声《どらごえ》が身近で爆発した。夢を破られた僧はぎょっとして目を開けた。そこには、墨染めの衣を着、荒く編んだ編笠《あみがさ》と太い金棒を手にした、一見して雲水《うんすい》とわかる僧がぬぼっと立っていた。背が並外れて高く、肩幅が広く、胸板は厚く、首は太い。眉毛は太く、真ん中でつながっている。大きな獅子鼻《ししばな》に、一文字に引き結んだ分厚い唇……鷲《わし》のように精悍《せいかん》な面構《つら》えである。年齢は四十過ぎであろうか。まるで金剛力士像のようなその外観におののいて、若い僧は後ろに下がった。

「な、なんの用や」

「なんの用かとは異なことを承る。当寺入り口の禁牌石《きんぱいせき》に『葷酒《くんしゅ》山門に入《い》るを許さず』の文字あるからは禅門の寺院と見受け申した。禅寺に修行者来たれば、なにを所望かはきかずともわかるはず」

「いや、その、つまり……」

「拙僧は仁王若《におうわか》と申し、修行中の雲水にござる。近頃の仏法の堕落を憂い、僧として正しき道を歩むため、各地を行脚《あんぎゃ》し、山野に伏し、名だたる禅師のもとを訪れては大悟を得んと教えを乞うております。本日図らずも門前を通り合わせしが、当山の令名かねてより聞きおよびしところにて、これもなにかの宿縁と心得、ご住持にひと手、問答のお相手をお願いいたしたく参上つかまつった」

玄関番の僧の顔が引きつった。

（き、来たあっ……！）

近頃、仁王若という時代錯誤の雲水が大坂の禅寺を訪れては住職に問答を挑み、自分が勝ったら、唐傘《からかさ》一本持って寺から出ていくか金棒で殴られるかいずれか選べ、と無茶を迫るという噂《うわさ》は彼も耳にしていた。住職たるものが寺を出るわけにはいかぬので、金棒で殴られることになるが、それがまあ手加減なしの一撃で、皆恐れをなしているという。下寺町界隈《かいわい》の禅寺を軒並み回っている、とのことで、この寺にも「気をつけよ」との廻状《かいじょう》が来ていた。数日まえから身構えてはいたが、こう早くに来るとは……。

「住持は多忙にてお会いいたしかねます」

「ならば幾日にても門前で待たせていただく」

「それは迷惑。近所への手前もございますゆえ」

「近所は知らぬ。当方は一向困らぬ」

「じつは、当寺の住持は、日ごろは本山に勤めており、こちらに参るのは年に幾日もございませぬ。もし、住持に会いたくば、京の本山にお行きなされ」

図体《ずうたい》の大きな僧は顔をしかめ、鬼が持っているようないぼいぼのついた金棒をぶんと振ったので、玄関番は思わず頭を低くした。

「けしからぬ！　下寺町の禅寺は住職が本山におる寺ばかりだ。示し合わせているのではなかろうな！」

まさしく示し合わせているのだが、そうとは言えない。玄関番の僧は、

「そのようなことは一切《いっせつ》ございませぬ。どうぞお引き取りを……」

「ならば、住職の代わりを務めておられる首座の方でもかまいませぬが」

「それもお断りいたす。当寺は、問答とはあくまで門弟の悟りのために行うものと心得ており、よその寺の修行者といたずらに争う道具とは考えておりませぬゆえ……」

仁王若は憤然として、

「いずれの寺も同じだ！　情けない、情けない、あああ、情けない！　かつて禅門の先達たちは、火を吐くような問答を交わすことによって悟りを開いた。挑むものも受ける側も死を覚悟しての問答ゆえ、その舌鋒《ぜっぽう》は刀の切っ先のごとく相手を切り刻み、叩《たた》きのめした。問答に負けたるほうは、唐傘一本で寺を追い出されたものだ。いまや、にわかの問答を挑もうにも、ほとんどの住職が、病気だ外出《そとで》だと受けてくれぬ。たとえ受けたとしても通り一遍の木で鼻をくくったような答しか返ってこぬ。ああ、拙僧は落ちぶれ果てた禅門をふたたび高みに上げようとしておるに、それに応える師はおらぬのか！」

玄関先で獅子吼《ししく》したが、玄関番の僧は柳に風と受け流し、

「はいはい、ご来駕《らいが》の向きはよく承りました。もし、和尚が戻りましたらさようお伝えいたします。まあ、いつ戻るのかは知りませんけどね」

「ちっ……」

雲水が足音荒く出ていったのを見届け、玄関番は胸を撫《な》で下ろして、

「ああ、よかった。嵐は去った。もううちには来んやろ。――それにしても、まるで昔の僧兵みたいなやつやったな。いまどき、負けたら唐傘一本で寺を出ていく、みたいな問答を仕掛けられて、素直に受ける寺なんかあるわけがない。馬鹿というか、生まれる時代を間違えたというか……洒落《しゃれ》の通じんやつはまったく困ったもんや。坊主かて、みんな商いでやってるんやから、厳しい修行だの戒律だの悟りだの言うてたら、坊主のなり手がのうなってしまうがな……」

若い僧はそうつぶやくと、ふたたび居眠りをはじめた。

◇

見上げた空には鰯雲《いわしぐも》が一面に並んでいる。夕焼けを受けて赤く燃えているさまは、まるで名人の描いた一幅の絵画のようだった。

「見事じゃのう……」

大尊和尚は、石畳に沿って門の外に出た。

「イワシの塩焼きで一杯飲みたくなってきたわい。――万念はおるか」

「はい、ここに……」

庭の掃き掃除をしていた万念が箒を持って進み出た。

「よい雲じゃな」

「そうですか？」

「見てわからんか」

「雲によい雲と悪い雲がありますか。黒雲も入道雲も雷雲も、雲はすべてよい雲です」

和尚はにやりと笑い、

「なるほど、一理ある。なれど、お前には絵心がない」

「はあ……」

「カンテキと酒を持ってこい。ここでイワシを焼いて一杯やることにした」

「イワシはどうします？」

万念が言うと、

「魚屋に行ってツケで買ってこい」

「わかりました。お酒はどうしましょう」

「なにゆえ酒がないのじゃ」

万念はため息をつき、

「これだからなあ……お忘れですか。昨夜、和尚《おっ》さまがすっかり飲んでしまわれました」

「一滴残らずか」

「一滴残らずです」

禅寺の入り口には普通「葷酒山門に入るを許さず」という石柱が建っている。しかし、ここ要久寺の石柱には、

葷酒山門に入るを許す
なんぼでも許す

というふざけた言葉が刻まれているのだ。以前は寺内で小坊主にどぶろくを造らせていたのだが、今年のどぶろくは出来が悪く、ほとんど酢になってしまったので、買って飲むしかないのである。

「しかたない。それも買ってこい」

「ダメです」

「なぜじゃ」

「酒屋が売ってくれません」

「けしからぬ酒屋じゃな」

「けしからぬのはうちです。ここのところ節季にまるで支払いをしておりません。どこの酒屋からも、掛け売りはお断り、現金でなければ売らないと言い渡されております」

「うーむ……困ったものじゃ」

「いかがです、これを機に禁酒なさっては」

「馬鹿を言え。酒をやめるぐらいなら坊主を辞める。酒なくてなんで坊主が花見かな、という句を知らんのか」

「知りません」

万念がそう言ったとき、大尊和尚は腰に手を当てた。

「痛たたた……」

昨夜から腰が痛む。腰痛は大尊の四十年来の持病である。普段はなんともないが、痛みだすとなかなか治まらぬ。薬も鍼《はり》もさほどの効き目はない。じっとして退散を待つしかない。理由はわかっている。若い時分に過酷な座禅をやりすぎたのだ。当時は、三晩も四晩も一睡もせずに座り続けるのはあたりまえで、雪山の頂や大岩のうえ、急流の真っただなかなどにも座したものだ。あのころは、悟りを開いて衆生《しゅじょう》を救おうという意気に燃えていた。しかし、ひたすら座り続けて得たものは、

「座ってもなんにもならない」

という事実と腰痛だけだった。

近頃の僧侶、とくに禅僧の腐敗堕落は目に余るものがある。酒色にふけり生臭ものを食べるだけでなく、蓄財に精を出し、檀家《だんか》からお布施を巻き上げることしか考えていな

い。そのくせ、肝心の修行はおろそかにし、悟りを開く気などはさらさらない。

大尊は、臨済宗の法統に連なる僧である。ひたすら無念夢想で座禅を組む曹洞《そうとう》宗とは異なり、臨済宗は「看話《かんな》禅」といって師から与えられた公案を自分なりに解くことで悟りに近づくというやり方を取っているが、肝心の公案の「解答集」が出回っていて、そこに書いてあるとおりに答えれば、師匠の試験は一発で及第するのだ。

はじめのうちこそ大尊は、そんな状況をなんとか改めようと努力したが、ひとりでできることには限界がある。人間はだれしも、しんどいことは嫌だし、贅沢《ぜいたく》が好きだ。それは僧侶とて同じなのだ。そんな仏教界の状態が馬鹿ばかしくなった大尊は、ある日突然なにもかも放棄して、ひたすら酒を飲むことに決めた。それ以来、ひたすら酒を飲み続けているわけである。だから、世間は大尊のことをただの破戒僧だと思っている。下寺町にあるほかの寺院のものも檀家も近所の住人も、そして本山の僧たちも寺社奉行も、戒律を守らぬ最悪の坊主という目で大尊を見ていた。しかし、大尊の考えでは、彼は「戒律を守らぬ最悪の坊主」ではなく、「戒律を守らぬことを隠さぬ正直な坊主」なのである。

「腰痛には酒が一番じゃ。早う買《こ》うてこい」

「ですから、売ってくれないんですって」

「そこはおまえの腕で買え」

万念はこれまで、酒屋で踊りを踊ったり、歌を歌ったり、とんち話を披露したり、水汲《く》みや掃除を手伝ったり……とさまざまな手練手管を使って酒をせしめてきた。しかし、その手も最近は効かないようだ。

「ううむ……金を払わんのだから文句は言えんのう」

「どの酒屋も、とにかくつぎの節季には少しでも入れてもらいたい、と言っています。そんなときに、掛けで買うなんてとても無理です」

「ケチくさいやつらばかりじゃ。釈尊《しゃくそん》もお嘆きであろう」

「そんなことの引き合いに出しては、お釈迦《しゃか》さまも迷惑です」

「しかし、困ったのう。酒がないとどうにもならぬわい」

「なにかを質屋に入れてはいかがです？」

「おまえはこのまえ、桃ノ屋という古道具屋が雨宿りに来たおりの話を覚えておらなんだか。あのものの申すには、この寺には、値打ちのあるものはひとつもないらしいぞ。袈《け》裟《さ》や払子《ほっす》もとうにまげてしもうたし、本尊も質草になっておる。今あるものは木魚にしてもお鈴《りん》にしても食器にしても寝具にしても、質屋も古道具屋も見放したものばかりじゃ」

「値打ちのあるものがひとつもない寺……というのもさっぱりしていてよろしゅうございます」

「さっぱりしている、というより、さっぱりわや、というやつじゃな」

「では、どなたか和尚《おっ》さまのお知り合いに借財を申し込まれてはいかがでしょう」

「そうじゃのう……」

　大尊和尚は金の貸し借りができるほど親しい知り合いの顔を思い浮かべた。雀丸《すずめまる》、鬼御前《おにごぜん》、河野四郎兵衛《こうのしろべえ》、夢八《ゆめはち》……どれもこれも金は持っていなさそうな連中ばかりだ。下手すると、向こうから「いくらか融通してくれ」と言ってきかねない。唯一、懐具合が温かそうなのは地雷屋蟇五郎《じらいやひきごろう》ぐらいのものだが、

（あいつにはなにがあっても頭を下げとうはない……）

　大尊は蟇五郎を苦手としていた。絶対にこちらから近づきたくない相手だ。

「金を借りるあては……ないな」

「では、あきらめるしかありませんね」

「あっさり言うな。あきらめとうもないのじゃ」

「お酒を造るからくりでも拵《こしら》えたらいかがでしょう」

「なるほど、それは妙案じゃ。なれど、酒米や麹《こうじ》を買う金がない。やはり先立つものはなんとやらじゃな」

　すると、万念がもじもじしはじめたので、

「どうした」

「多少のお金ならございます」

「なに？　どういうことじゃ。おまえのへそくりか」

「ちがいます。先日、『五柳屋《ごりゅうや》』さんが喧嘩腰《けんかごし》で来られたのを覚えておられますか」

「ああ、西《にし》の辻《つじ》にある酒屋じゃな。覚えておる。わしが店のまえを通りかかるとだれもおらぬ。こりゃしめた、と入り込んで、そこにあった酒樽《さかだる》から思う存分酒を飲んでいたら、丁稚《でっち》に見つかった。それで、主《あるじ》が怒って怒鳴り込んできたのじゃ」

「長年、ツケを溜《た》めておきながら、盗み酒をするとはけしからん、と頭から湯気を出しておられました」

「ははは……怒りもするであろう。五柳屋は近所ゆえ、一番たくさん買うておる。つまり、あそこの払いが一番滞っておる。そのうえ、盗み酒をされたのでは怒る道理じゃ」

「他人事《ひとごと》みたいな言い方ですね。——そのとき、今はないから払えない、支度しておくから、五日後に取りに参れ、と和尚《おっ》さまがおっしゃったのです。五日後というのは……今日です」

「そうであったかな……」

「あのとき、質屋から銀二朱借りて参ったではありませんか」

「ほう、質草なんぞがあったのか」

「ありました」

「なんじゃったかのう」

「お忘れですか。私の衣《ころも》です！　私が、これだけはどうしても手放したくないと申し上げたのを、むりやり引っ剝がして……」

「これこれ、ひと聞きの悪いことを言うでない」

「私の大事な衣を質に入れて借りてきた二朱……それが手もとにございます。おそらく五柳屋さんがそろそろ参るはず……」

「よいことを聞いた。その金で酒を買うてこい」

「だ、だめですよ。五柳屋さんとの約束は守らなければなりません」

「五柳屋から買うのではない。よその酒屋から買うてこい」

万念はぶるぶるとかぶりを振り、

「いくらなんでもそれはひとの道に外れます」

「ひとの道に外れても、酒の道に外れなければよかろう」

「ダメです。なにがあろうとあのお金は和尚《おっ》さまには渡せません」

「師の言うことがきけんのか！」

「きけません」

「――じゃろうな」

小坊主の説得をあきらめた大尊は、庭の隅にある柿の木を眺めた。たわわに実った実がそろそろ熟しかけている。色変わりした葉が地面に散り敷いたところに夕陽《ゆうひ》が当たっているさまは、貧乏寺でも京の古刹に負けぬ風情《ふぜい》だ、と大尊は思った。この柿は、毎年、顔なじみの果物屋に売ることになっている。今年は柿の出来がよいので、そこそこの金にはなるはずだ。

落ち葉を掃き集めてちりとりに入れ、門の外に捨てにいこうとしている万念を見やり、大尊はつぶやいた。

「林間に酒を煖《あたた》めて紅葉《こうよう》を焼《た》き、石上《せきじよう》に詩を題して緑苔《りよくたい》を掃《はら》う、か……。さような風流も、酒なくしては成り立たぬ。情けないことじゃ。——痛たたた……うう、痛い痛い」

ふたたび腰を押さえて顔をしかめたとき、

「あれ？　あなた、こんなところでなにしてるんです！」

塀の向こうから万念の声が聞こえた。

「すんまへん……」

「うちの柿を取ろうとしてましたね、この盗人《ぬすつと》！」

「盗人やおまへん。下に落ちてた柿を拾おうとしてただけでおます」

「やっぱり盗人じゃないですか。落ちていても、うちの柿です」

「すんまへん、堪忍しとくなはれ」

「この柿がどれだけ大事かわかってるんですか？　うちの寺は貧乏過ぎて、ご本尊さえ質に入れたんですよ。この柿を果物屋に売ったお金だけが生計《たつき》のもとなんですよ。それを勝手に拾って食べるなんて……和尚《おっ》さまや私を飢え死にさせるつもりですか！」

「そんなつもりやおまへんでした。わてもお腹《なか》がすいてて、つい……」

「お腹がすいてるのは私も一緒です。この寺のおかゆの薄さときたら、茶碗の底が透けて見えるぐらいなんだから……」

大尊和尚はため息をつき、

「あまりうちの寺の恥を言いふらさぬようにな……」

そう言いながら門を出ると、そこにうずくまっていたのは万念とほぼ同い歳《どし》ぐらいの男児であった。

「なんじゃ、相手はこどもではないか。柿のひとつぐらいわけてやれ」

万念は口を尖らせて、

「そうはおっしゃいますが、私が柿を食べたいと言うと和尚《おっ》さまは、これは売りものだからひとつとして食べてはならぬ、意地汚い真似《まね》をするな、と申されたではありませんか」

「そうじゃったかのう。そんな細かいことは覚えておらぬ。おまえも、いつまでもつまらぬことを根に持つでない」

「食べものの恨みは恐ろしいですから」

万念は男児をにらむと、

「食べてもいいそうです。あー、いいなー、柿が食べられて。私なんかこの寺に来てから柿どころか栗《くり》も食べていませんからねー」

　そう言って柿を返そうとすると、男の子はかぶりを振り、

「滅相もない。この柿はいただけまへん。そんな大事な柿やとは知りまへんでした。ほな、失礼します」

　へこへことお辞儀をして行き過ぎようとした。その着物が継ぎはぎだらけで、帯は縄、足も素足なことに大尊は気づいた。言葉遣いや物腰は明らかに商家のものなのだが、身なりは物乞いほどにひどいのだ。

「ちょっと待て。おまえはどこのもんじゃ」

「へえ……どこのもんて言われても……」

「商人《あきんど》に奉公しておったようじゃが、どこぞの丁稚でもあったか」

「ああ、それやったら、堂島《どうじま》の信濃屋《しなのや》におりました」

「嘘《うそ》はいかんぞ。信濃屋といえば大坂でも指折りの大きな米屋ではないか。そこの丁稚がなぜにそのようなみすぼらしい格好をしておる」

　万念が大尊の袖を引き、

「和尚《おっ》さま、信濃屋はおととし潰れました」

「なに？」

世事に疎い大尊は知らなかったが、万念が簡単に説明した。米の仲買商である信濃屋は米方《こめかた》年行司にも名を連ねるほどの大店《おおだな》だった。一時は大勢の使用人を雇い、巨利を得ていたが、その分大名への貸し付けも多かった。大名貸しは踏み倒されることもあり、危険を伴う商いだったが、信濃屋はもともと信州松代《まつしろ》の出で、真田《さなだ》家の御用商人として堂島の蔵屋敷に出入りするところから出発した店ゆえ、真田家への貸し付けは断ることができなかった。善光寺《ぜんこうじ》地震で真田家の財政が逼迫《ひっぱく》するとともに返済は滞り、ついには焦げ付くようになったが、それでも真田家は貸し付けを要求した。それがとうてい返せぬ額に膨れ上がったとき、信濃屋は公儀からところ払いを命じられたのである。商売上のほんの小さな瑕疵《かし》を大悪事のように言い立てられ、抗弁の機会も与えられなかった。使用人たちやその家族も散り散りばらばらになり、今はどこにいるのかわからない。

「わては身寄りがおまへんよって、東高津《ひがしこうづ》に住んでなはる、三番番頭さんやった方のところに厄介になっとります。仕事を探してますのやけど、闕所《けっしょ》になった信濃屋の奉公人やて聞いたら、どこも雇うてくれまへん。日雇いの仕事があるときはええけど、今日は仕事にあぶれてしまいましたんや。番頭さんも、あれだけの身代《しんだい》を動かしてはったのに、今は沖で仲仕《なかし》をしてはりますねん。けど、慣れん仕事で身体をいわして、四、五日まえから寝てはります。薬代がないさかい、お医者に診せるというわけにもいきまへん……」

沖仲仕というのは港湾で働く人足のことである。

「旦《だん》さんは、真田さまににらまれてはるさかいご実家のある信州にも帰れず、今は遠い親類を頼って姫路のご城下に逼塞《ひっそく》してはります。嬢《いと》はんと坊《ぼん》がいてはるさかい、暮らし向きはたいへんやそうで……」

「それは気の毒じゃのう」

「わてら丁稚にも優しゅうて、いつもおやつくださったり、お小遣いくださったり……それが食べるものにも苦労してはるやなんて情けない。あんなええおひとが身代潰されて、侍はなんにもせんのにのうのうと暮らしてるやなんて、ほんま世のなか逆さまごとだす。この柿も、旦さんが柿好きやったなあ、て思い出してたら、つい手に取ってしまいましてん。ほんま、すまんこって……」

万念はあわてて、

「それを先に聞いてたら、私も文句を言わなかったんです。ごめんなさい」

大尊和尚は腕組みをして、

「世の中は逆さまごとか。まさしくそのとおりじゃな。——万念、金を持ってこい」

「金？　なんの金です」

「さっき申しておった二朱じゃ」

「い、いけません。あれは五柳屋さんに払う……」

「よいから持って参れ」

万念はしぶしぶ金を取りにいった。大尊は丁稚に、

「信濃屋は、もう一度商いをはじめるつもりはないのかのう」

「元手がおまへん。急に店を潰されたさかいぎょうさん買い掛けが残ってしもて、お得意さんにも迷惑をかけてしもた。せめて、それだけでも返したい、て旦さんは言うてはるみたいです」

そこに万念が金を持って戻ってきた。大尊はそれを受け取り、

「おまえさん、名前はなんという」

「店では金吉《かねきち》て呼ばれとりましたけど、ほんまの名前は金太《きんた》でおます」

「うむ、金太、ここに二朱ある。これをおまえさんにやる。番頭の薬代の足しにしてやれ」

「い、いけまへん。見ず知らずのおかたにこんな大金をいただくやなんて、番頭さんに叱られます」

「叱られたら、要久寺の和尚にどうしても持っていけ、と無理矢理押し付けられた……そう申せ。柿も持っていけ」

金太は柿と二朱とを押しいただき、かならずお返ししますと三拝九拝して帰っていった。大尊は万念をちらと見たが、万念はなにも言わず黙って木の葉を掃き出した。

「万念、おまえはわしがしたことを無駄だと思うておるな」

「無駄だとは思いません。ですが……信濃屋にはたくさんの奉公人がおりました。和尚《おっ》さまが渡した二朱は、三番番頭と金太を一時《いっとき》救うかもしれませんが、ほかの奉公人を救うことはできません。信濃屋の主にも届きません」

「つまり、わしのしたことはただ、わしが満足しただけに過ぎず、本来の施しにも助けにもなっておらぬ、というのじゃな」

「はい、はじめはそう思いました。ですが、違う……と思い直しました」

「ほほう……」

「今この場では、ここにいない他の奉公人や姫路にいる信濃屋の主のことを考えなくてもいいと思います。和尚《おっ》さまは、目のまえにいる金太の話を聞いて、金太と番頭を助けてやろうと思った。そこに二朱あった。だから、咄嗟《とっさ》にそれを渡した。それでよいのだ、と思いました。そういうときに、施しに偏りがあってはならぬ、とか、皆を救うのが本来の救済だ、とか、二朱は酒屋に支払うべき金だ、とか、いろいろ考えるのは無用です」

　大尊は大きく頷《うなず》いて、

「うむ……おまえもわかってきたな。過去のこと、未来のことを考えてはならぬ。今、このときに思うたことを思うたとおりにするのが禅じゃ。たしかにあの二朱は、焼け石に水かもしれぬが、あとのこと、ほかのことはこれから考えればよい。わしはさっきの刹那、手もとにある金をあの丁稚に渡したいと思うた。だからそうした。それだけじゃ」

「尊いお教えをいただきました」

万念は大尊を合掌したが、

「でも、困りましたね。もし、五柳屋さんが……」

「ごめんなはれや」

ふたりが声のしたほうを向くと、そこに立っていたのは小ざっぱりした前垂れをつけた、四十過ぎの男だった。万念はびくりとして身体を硬くした。それが五柳屋の主和平《あるじわへい》だったからだ。眉間に皺《しわ》を寄せ、渋茶でも飲んだかのように渋面を作っている。

「ちょうどご門のところにおいでだしたな。万念さん、こないだは荒い言葉をかけてすまなんだ。酒代を一向に払うてもらえんもんやさかい、つい怒鳴ってしもたんや」

大尊はにこやかに、

「これはこれは五柳屋さん直々のおでましとは恐れ入るわい」

「お住持《じゅっ》さん、今日は溜まりに溜まったツケをようよう払うていただけるそうだすな。どえらい額になるさかい、丁稚では間に合わんと思うてわしがわざわざ来ましたんや」

五柳屋の主は「わざわざ」という言葉を強調した。

「ほな、早速やけどいただきまひょか」

そう言うと、主は手のひらを大尊に向けて差し出した。大尊は、

「約束じゃによって、払うことは払うが……主さん、あんたそんなに怖い顔やったかいな」

「節季でもないのに取り立てにきて、これでもちょっとは悪いなあと気ぃ遣《つこ》とりますねん。けど、うちも近頃は、景気が悪いせいか、焦げ付きが多いんだす。お寺さんやからというて、いつまでも甘い顔はしとられん。今日は耳を揃《そろ》えて払うていただきます」

万念は、和尚がどのようにしてこの場を切り抜けるのか、とどきどきしながらふたりの様子を見守っていた。

「主さん、おまえさん、なんぞ思い違いをしとるんやないか？」

「どういうことだす」

「わしはたしかに五日まえ、溜まっておるツケを払うとは言うた。なれど、全額支払うとは言うとらんぞ」

「なんでおますて？」

「わしは、おまえさんとの約束をたがえまいとして、あちこちから必死の思いで金を掻き集めてきた。そのためにはかなりばつの悪い思いもしたが我慢した。そうしてやっと集まったのが二朱じゃ」

「二朱？　たった二朱？」

「二朱では足りぬのは承知じゃが、それしか集まらなんだ。二朱で不足なら、また今度にしよう。では、さらばじゃ」

「ちょ、ちょ、ちょっと待っとくなはれ。わかりました。ないよりましや。ほな、今日のところは二朱で堪忍しといたげまっさ。二朱やったらおますのやな？」

　大尊和尚はにこにこ笑いながら首を横に振り、

「ところが、二朱もないのじゃ」

「はあ？　なんぼやったらおますのや」

「なんぼもかんぼも……一文もない。すっからかんのからっけつじゃ」

　五柳屋和平はカッとして、

「お住持《じゅっ》さん、あんたなあ、ひとをなぶるのもええ加減にしなはれや。全部払うから五日後に来い、ゆうといて、こうして来てみたら、全部は払えん、二朱ならある、ほな二朱おくなはれ、ゆうたら、じつは二朱もない……無茶苦茶やないか！」

「そう怒りなさるな。二朱はさっきまであったのじゃが、腹を減らしたこどもにやってしもうた。はははは……あんたが来るほんの少しまえにその子が来たのじゃ。あんたがもう一足早う来たら渡したものを……残念じゃったのう」

　そう言うと、和尚はからからと笑った。

「お住持《じゅっ》さん、笑いはったな。ひとから借りたものを返さず、そのうえ相手を笑いものにするとは坊主の風上にもおけんやないか。あんたのことが好きで今まで節季のたびに踏み倒されても酒を売ってきたけど、それも今日限りや。あんたのような嘘つきには金輪際酒は売らん」

「嘘つき？　わしのどこが嘘つきじゃ」

「そうやないか。おりもせん腹を減らしたこどもを言い訳に使うとはお住持《じゅっ》さんらしゅうもない。嘘つくのなら、もうちいっと上手《うま》い嘘をつきなはれ」

「嘘やない、と言うとるのに。その子は、堂島の信濃屋の丁稚でなあ、信濃屋がところ払いになったんで行く先がのうなって、元三番番頭の家で暮らしとるそうやが、その番頭が病気で、食うものも食えんらしい。うちの柿を拾うて食べようとしとったゆえ、わしがつい手もとにあった二朱をやってしもうたのじゃ。あんたに借りとる酒代はそのうち必ず返すゆえ、今日のところは堪忍してくれんかのう」

「なにを言いなさる。そんなこどもがおるわけがない。――わかりました。あんたがそういうつもりなら、こっちにも考えがある」

「どうするのじゃ」

「全額を払わん気ならば、お恐れながらとお上《かみ》に訴えて出るわい」

「払わんとは言うとらん。そのうちに、と言うとるじゃろ」

「おんなじこっちゃ」

「そうか。おまえがそういうつもりならわしにも考えがある」

「どないしますのや」

「わしもお恐れながらとお上に訴えて出る」

「ほほう、借りとるもんが貸しとるもんを訴えるとは前代未聞や。面白い。なんの罪で訴えますのや」

「五柳屋、よう聞けよ。わしは僧じゃ。坊主じゃ。坊主は『不飲酒《ふおんじゅ》』と申してな、酒を飲んだら破門になり、寺を追い出され、死んだら地獄に堕《お》ちる。おまえさんはわしが僧侶であることを知っていながら長年にわたって酒を売った。つまり、おまえさんとわしは同罪じゃ。寺社奉行に訴え出れば、わしの修行をわやにした罪でおまえさんは逆さ磔《はりつけ》に……」

「あ、あほなことをこれ言いなはんな。あんたみたいに浴びるほど酒飲んどいて、不飲酒もくそもあるかいな」

和平が呆れ果てたとき、

「すんまへーん……」

門の外から小さな声がした。万念が目ざとく、

「あっ、さっきの金太！」

金太は頭を掻きながら恥ずかしそうに入ってきた。大尊が長い顎鬚《あごひげ》をしごきながら、

「どうした？　なにか忘れものか？」

「いえ……ちゃいますねん。これ、お返しします」

　金太が差し出したのはさっきの二朱だった。

「帰って番頭さんに言うたら、えらい叱られました。はじめて会《お》うたひとからお金をちょうだいするわけにはいかん、痩せても枯れてもわしは信濃屋の番頭や、ものを売らんでお金だけもらう、というのは商人《あきんど》のやることやない、お気持ちだけちょうだいします、言うてすぐに返してこい……そない言われまして」

「要久寺の和尚に押し付けられた、と申したのか」

「へえ。けど、それやったら余計に受け取れん、と言い出しまして……」

「なんでじゃ」

「番頭さんは以前、このお寺にお参りしたことがあるそうで、あんなボロボロの貧乏寺から金をもろうたら後生に障る、て言うてはりました」

「うわあ……ボロボロの貧乏寺とはよう申したな。たしかにそのとおりじゃが」

「そういうことで、このお金はお返しします。柿の実はせっかくのお志ですさかいありがたくちょうだいいたします。――ほな、これで失礼します」

「待ちなはれ」

　呼び止めたのは五柳屋和平だった。

「丁稚《こども》さん、ちょっとだけそこで待っててや。――お住持《じゅっ》さん」

五柳屋は大尊に向き直ると、

「うーん……嘘やなかったんだすな。わしが悪おました。こら、こっちの負けだすわ。——丁稚《こども》さん、この二朱はもともとわしの金なんや。あらためてわしからあんたにあげるさかい、もろといてんか」

金太は激しくかぶりを振り、

「とんでもない。そんなことしたら、また叱られます。下手したら、あの家追い出されるかもしれまへん。そうなったらわて、行くとこおまへんのや」

「気遣いいらん。わしがついていって、その番頭さんに話をしてあげる」

「ほんまだすか」

「ああ、お住持《じゅっ》さんのことを嘘つきやと決め付けた罪滅ぼしや。それにな、わしの知り合いに大酒飲みやけど腕のええ医者がおるさかい、そのひとに番頭さんの病気を診てもらお。樋《ひ》ノ上橋《うえばし》の近くに住んではる能勢《のせ》道隆《どうりゅう》という先生やが、金のないもんからは薬代は取らんという変わったお方や」

「えっ？　そんな方がいてはりますのん？　ありがたいなあ」

五柳屋は金太からところ番地をきくと、

「万念さん、悪いけど道隆先生のところにひとっ走りしてもろてな、先生をその番頭さんの住まいまで連れてきてくれへんか」

「ええっ？　あの……その……私も忙しいんです。掃除から洗濯、炊事、それにもろもろの修行がおまして……」

「もちろん駄賃はたんと出すで」

「やります」

「修行はええんかいな」

「修行は来年に回します。お駄賃をよろしく」

大尊和尚が、

「五柳屋、道隆のところにはわしが参るゆえ、わしに駄賃をくれ」

そう言って手を出したので、

「ええおとながなにを言うてはりますのや。お住持《じゅっ》さんはわしと一緒に今から信濃屋のご番頭のところに見舞いに行きますのやで」

「なに？　わしもか？」

「そらそうだす。あんたが行かなんだら向こうもなんのこっちゃわかりまへんやろ。さ、行きまひょ」

大尊はため息をつき、

「今日は厄日じゃのう。――では、わしは五柳屋とともに出かけるゆえ、万念、おまえは道隆のところに行ったあと、寺に戻り、留守番をしておれ。よいな」

万念にそう言った。

◇

「下寺町の坊主どもは揃いも揃って腰抜けばかりか！」

とある寺の門のなかから罵声が聞こえてくる。

「拙僧の相手ができるやつはひとりもおらぬのか。住職でなくとも、典座《てんぞ》でも行者《あんじゃ》でもよい。われこそはこの無礼な道場破りを舌先三寸で言い負かしてやろう、うちの寺の誉れを守ろう、というものはおらぬのか」

「なんと申されても当寺では不要不急の問答などお受けするつもりはありませぬゆえ、どうぞお引き取りを……」

「この糞《くそ》掻き箆《べら》めが！　貴様らのような、金でふやけたイカサマ坊主どもがはびこり、先人の築き上げた禅の道を寄ってたかってゴミ屑《くず》にしてしまったのだ。反吐《へど》が出るわい」

「あまりしつこいと寺社奉行に知らせ……ああ、そんな無茶をしたら困ります！　それは阿波《あわ》の蜂須賀《はちすか》侯から拝領した大事の壺《つぼ》……」

「うるさい！　禅寺に娑婆《しゃば》の宝物《ほうもつ》はいらぬ。成仏得道の妨げだ」

「ああ、おやめください。壊れます！　あんた、頭がおかしいのか！」

「拙僧はこの寺のためを思ってやっているのだ。本来、無一物の禅寺がかかる俗臭芬々《ふんぷん》たるものを麗々しく飾っておるなど、世間の物笑いだからな。邪魔だてすると、貴様の脳天から先に叩き割るぞ」

がらがらがっちゃん！　という音がして、

「うわあー、知ーらんぞ知ーらんぞ、私は知ーらんぞ。だれか……だれか来てくれ！」

わめき声が響くなか、金棒を引っさげた大坊主が肩を怒らせて寺から出てくると、通りを南に向かって歩き出した。

門の外で聞き耳を立てていたふたりの男は顔を見合わせた。

「どや、この坊主なら役に立つんとちがうか」

この界隈を根城にしていた博徒、谷町の六郎七《ろくろうしち》が言った。つい最近まではかなりの羽振りだったが、今は縄張りも子方《こかた》もすべて失い、見る影もない姿だ。右肩は脱臼をかばう布で縛られている。

「そやなあ……こいつを上手く焚《た》きつけたら、あの寺の和尚を追い出せるかもしれん。――親方、ええとこに目ぇつけたな」

そう答えたのは、古道具屋の桃ノ屋団兵衛だった。

「こういう悪巧みならわしに任しとけ。おまはんから要久寺の坊主を寺からおっぽり出すええ知恵はないか、てきかれたときすぐに、近頃このあたりに出没して、禅寺と見たら片っ端から問答を仕掛けてくる、仁王若とかいう坊主の話を思い出したのや。どこの寺もえらい迷惑しとるらしい」

「よっしゃ……ほな、わしが話しかけるさかい、あんたはそのへんに隠れとってくれ」

「なんで隠れなあかんのや」

「アホか。向こうは潔癖で一本気な坊さんなんやろ。あんたみたいに、だれが見てもわかるヤクザもんと一緒やったら、わしまで胡散臭《うさんくそ》う思われるやろ」

「おまはんもたいがい胡散臭い商人やで。偽物《ぎぶつ》とわかってる品を、高い値ぇで金持ちに売りつけとる」

「しっ。声が大きい。とにかくあんたがおらんほうがうまいことといくのや」

六郎七はしぶしぶ道端で歩みを止めた。団兵衛は、のっしのっしと往来を闊歩《かっぽ》している仁王若に後ろから声をかけた。

「もし、そこのご出家はん」

仁王若は振り返り、

「拙僧がことか」

団兵衛は、仁王若の瘤《こぶ》のように盛り上がった肩の筋肉や、その提げている太い金棒の迫力に圧倒されながらも、

「さようでおます。失礼ながら、お坊さまは仁王若さまとおっしゃるお方やおまへんか」

「いかにも拙僧が仁王若だが、なぜわが名を知っておる」

「手前は当地にて書画などを商うておりまする桃ノ屋団兵衛と申し、出家こそしとりまへんが、深く仏教に帰依するものでおます。堕落した禅門を復興しようと諸国を行脚しておられる名僧がいらっしゃること、この大坂の地にても心あるもののあいだでは知れ渡っております」

「ほほう……名僧とは面映ゆいが、わしの骨折りも無駄ではないということだな」

「手前、浅学ではおますけど、禅寺の住職というものは、いついかなるときも修行僧からの問答を受け、即座に答を返せんときは、唐傘一本持って寺を出ていかんならん、と聞いとります。それはまことでおますやろか」

仁王若は大きくうなずくと、金棒の先で地面を突いた。

「そのとおり！　なれど、それは昔の話だ。今はそんな気骨のある坊主はめったにおらぬ。本来無一物であるべき禅僧が金やらなにやらを貯《た》め込み、それを守ることに汲々《きゅうきゅう》としておる。滑稽ではないか。そんなことで俗人を善導できようか。生命を賭した厳しい修行に耐えて悟りを開き、みずから身を正してこそ方丈と名乗れるはず。それが、修行を怠り、酒色に溺れ、肉食《にくじき》をし、金品をむさぼり、権威に媚《こ》びておる。拙僧はそんな堕ちるところまで堕ちた禅道に、かつての光を取り戻さんと腐心しておるだけだ。問答は、禅僧にとって武芸者の斬り合いのごときもの。常に修行によって刃を研ぎ、いつでも斬り結べるよう支度しておかねばならぬ、と拙僧は心得る。だが、今は問答をしようにも、逃げ腰の腑抜《ふぬ》け坊主ばかりで、これではわが望みは達せられぬと嘆いておる次第だ」

往来のど真ん中で怒号のような声でまくしたてた。

「さ、さもありましょう。――じつはこの下寺町に要久寺という禅寺がおましてな、そこの住持で大尊という和尚がおりますのやが、これがまあとんでもない破戒僧、捨て坊主、生臭坊主、売僧《まいす》坊主で、酒は飲む、魚を食べる、博打《ばくち》は打つ、色里《いろざと》へ出入りする、ひとを騙《だま》して金を巻き上げる……とにかく近所の嫌われもの、鼻つまみもの、坊主の風上にもおけぬ大極道なのでおます」

「ふうむ……悪党だな」

「はい！　手前もいろいろとひどい目に遭っておりましてな、仁王若さまに問答でぎゃふんと言わせていただけると、われら近隣のものの溜飲《りゅういん》も下がる、というわけでして……」

「拙僧が問答で勝てば、そやつを寺から追い出すことはできるが、そもそもそやつがわしとの問答に応じるかどうかはわからぬぞ。今の寺がそうだったように、たいがいの禅坊主はわしが門をくぐるだけで恐れをなし、顔をそむけ、口を閉ざすのだ」

「そこは手前どもで上手に取り計らいます。その和尚はなかなかの頑固者でへそ曲がりゆえ、持って行き次第で問答を承知すると思いますさかい」

「ならば、任せる」

仁王若は金棒を軽々と肩に乗せ、先に立って歩き出した。

「その大尊とかいう和尚はそれほど悪者なのか」

「はい、町の衆だけでなく、下寺町のほかの寺のものからも疎ましがられております」

「そういう輩《やから》は仏道にたかる蛆虫《うじむし》だ。つまみ上げ、取り捨てて、掃除せねばならぬ。拙僧は、まことに修行を積み、まことに悟りを開き、まことに衆生済度《しゅじょうさいど》をせんと日々勉《つと》めておる僧侶のほかはいらぬと思うておる。親が住職だったから、とか、坊主は金が儲《もう》かる、とかそんな心がけで坊主になっておる似非《えせ》坊主、まがい坊主、見せ掛け坊主は皆、わしがこの金棒で叩き潰し、追い払うてやる。そんな連中の食い物にされている善男善女を救い、欲にまみれた仏教界の大掃除をするのが拙僧の使命なのだ」

一町ほども聞こえるような大声だ。隣を歩いている団兵衛は耳を塞ぎたかったが、そうもいかぬ。

（大言壮語やなあ……。けど、この坊さん、本気でそう信じとるみたいや）

団兵衛がそんなことを思ったとき、

「おまえは書画を扱う古道具屋を営んでおるそうだが、絵の鑑定は得意であろうな」

「仁王若さまも絵のほうはおたしなみで？」

「うむ。わが門の中興の祖、白隠《はくいん》禅師は達磨《だるま》図《ず》など多くの禅画を描き、それをもって大衆を教化した。拙僧も、書画には禅機があると心得ておる。唐土《もろこし》や本朝の山水画などを見ると名僧傑僧の『喝』の声が聞こえてくるようなときがある」

「ほほう……それはそれは」

「目の正月、目の保養などと申すが、良い書画にはそのような力があるな。おまえも長年名画を見慣れておるゆえわかるだろう」

「いえいえ、手前の目などは節穴のほうで、そこまでの眼力はとても……」

言いながら団兵衛は内心、

(絵の目利きというのはよろしくないな。アレを見られて、なにか妙なことを言い出されても困る……)

と思ったとき、要久寺の門が見えてきた。

「仁王若さま、こちらでおます」

桃ノ屋団兵衛は、キクイムシに穴を開けられてぼろぼろの額を指差した。仁王若は今にも壊れそうなほど傾いた門を不審そうに見つめ、

「拙僧がこれまで見聞きしたなかでも、もっとも汚らしい寺だな。悪党はまわりを飾る、と申す。悪いやつほど美麗な着物を着て、高額な調度を揃え、家も立派なものだが、この寺にそんな欲深い坊主がおるとは思えぬが……」

「それがその……博打好きで、集めた金はすぐに賭場ですってしまいますのや。贅沢好きの大酒飲みときとりますさかい、ほんまは寺のために使わなあかん金を皆そういうこ

とに使《つこ》てまいよる。肝心要《かなめ》の仏像まで質に曲げたという大罰当たりで、大事な本堂の建物や仏具もほっちらかしだすわ」

「許せぬな。問答でぐちゃぐちゃにしてくれる！　ここで待っておれ」

仁王若は、金棒を右手で摑《つか》むと、まっすぐ玄関に向かった。団兵衛はほくそ笑みながらその背中を見やった。

仁王若は玄関のあまりの汚さにとまどったようだが、思い直して息を大きく吸い、

「たのもう！　たのもーう！」

仁王若が声を上げると、目のくりくりした小坊主が現れ、ちょこんと座った。僧衣も継ぎはぎだらけである。

「拙僧は仁王若と申し、修行中の雲水にござる。近頃の仏法の堕落を憂い、僧として正しき道を歩むため、各地を行脚し、山野に伏し、名だたる禅僧のもとを訪れては大悟を得んがため教えを乞うております。本日図らずも門前を通り合わせしが、当山の大尊和尚のご令名かねてより聞きおよびしところにて、これもなにかの宿縁と心得、大尊和尚にひと手、問答のお相手をお願いいたしたく参上つかまつった。和尚はご在所か」

「これはようこそのお運びですが、ただいま当寺の住職はあいにく他出しておりますので、問答のお相手はいたしかねます。どうぞお引き取りください」

仁王若はにやりと笑い、

「ふふん……どこもかしこも同じ答が返ってくるわい。おおかた和尚は今ごろ、奥の一間の襖《ふすま》をぴしゃりと閉めて、拙僧が帰るのを息を殺して待っているのであろう。腰抜け坊主め」

小坊主……万念はムッとした顔で、

「そのようなことはございません。住職はたしかに他出。お疑いなら寺中お探しくださってもかまいませんが」

「家捜ししてもよいと申すなら、そうさせていただこう」

仁王若は本堂や庫裏をひととおり見てまわり、ご丁寧に厠《かわや》や風呂までのぞき込んだが、そこに大尊の姿はなかった。

「おらぬようだな」

「だから、さっきそう言ったでしょう」

「本尊も見せてもろうた。質入れしてあるそうだが、そんな扱いを受けるとは釈迦もかわいそうだのう」

「なにをおっしゃいます。仏像など所詮、俗人が手を合わせる的にするだけのもの。木や石、金で作った像などになんの功徳もありません。唐土《もろこし》では、禅僧が仏像にまたがったり、燃やして暖を取ったり、という例もあるそうです」

仁王若は舌打ちをして、

「なかなか言いおるのう。小坊主でもこれほどの口を利くのに、師たる和尚が雲隠れとは悲しやな。拙僧との問答がそれほど怖いかのう。禅坊主というのは、入室《にっしつ》と申して、いついかなるときも修行者に問答を挑まれたら断ることはできぬ。ただちに応じて、もし負けることがあれば、唐傘一本持って寺から去らねばならぬ。それが禅師の心得ぞ。おまえの師にはそういう気概はないようだな」

「まだ会うてもいない相手について、あなたになにがわかりますか」

「こちらの和尚の人となりについては、ある仁から聞いた。近隣のものもその不埒《ふらち》な所業に迷惑しておるとか」

「あなたは、おのれの耳だけを信じて、おのれの目を信じないのですか」

「む……。なれど、不在ならばしかたないではないか。どうせ酒を飲みにでもいっているのだろう」

「失敬な。今、当寺には酒を飲むような金は一文もございません。それどころか借金取りがしょっちゅう参ります」

「では、博打場か色里へでも参ったか」

「ですからお金がないのです。遊びになど行けないのです。ただいま和尚は、信濃屋というお店の番頭だった方の見舞いに行っております」

「嘘ではあるまいな」

「誓って。その方の家は東高津だそうです」

「そうか。ならば、まもなく帰ってくるな。待たせていただこう」

「それは困ります。うちの和尚は、ふらりと出ていったきり、何日も帰らないこともたびたびありますから」

「かまわぬ。何日でも何カ月でも、和尚お戻りまでここにて座禅をして待つことにする」

「食事は出せませんよ。お茶も差し上げられません」

「けっこう。拙僧、幾度となく断食の行をやり通しておる。飯も茶もいらぬ。たとえここで即身仏になったとしても、テコでも動かぬ」

「かなわんなあ……」

仁王若は玄関先に座り込むと、目を閉じた。万念は、最初のうちこそその場を離れなかったが、だんだんアホらしくなって、奥に入り、用事を片付けはじめた。

しかし、いつまで経《た》ってもなぜか大尊は戻ってこない。そのうちに夕方になり、夜になった。

「あのー……どうやら本日は戻らぬようですけど」

仁王若はカッと目を開け、

「やはり、そうか。拙僧との問答が嫌なのだろう。あくまで問答を拒むなら、ここの坊主は卑怯《ひきょう》で臆病と世間に言いふらしてやる」

　万念は両目を吊《つ》り上げた。

「うちの和尚は、あなたより長いあいだずっと修行を積んでいます。あなたなんか問答でけちょんけちょんにやっつけてしまうと思います。ですから、尻尾《しっぽ》を巻いて逃げ帰ったほうがいいですよ」

「はははははは、せっかくの気遣いなれど、わしはこれまで問答をして負けたことはないのだ」

「でしたら今度が第一回目になります。負けたことがないひとがたまに負けると、二度と立ち上がれないぐらい堪《こた》えるもんです。覚悟してください」

「おのれ、小坊主の分際で舌長《したなが》なることを申す。だが、和尚がおらねば問答はできぬ」

「ご安堵《あんど》ください。明日にはかならず帰ると思います。行き先はわかっておりますから、戻ってこなかったら私が使いに参り、連れ戻してきます」

「二言はないな」

「はい」

「もし、和尚が戻らなかったらどうする」

「そうですねえ。そのときは約束を破った罰を受けてさしあげましょう」

「どんな罰でもか」

「もちのろんです。裸踊りでもしましょうか」

「小面憎《こづら》いやつだ。裸踊りなどはいらぬ。わしのこの金棒でおまえの頭をぶっ潰すが、それでもよいか」

「は、はい。和尚は間違いなく戻りますので」

「さようか。では、明日の昼過ぎにもう一度参るゆえ、首を洗《あろ》うて待っておれ、とそう伝えておけ。逃げるでないぞ」

「大丈夫、うちの和尚は逃げも隠れもしません。あなたみたいにつまらない敵に後ろを見せるような弱虫ではないのです。あなたこそ、逃げないでくださいね」

「抜かしたな、小坊主！　ううう……勘弁ならん！」

仁王若は金棒を頭のうえでぐるぐる回すと、地面にどすんと打ち下ろした。その衝撃で、万念の身体がふわりと浮いたほどだ。

「もし、わしが和尚に問答で勝ったら、この寺から追い出すだけでなく、そのまえに金棒で頭に喝を入れてもよいか」

「もちろんです。金棒だろうが泥棒だろうが飴《あめ》ん棒《ぼう》だろうが、なんでも使ってください。なにしろ負ける気遣いはないんですから」

「よし、決まりだ。——明日が楽しみだのう」

「おたがいにね」

「ふん！」

仁王若は万念をにらみつけると、向きを変え、大きく地を踏みしめ、左右に身体を揺すりながら、牛のように玄関を出ていった。門のところに待ちくたびれた様子の団兵衛が立っていた。

「えろう出てくるのが遅いやおまへんか。問答はどないなりましたんや」

「和尚はいなかった」

「えーっ、それやったらすぐに出てきたらよろしいのに」

「大尊は今日は戻らぬが、明日には帰るそうだ。小坊主から言質《げんち》を取った。もし、約束をたがえたら、この金棒で頭をぶっ潰されてもかまわぬそうだ。明日の昼過ぎに再訪すると言うてある。問答はそのときだ」

「なるほど。楽しみですな」

「明日、おまえはどうする」

「もちろん参りますが、なかには入らず、こないして門のところで聞かせてもらいまっさ。仁王若さんがあのクソ坊主を打ち負かすのが楽しみでおますなあ」

団兵衛はくくくと笑った。

二

暇だ……と雀丸は思った。このまえは、犬雲《けんうん》とにゃん竜《りゅう》のおかげで久しぶりに竹光《たけみつ》の仕事が舞い込んだが、それ以来ぷっつりと途絶えている。仕方がないので、近所の知り合いの注文で、竹細工の虫かごや花かご、おもちゃなどを作り、それを売ってしのいでいるが、これが評判が悪い。竹光以外はどうも苦手なのだ。

「こんな虫かご、隙間から虫が逃げてしまうやないか」

「この水鉄砲、まるで飛べへん」

などと文句が山のように来る。真面目《まじめ》に作っているのだが、彼の才能は竹光にのみ発揮されるようだ。

（もし、竹光がいらない世の中が来たらどうしよう……）

そんなことを考えぬでもないが、そのときはそのときである。今から心配しても仕方がない。

一方、横町《よこまち》奉行のほうも暇である。ときどきくだらない揉《も》めごとが持ち込まれるが、どれぐらいくだらないか説明することすらくだらなく感じられるぐらいのくだらなさなので、さすがに断ってしまう。たとえば、隣の家が飼っている鈴虫の声がうるさいからなんとかしてくれ、とか、裏から漂ってくるイワシを焼く臭いのせいで能の稽古ができない、とか……そんなものばかりである。

なんとものどかな秋ではないか、と雀丸は思った。ふたつが揃うとたいへんな凶事が起きるという犬雲とにゃん竜がこの家で一瞬とはいえ揃ってしまったので、なにかとんでもないことが自分の身に降りかかってくるのでは、と恐れおののいていた雀丸だったが、今のところなんともない。

（やっぱり、ああいうのはただの噂なんだな……）

雀丸はすっかり呑気《のんき》になっていた。

加似江《かにえ》も暇そうにしている。秋になり、しのぎやすくなったこともあって、日がな一日欠伸《あくび》ばかりしている。その欠伸がうつり、雀丸も両手を高く上げて欠伸をする。ちょうど遊びに来ていた園《その》も、やることがなく膝に猫のヒナを乗せて欠伸をしている。そして、そのヒナも欠伸をしている。三人と一匹が同時に、

「あああああ……あ」

と口を開けたとき、

「助けてくださいっ！」

叫びながら飛び込んできたのは、要久寺の小坊主万念であった。

「どうしたんです、万念さん」

雀丸がきくと、

「たいへんなことになりました。寺が……要久寺が乗っ取られそうです」

加似江と園は顔を見合わせた。雀丸は万念をじっと見た。いつもおとな顔負けに冷静な万念が、べそをかいている。よほど急いで駆けてきたのだろう、足に血が滲《にじ》んでいる。

「詳しく教えてください」

「あの……あの……どこから話したらいいのか」

張り詰めていたものが取れたようで、万念はしゃくり上げはじめた。雀丸は万念が落ち着くのを待って、

「どこからでもいいです。思いついたところから話してください」

万念は涙を拳で拭き、息を整えてから、

「あの……禅問答って知ってますか」

加似江がうなずいて、

「作麼生《そもさん》、説破《せっぱ》というやつじゃな」

それはふたりの禅者が問答をはじめるときの掛け声のようなもので、作麼生とは「さあ、どうだ」という意、説破とは論破するという意である。

「はい、禅門では、寺を預かる住持たるもの、相手が弟子だろうが旅の雲水であろうが、問答を仕掛けられたらただちに応じなければならないという決まりがございます。勝て

ばよし、もし万一負けたら、唐傘一本与えられて寺から追い出されるのです」

「たいへんですね」

園が言うと、ヒナも「にゃあ」と鳴いた。

「近頃はそういうことも形ばかりになり、問答を仕掛ける側も受ける側も作法どおりに行うようになっていますが、禅宗が堕落していると嘆いた仁王若という坊さんが、各地を回って禅寺があれば問答を挑む……という行脚をはじめたのです」

「いいことじゃないですか。たしかにこのところ、ダメな坊さんが増えていると思うので、そういうひとが喝を入れてまわったほうが仏教界のためになりますよ。でも、大尊さんはしっかりしているからだれが来ようと負けるようなことはないでしょう」

「それがその……」

万念は身振り手振りを交えながら話しはじめた。

信濃屋の番頭と丁稚の身の上を案じた大尊和尚は、金太というその丁稚とともに番頭の家に赴いた。仁王若という雲水が問答を申し入れにきたのはその間の出来事だ。万念は、住職が不在である、と断ったが、仁王若はしつこく、大尊や要久寺の悪口ばかりを言うので、万念もさすがに腹が立ち、つい、和尚は逃げも隠れもしない、明日はかならず寺に戻り、問答に応じると約束してしまった。もし、約束をたがえたら、

「私の頭を金棒でぶっ潰してもいい、て言うてしまったんです！」

万念の両目から涙がぶら下がっている。

「仁王若というひとは、弁慶みたいに身体のごつい大男なんです。いぼいぼのついた太い金棒を箸みたいに軽々と振り回してます。和尚《おっ》さまが寺を出ていくのも嫌ですけど、あの金棒で頭を殴られるのはもっと嫌です」

「それはそうかもしれませんが、要は大尊さんが勝てばいいのでしょう？」

「和尚《おっ》さまは問答できないんです」

「どうしてですか？」

大尊はその日とうとう寺に戻らなかった。普段なら、どこかで飲んだくれているのだろう、と気にもとめないところだが、万念は翌日のことが心配でほとんど眠れず、夜が明けると同時に、東高津に赴いた。それらしいところを訪ね歩いて、ようやく信濃屋の三番番頭が住んでいる長屋を見つけたが、なんと大尊は寝込んでいた。

「おお……万念か。急に腰が痛んでな……これまでにない痛みで、立っておれぬようになってしもうた。あ痛たたたた……」

大尊の顔には脂汗が滲んでいた。

「番頭さんのために呼び寄せた道隆先生に診てもらうと、長年、騙し騙しに放置してきたツケがいっぺんに回ってきたらしい。しばらく安静にしておらぬと歩けなくなるそうじゃ。寺のことはおまえに任せた。好きにしろ」

万念は仰天し、仁王若のことを話した。しかし、大尊は苦しげに、

「わしにはどうもできぬ。すぐに横町奉行に……雀《じゃく》さんに知らせて、なんとかしてもらえ」

「なんとかとは……？」

「雀さんにきけ」

そう言うと、大尊は目を閉じ、あとは言葉を発しなかった。万念は呆然《ぼうぜん》とした。このままでは大尊は寺から出ていかざるをえなくなる。そうなったら万念ものうのうと要久寺にいるわけにはいかぬ。親兄弟のいない万念にとって、大尊和尚は師であると同時に親であった。大尊が出ていったあと新しい住職が赴任してきたら、寺に万念の居場所はなくなってしまうのだ……。

「わかります」

金太が言った。

「わても、信濃屋が潰れて居場所がのうなりました。わてらみたいに身寄りのないもんには、和尚《おっ》さまが代わったからよその寺に行く、とか、奉公先が潰れたからべつの店に行く、とかいうわけにはいきまへん。親類をたらい回しになってたわてがようやく、ここはわてがおってもええんや、と思えるようになった場所がのうなったら……どないもなりまへん」

そのとおりだ。万念にとって要久寺はこの世でただひとつの「いてもいい場所」だったのだ……。

「その足でここに来たんです。お願いします、お願いします、お願いします……要久寺と私の頭を助けてください」

万念は両手を突いた。

「そう言われても、私にもどうしたらいいか……」

「仁王若さんは昼過ぎにはやってきます。雀丸さんは横町奉行でしょう？　和尚《おっ》さまが、なんとかしてもらえ、と言ってるんです。なんとかしてください！」

「うーん……」

返事のしようがない雀丸に、園が言った。

「いいことを思いつきました！　金棒で殴られても、万念さんがなんともなければよいのでしょう？　それなら雀丸さんが竹光で金棒を作って、それとすり替えてしまえばいいのです」

自信満々そうな口調だった。

「金棒の竹光は作ったことがないので、今日の問答には間に合いません。刀と竹光をすり替えるのはもうこりごりです。それに、金棒を竹光にしても大尊さんが寺を追い出されることに変わりはありませんから」

「そ、そうですよね。いい考えだと思ったんですが……」

園はしゅんとした。雀丸はなぐさめるように、

「園さんのせいではありません。金棒なんかを振り回してこどもを脅す坊主が悪いのです」

そして、万念に向き直り、

「どこかの寺の和尚さんに、大尊さんの身代わりを頼むしかないのでは？」

万念が首を横に振り、

「無理だと思います。うちの和尚《おっ》さまは大坂の禅寺の皆さんからめちゃくちゃ毛嫌いされていますから助けてくれるはずがありません。それに、もし身代わりで問答したことがバレたら、本山からとがめられ、下手をすると僧籍を奪われてしまいます。そんな危ない橋を渡ってくれるひとはいないと思います」

加似江が大きくうなずいて、

「ならば、決まりじゃな」

「なにがです」

「おまえが大尊和尚の代わりをすることが、じゃ」

「えーーーっ！」

雀丸はぶったまげた。

「ははは……ははは……それはないです。私は禅のことなんかなにひとつ知りませんから
すぐにボロが出て見破られてしまいますよ。代わりなんか務まりません。今から修行す
るわけにもいきませんから。――あ、そうだ。お祖母《ばあ》さまが住職になればいい。それが
いいそれがいい」
「阿呆《あほう》！　要久寺は尼寺ではないぞえ」
「お祖母さまなら男でも通ると思いますが」
「冗談《てんご》を言うておるときか！　――雀丸、おまえのほかに大尊の代わりがおるかや？
ただ座っておればよいのじゃ。その仁王若という坊主に、住職は逃げていないと思わせ
さえすれば、万念の頭が金棒で潰されずにすむ」
「でも、問答に負けるでしょう。そうなったら私は頭が潰されるし、大尊さんは寺から
追い出されるわけですから、なんにもならないのでは？」
「勝てぬまでも、負けぬようにはできるじゃろう」
「はあ？」
「おまえは『餅屋問答』という落とし話を知っておるか」
園が手を叩いた。
「知ってます！　まえに寄席《よせ》で聞きました。仏教のことをなにも知らない餅屋のおじさ
んがある寺の偽の住職になって、旅のお坊さんと禅問答をする噺《はなし》です。なにか言ったら

バレてしまうんで、無言で手を動かしていたら、その動きに勝手に深い意味を読み取った旅のお坊さんが負けになってしまうんです」

「つまり雀丸、おまえはなにか問いかけられても口をきかず、じっとしておるだけでよいのじゃ。一刻《とき》でも二刻でも目をつむって座っておれば、向こうもしびれを切らせ、あきらめて帰るじゃろう」

「いやあ……そんなことでごまかせるとは思えません」

「ならば、ころ加減のところで『喝』を食らわせて頰げたを張り飛ばし、相手が驚いたところを後ろから蹴りつけて、追い出してしまえ」

「そんな乱暴な……。だいたい、禅の修行をした方々ですら引き受けないことを私にできるはずがないでしょう」

　すると、万念が言った。

「いえ、雀丸さんが禅のことをなにも知らないのがかえって幸いかもしれません。私もよくはわかりませんが、禅の修行でもっとも大事なのは『知らない』ということで、人間は生きていると、日々、いろいろなことを身につけ、『知って』しまいます。その『知って』しまったことを『忘れる』ようにする……それが修行だそうです」

「なんのことだかさっぱりわかりません」

「私にもわかりませんが、あるとき和尚《おっ》さまがそのように教えてくださいました」

「そのとき、大尊さんは酔っ払っていませんでしたか？」

「酔っ払っておられました」

「やっぱりな……」

「『知らない』を押し進めていくと『無』に達しますが、それが禅における最高の境地なんだそうです。なにも考えず、頭をからっぽにするために座禅をするのです。いちばんいけないのは雑念だそうで、仁王若さんがなにを言おうがなにをしようが、自分はなにも知らないのだから、と放っておけばいいんじゃないでしょうか」

「そんなことはできません。さっき、作法のようなものが出回っているとおっしゃいましたね。それを教えてください」

「ダメです。作法は雑念です。唯一、作法があるとしたら、それは『無』になること……これだけです」

雀丸は最後の抵抗を試みた。

「助けてあげたいのはやまやまですが、ほかのことならともかく、禅問答とは……私には荷が重すぎます」

「お願いします。寺を守ってください。要久寺は私の大事な居場所なんです。和尚《おっ》さまの身代わりをしてくださったら、私にできることならどんなお礼でもします」

「いや……お礼とかそういうのじゃないんです……」

加似江が横合いから、

「雀丸、かかる案件こそ横町奉行の出番ぞ」

園も、

「そうですよ。大尊和尚さんと万念さんを助けてあげてください」

雀丸は、

（追い詰められた……）

と感じた。

「うーん……問答に負けたら、私は金棒で頭を殴られるんでしょう？」

「はい、そうです」

「そうですって……金棒で叩かれたら痛いでしょうね」

「痛いどころか、たぶん、雀丸さんは……『無』になると思います」

雀丸は震え上がった。

「嫌です！　お断りします。私は『無』になんかなりたくない」

「禅の最高の境地だそうですよ」

「私は坊主ではありません。『有』でいたいです」

「ぐずぐず言ってる暇はないんです。お願いします、もうじき仁王若さんが来てしまいます！　うちの寺を救ってください！」

ふたたび万念は涙目になっている。加似江が雀丸の胸ぐらを摑んだ。

「腹をくれ、雀丸！　早う行くのじゃ！」

「雀丸さん、ひと助けですよ！」

「にゃあにゃあにゃあ！」

三人と一匹に急《せ》き立てられ、雀丸はなにがなんだかわからぬまま、万念とともに下寺町へ向かった。景色などまるで目に入らず、頭のなかには、まだ会ったこともない仁王若という大坊主が金棒を振りかざす姿が渦を巻いていた。仁王若の背後には、なにやら不気味なふた振りの刀のようなものが飛び交っている……。

（こ、これだ……！）

早足で歩きながら雀丸は思った。

（とんでもない凶事が降りかかる、というのはこのことだったんだ。きっと負ける……負けてぼこぼこにされる……頭を金棒で潰される……！）

雀丸は、なんとか逃げ出せないかと、途中で何度も脱走を試みたが、万念が帯をがっちり握り締めているので無理だった。そうこうしているうちに、彼は要久寺に着いてしまった。

「さあ、お入りください」

万念は後ろに回って、渋る雀丸の背中を相撲の張り手のように押しまくり、とうとう寺のなかに入れてしまった。すると本堂のなかからひょっこり顔を出したのは、浮世絵師の長谷川貞飯だった。

「ああ、万念さん。和尚《おっ》さんもあんたも留守やったさかい、入れ替えといたで。もとのやつは庫裏に置いてあるさかいみといてや。――ああ、雀さん、お久しぶり。近所やのになかなか会わんもんやな。今日はなんの用事や」

「あ……その、ちょっと……」

「ほな、わし、忙しいさかい去《い》ぬわ」

貞飯は言うだけ言うと寺を出ていった。入れ替わりに雀丸と万念は本堂のなかに入った。万念は、どこからかぼろぼろの僧衣やぼろぼろの袈裟、ぼろぼろの払子にぼろぼろの数珠を持ってくると、雀丸をそれに着替えさせた。

「まともなものは和尚《おっ》さまが全部質に入れてしまいましたので、こんなのしか残っていません。きれいなのがなくてすいませんね」

「謝るところ、そこじゃないです」

「では、頭を剃《そ》りましょう」

「えーっ！」

雀丸は反射的に頭を押さえた。

「そ、そ、それだけは堪忍してください」

「どうしてですか。ちょこっと丸めるだけです。そうしないと坊主に見えません」

「嫌です。お断りします」

「もう……おとなのくせに聞き分けがないなあ。毛ぐらいなくたっていいじゃないですか。またすぐ生えてきますよ」

「それはそうですが……やっぱり嫌です」

「気にしない気にしない。私なんかずっとこの頭ですよ」

万念は自分の頭をつるりと撫でた。

「いや、その……坊主頭になったことがないもので……」

「慣れたら一緒です。さっぱりしますよ。ほら、仁王若さんが来てしまいます！」

「うひーっ」

雀丸は逃げ出した。

「あ、待て！」

万念は剃刀《かみそり》を持って追いかける。本堂のなかをどたばた走り回っているうちに、

「たのもう……たのもーう！」

ふたりは一瞬立ち止まり、

「だから言ったじゃないですか！」

「と、と、とにかくなにか頭を隠すものを……」

万念が部屋の隅から引っ張りだしてきたのは、てっぺんが尖り、下の垂れが顔の左右に分かれた三角形の頭巾だった。臨済宗で多く用いられる観音帽子《もうす》という頭巾だ。もとは金糸でつづられていたのだろうが、今は見る影もない。

「これをかぶってごまかしましょう」

「嫌ですよ、こんなの」

「たのもう、たのもーう！」

「ほら、呼んでますよ。早くしないと……」

「嫌です嫌です」

「もうっ、観念してくださいって」

万念がその頭巾を無理やり雀丸にかぶせるのと同時に、金棒をかたげた仁王若がどすっ、どすっ、と象のごとき足音を立てて乗り込んできた。その巌《いわお》のような体軀《たいく》に雀丸は呆然とした。弁慶どころではない。『物《もの》の怪《け》草紙』という本で見た大入道のようではないか。こんなものに「喝」を食らわせたり、頰げたを張り飛ばすなんてできるわけがない。

（これは……ヤバい……）

仁王若に虎のような目つきでにらまれると、雀丸は震え上がってしまった。仁王若は低い声で、

「おまえはなにものだ」

　雀丸がなにか答えるまえに、万念が言った。

「当寺の大和尚、大尊禅師であらせられます」

「なにい？」

　仁王若は万念に目をやり、

「嘘を申せ！　大和尚がかかる若造であろうはずがない」

　あたりの空気がぴりぴりと音を立てたような気がした。

「僧の見識は、歳とは無縁です。年寄りでも未熟なものもおれば、年若にして悟りの境地に達しているものもおります」

「それはそうだが……おまえは昨日、うちの和尚はあなたより長いあいだずっと修行を積んでいる、と申したではないか」

「大尊老師は若く見えるが、これも修行の賜物。すでに六十を超えておられます」

　仁王若も驚いたようだが、雀丸も驚いた。いくらなんでもサバを読み過ぎだと思ったのだ。

「六十を超えているということはあるまい。どう見ても三十まえであろう」

「そう思うのも無理はありませんが、老師は若作りの法を心得ておられるのです。南《な》無《む》……」

万念は雀丸を礼拝した。それも言うなら「若返りの法」だろう、と思ったが、もちろん口には出さない。

「拙僧はそのような法のあること聞き及ばず。まやかしごとではないか」

そう言うのももっともだ、と雀丸は思ったが、万念はきっと仁王若をねめつけ、

「仁王若殿、歳も身なりも、問答には関わりのない瑣末《さまつ》なことでありましょう」

すると仁王若もうなずき、

「そのとおり。年格好や貧富、身分、男女の別などは天地から見るとなんの意味も持たぬ朧《おぼろ》に過ぎぬ。拙僧は問答のために参ったのだ。ほかのことはどうでもよい」

どうでもいいのか！　と雀丸は突っ込みたかったが、無言を貫く。仁王若は雀丸に向き直り、

「これはこれは、大和尚にはお初にお目にかかる。拙僧は臨済の法統に連なる仁王若と申す雲水。近頃の禅門の乱れたるを大いに憂い、宗風を糺《ただ》さんがために諸国を行脚し、目に付いたる師家に法戦を挑んで、勝ちを得たるおりは未熟不鍛錬なる住職を追い出すことで、禅の天下の大掃除を企てておる。拙僧耳にいたすところでは、当山も他聞にもれず風紀甚だしく地に堕ち、末法濁乱の有様と聞き、大和尚を問答にて打ち破らんと推参つかまつった。拙僧と問答ののち、大和尚負けを得たるおりは、これなる金棒にて拙僧、大和尚をひと打ちいたすゆえ、潔く当寺を出て行かれるよう約束願いたい」

仁王若の身体からは気迫が噴き出していた。雀丸は、このひとは本当に真面目なのだ、と思った。真剣に、禅宗、禅寺、禅僧の腐敗堕落をなげき、なんとかそれをもとに戻そうと必死なのだ。その思いが顔つきに溢《あふ》れている。侍も同じだ。泰平が長く続いたせいで、武士道なるものはとうに失われてしまった。それを取り戻そうとしゃかりきになっている侍もいるが、時代の流れには逆らえないのだ。

(気持ちはわかるけどなあ……)

だが、雀丸はこの僧との問答に勝たねばならない。でないと、大尊と万念は寺を失ってしまうのだ……そう思うと、なんだか気持ち悪くなってきた。緊張で腸《はらわた》が口から出そうだ。

「では、参るぞ。作麼生《そもさん》!」

雀丸は応えない。なんの支度もなく問答がはじまってしまったが、とにかくなにかしゃべったらボロが出る。加似江が言っていたように、徹底的に無言で押し通すことにした。一刻でも二刻でも……いや、何日でも、相手が音《ね》を上げるまで口をきくまい。

「作麼生!」

二度目も受け流す。仁王若はそれを挑発と受け取ったようで、憤怒《ふんぬ》の形相になり、

「僧の守るべき戒律に殺生戒あり。今、末世にて仏道地に堕ち、大義のもとにひとを殺さんとするもの多し。ならば、ひとを殺さんとするものを殺すことは殺生戒を犯すこと

にならんか。それとも慈悲の心なるか。この儀いかに！」

　仁王若は問答で相手を打ち負かし、金棒を食らわせ、寺から追放しようとしている。末法の世においてそうすることが大義に適《かな》っているかどうかを問うているのだ、と雀丸にはわかったが、言葉は発しない。

「この儀いかに！」

　空気がひりつくほどの大声《たいせい》を発し、雀丸は吹き飛ばされそうになったが、我慢して口を開かぬ。仁王若はそんな雀丸をじっと凝視したあと、

「お答えがなくば、つぎに移り申す。地獄に堕ちたものを救わんと、わざと酒色に溺れた末に地獄に堕ちた僧は、不邪淫、不飲酒の戒を犯したことになる。その僧を助けんがために地獄に参らんと戒を犯すこと、善なるや、はたまた悪なるや。この儀いかに！」

　これも同じだろう、と雀丸は思った。腐敗堕落した禅僧を救うことがはたして正しいのかどうかを問いかけているのだ。しかし、雀丸は無言を通す。仁王若はぐいと身を乗り出し、

「禅門に往時の輝きを取り戻さんとするわが思いに、なにゆえ応えてくれぬ。ああ、この寺も俗に堕ち、腐り果てた禅寺まがいの欲ボケ寺院か。情けなや、大尊和尚！　師家として境界を示す気概はないのか」

　雀丸は唇を噛《か》んで耐えた。仁王若はぺっと床に唾を吐き、

「なんたる俗物、何たる野狐《やこ》禅か。このまま大和尚のお答えがなくば、拙僧の勝ちと相成る。よって、大和尚の脳天を金棒にてカチ割り、唐傘一本持たせてこの寺から追い出すことになるが、それでよいのだな」

「えっ？　それはおかしいです」

言って雀丸は、しまった……と思った。口は利かないことになっていたのだ。万念は目を丸くして雀丸を見ているが、もうどうしようもない。雀丸は、えへん、と咳払《せきばら》いしてから、

「えーと……その……それはおかしいです」

「なにがおかしいのだ」

「私が負けたときだけ叩かれたり、寺を追い出されたりするというのは公平ではありません。仁王若さんが負けたときはどうなるんですか」

「拙僧は問答で負けたことはない」

「負けたことがあろうとなかろうと、博打をするまえには約束ごとを決めておかねばなりません」

「たわけ。問答は博打ではないぞ」

「博打みたいなもんでしょう、よくは知らないけど……」

「よく知らない？」

「あ、いやいや、なんでもありません。耳、いいなあ。えーと……あなたが勝ったらこの寺があなたのものになるんでしょう？　つまりはヤクザの縄張り争いみたいなものじゃないですか」

「笑止。負けたものは寺を出ていかねばならぬが、その寺を拙僧がもらうというわけではないぞ」

「では、寺はどうなるのです」

「本山から新しい住職がやってくる。それだけだ」

そう言えば万念がそんなことを言っていたなあ、と雀丸は思い出した。

「では、あなたが負けたときの罰則はなんですか」

「拙僧は寺を持たぬゆえ、負けたとしても渡すものはなにもない」

「それはいいんです。私も寺なんか欲しくありません。ですが、私のほうは負けたらいろいろ罰があるのに、あなたにはなんの罰もないなんて変でしょう？　金棒はどうなります？」

「どうなるとは？」

「あなたが寺を持っていないように、私も金棒を持っていません。だからあなたを叩くわけにはいきません」

「ならば、わが金棒をお貸しいたすゆえ、存分に拙僧の頭を叩きなされ。まあ、持ち上げられたらの話だがな」

「あなたの頭なんか叩きたくないんです。あの……これはご相談ですが……金棒の罰はおたがいに、なしということにしませんか」

「ふむ、かまわぬぞ。では寺を出ていくだけ、ということだな」

「あの……もうひとつご相談ですが……」

「なんだ、早くしろ」

「この際、勝っても負けてもうらみっこなし、ということにしませんか。私が負けても寺はそのまま。ただ、ご免なさい、と謝るぐらいでいいと思うんです」

「馬鹿な！　それでは問答の厳しさがなくなってしまうではないか。小児の遊びではないのだぞ」

「はあ……やっぱり遊びではいけませんかね。大尊……いや、私がこの寺を出ていくと、ここにいる小坊主の居場所がなくなるのです。禅を糺すことのほうがこどもの居場所を奪うことより大事なのですか」

「む……」

仁王若は片方の眉毛を吊り上げた。

「たとえば問答じゃなくて、鬼ごととか駆けっことか竹とんぼの飛ばしあいとかで決めるというのはいかがでしょう」

「よいわけがあるまい。わしは天下の大事を究明せんと、命をかけてこの場に臨んでおるのだ。小児の遊びとは悪ふざけが過ぎよう」

「はあ……」

雀丸が頭を掻いたとき、万念が叫んだ。

「作麼生《そもさん》！」

腹の底からの獅子吼のような、こどもらしからぬ声に思わず仁王若も、

「説破……」

万念はすかさず、

「越後《えちご》の大愚良寛《たいぐりょうかん》禅師はこどもの心こそまことの仏の心、こどもになりたいと言ってつねにこどもと遊んでいた、と私は大尊和尚に習った。それなのに、あなたはこどもは悪ふざけでおとなは真面目だと言う。不真面目はそれほどいけないことなのか。この儀、いかに！」

仁王若は返答に窮した。顔を真っ赤にして唸《うな》っている。なにか道理に適ったひと言を見つけようとしているようだが、それが見つからないのだ。

「答えよ、仁王若！」

「ううむ……むむ……」

仁王若の顔面から大粒の汗が滴りはじめた。それは頬をつたい、顎の先でひとつにな

ってとぽとぽと床に落ちた。

「返答いかに、仁王若！」

「むむ……遊びをせんとや生まれけん、戯れせんとや生まれけん。ひとの一生が遊びや戯れならば、天下の大事もまた遊び、戯れのひとつか。こどもこそ、損得を考えず、目のまえのことに真剣に心を向ける……それこそ『無』であろうか……」

万念はふたたび叫んだ。

「仁王若、この儀、いかに！」

仁王若は万念に向かって感心したように、

「うーむ……たしかにそのとおり。恐れ入った。——よし、ならば、遊ぼう。遊びで戦おう。なにをすればよい？」

万念はホッとしたように笑顔に戻り、

「それなら、今、こどものあいだで流行《はや》っている遊びがあります。それをやるのはどうでしょう」

万念によると、ふたりが相対して座り、そのあいだに丸めた紙筒と紙で折った兜《かぶと》を置く。そこで狐拳《きつねけん》をして勝ったほうがすばやく紙筒を摑み、相手を叩く。負けた方は紙兜を摑んで頭にかぶる。兜をかぶるまえに紙筒で頭を叩いたら叩いた側の勝ちで、そこで終了となる。兜をかぶるほうが早かったら、もういちど拳をする。

「叩いてかぶって狐拳、ていうんです。面白いですよ」

「紙筒で叩いても痛みがないゆえつまらんだろう。そこに手ごろな火吹き竹が転がっておる。せめて、あれを使ってはどうだ」

仁王若が言ったが万念は、

「いえ、はじめは紙筒なんて……と思っていても、それがだんだん盛り上がってくるんです。騙されたと思ってやってみてください」

雀丸と仁王若が同意したので、万念は手早く反古紙《ほごがみ》で兜を作り、紙筒を巻いて続飯《そくい》でとめた。これで支度は整った。一気に緊張感はなくなった。

「よし、やるぞ」

「はい」

万念が行事役となり、

「では、先に三本取ったほうの勝ち、の三遍勝負とします。――はじめ！」

ふたりは、

「叩いてかぶって狐拳！」

と声を揃えた。雀丸が猟師で仁王若が狐だった。雀丸は紙筒を取ろうとしたが焦って手がすべり、やっと叩いたときには仁王若は兜をかぶっていた。仁王若はにやりと笑い、

「遅い遅い。では、もう一度……叩いてかぶって狐拳！」

今度は雀丸は猟師で、仁王若は庄屋だった。仁王若は紙筒をひったくると雀丸目掛けて打ち下ろしたが、軽い紙筒を渾身《こんしん》の力で振ったものだから筒は的を外れて空を切った。その隙に雀丸は悠々兜をかぶった。

「くそっ……つぎこそは！」

三度目は雀丸が勝ち、見事に仁王若の頭を打った。

「勝負あり！　雀……大尊和尚一本！」

万念は、大尊と書かれた紙に筆で丸をひとつ書いた。雀丸はにこにこして、

「ははは……上手くいくと気持ちがいいもんですねえ」

「むむむ……悔しい！　負けんぞ」

四度目は仁王若が雀丸を叩いた。

「うわっははは……これで五分と五分だ」

何度かの対戦ののち結局、雀丸が三本目を取り、万念が小躍りして、

「やった！　大尊和尚の勝ちです！」

しかし、仁王若は承服しなかった。

「たかだか三遍で勝負を決するというのはよろしくない！　十遍勝負にしろ」

万念が手を振って、

「ダメです。はじめに三遍勝負と決めごとしていました。今さらそんな……」

仁王若は万念を無視して、

「どうだ、大和尚。三遍ではまぐれ勝ちということがある。どちらがまことに強いか、十遍やって決めぬか」

「え？　そうですねえ、かまいませんよ。面白いから」

万念も不承不承、

「しかたないなあ。では、続けましょうか」

「叩いてかぶって……」

「狐拳！」

十遍で終わるはずだった。しかし、当の雀丸と仁王若はそんなことをすっかり忘れ、十遍を超え、二十遍、三十遍になっても「叩いてかぶって狐拳」を続けている。万念は何度も、

「もう終わりにしましょう」

と声をかけたのだが、ふたりともすっかり夢中になっており、ほかのことは一切耳に入らないようだ。万念は呆れてしばらくほったらかしておくことにした。

「勝ったらこの紙にご自身で丸をつけてくださいよ」

そう言い残して表に出ると、庭の掃き掃除をした。しかし、戻ってきてもまだやっている。

「あの……いい加減にしてください。もう半刻もやってますよ」

仁王若が聞きとがめ、

「半刻だと？　でたらめを申すな。拙僧はまだほんの少ししかやっておらぬぞ」

雀丸も、

「そうですよ。さっきはじめたばかりです」

帰りが遅くなったときにこどもがよく使う言い訳だ。

「で……どちらが勝ったのです」

「拙僧だ」

「私です」

ふたりの勝敗をつけた紙は真っ黒になっている。万念は丸をひとつずつ数えはじめた。結果、雀丸の四十九勝、仁王若の四十八勝だった。

「あはは……勝った勝った」

大喜びする雀丸を仁王若ははったとにらみつけ、

「ううむ……悔し過ぎる！　数え間違いではないのか」

万念が、

「そんなことありません。――どっちが勝っても負けてもいいじゃないですか。ただの遊びです」

その言葉を聞いた仁王若は雷に打たれたように身体を硬直させると、

「そうか……わかったぞ！」

雀丸が、

「なにがわかったんです」

「問答も狐拳も、どちらが勝っても負けてもいい。勝ったほうが負けたほうに罰を科すなど、なんの意味があろう。博打は金を得るためにやるものだが、問答も狐拳も、なにかのためにやるのではない。そのもの自体が楽しいからやるのだ。拙僧が求めていたのは禅宗をよくすることだが、問答をその手立てに使うのは間違いだった。ましてや、勝ったら住職を追い出すなど、まさに問答を博打の道具にしたようなもの。――万念殿、そなたのおかげでわしは悟ることができた」

そう言うと仁王若は万念を礼拝した。万念が、

「えっ？　では、この寺は……」

「わしは『叩いてかぶって狐拳』で、大和尚に負けたのだ。出ていくのは拙僧のほうだ」

万念はくたくた……とその場にへたり込むと、

「あー、よかったあ！　これでこの寺にいられる！」

仁王若も笑いながら、

「万念殿、心配をかけてすまなかったな」

雀丸も、役目を果たせて内心胸を撫で下ろした。そのとき、

「それでは困るのや」

入ってきたのは桃ノ屋団兵衛と谷町の六郎七だった。

「お住持にはどうあってもこの寺を出ていってもらわな困る。あんまり遅いさかい様子を見にきたらこの始末や。——仁王若さま、不甲斐《ふがい》ないやおまへんか」

「なんだ、古道具屋か。拙僧はもう問答はせぬ。ほかのやり方で各地の禅寺を教化することにした」

「教化なんぞどうでもよろしい。わてはこの大尊和尚を……」

言いながら団兵衛は雀丸をひょいと見た。雀丸はあわてて顔を隠そうとしたが、六郎七が叫んだ。

「お、おまえは横町奉行の雀丸！」

雀丸はため息をつき、

「バレたら仕方ありませんね……。私は、竹光屋の雀丸と申します。大尊和尚さんが出先で病に罹《かか》り、動けなくなってしまったので、身代わりを務めることになったのです。騙して申し訳ありませんでした」

そう言うと、仁王若に向かって深々と頭を下げた。万念もあわててそれにならい、

「私の居場所を守るためにしてくださったことで、雀丸さんに罪はありません」

仁王若は雀丸をじっとにらみつけていたが、

「あっははははは……」

堂が揺れるほどの大笑をはじめた。

「愉快愉快。さすが竹光屋だけあって、身代わりは上手いものだな。なれど、本職の坊主でも恐れおののいて尻込みする問答の相手を、小坊主のために務めるとは、あっぱれ度胸の豪傑ではないか。そのうえ、拳も強い。この寺はこのままにしておくゆえ安堵してくれ」

「あ、ありがとうございます」

万念がうれし涙にくれたとき、

「そうはいかん。どうあってもこの寺、明け渡してもらうで」

団兵衛は言った。雀丸は、

「問答はなくなったのです。大尊和尚さんが出ていく理由もなくなりました」

「和尚がおらんのはちょうどええ。――谷町の親方、こいつらちっとばかり痛めつけてんか」

六郎七が凄《すご》みのある笑いを浮かべ、

「わしもこの雀丸ゆうガキには恨みがあるのや。ええとこで会うたわ。このガキ、今日という今日はいてもうたる」

そう言って匕首《あいくち》を抜いた。仁王若が万念を後ろ手にかばうと、

「古道具屋の桃ノ屋団兵衛と申したな。おまえの言うておったことと、この小坊主の申しておること、ずいぶん違うようだ。拙僧を騙したな」

「ははは……騙したとはひと聞きが悪い。仁王若さまはここの住職と問答をして勝ちたい、わては住職を追い出したい……利が合《お》うた、ということやおまへんか」

「ならば、わしは勝負に負けたのだ。この寺は元通り、大尊和尚のものだから、おまえもあきらめよ」

「いえいえ、仁王若さまは負けてやおまへんで。あんな狐拳のどこが問答だす」

「あれも問答なのだ。——桃ノ屋、大尊和尚が出ていこうといくまいと、おまえには関わりあるまい。なにゆえそこまでこの寺にこだわる」

「こだわっとるわけやおまへん。わても仁王若さまと同じく、腐敗堕落した坊主が許せんというだけで……」

「嘘を申せ。わしも今気づいたが……おまえの狙いは、おそらくあれであろう」

そう言って仁王若は板壁に貼られた山水画を指差した。

「この絵は長谷川等伯《はせがわとうはく》の作だとおまえは思っているな」

一同は驚愕《きょうがく》してその絵を見た。図星だったらしく、団兵衛は顔を歪《ゆが》めた。

「拙僧も絵に趣味のあるもの。それぐらいわからいでか」

「知ってはりましたんか……」

「おまえは、ここの住職がこの絵を等伯と知らずに壁に貼っていると考え、住職が値打ちに気づいてぐずぐず言い出さぬ先に追い出してしまい、絵を独り占めせんと企《たく》んだのであろう」

「いや、その……そんなつもりは……」

「ふふん、わしも昨日参ったときに、真っ先に目がとまったわい。なれど、すぐに関心は失《う》せた。この絵は贋作《がんさく》だ」

「ええっ……！」

「たいへん巧みに似せてはあるが、模写したものだな。よう見ると墨の色が新しいし、筆致もわずかに違う。大儲けするつもりだったのであろうが、残念であったな」

そう言うと仁王若は板壁から絵を乱暴に引き剝がし、真ん中からぴりぴりとふたつに裂いた。

「ひえーっ！」

素っ頓狂な声を上げた桃ノ屋団兵衛に、仁王若は笑いながらその絵を投げつけた。絵を左右の手で受け取った団兵衛は、それをまじまじと見つめたあと、ため息をついた。

「ほんまや……墨の色がまるで違うがな。これは偽ものや。わてとしたことが、なんで見間違《みまちご》うたんやろ……」

そう呟《つぶや》くと、どさりとその場に座り込み、その絵を細かくちぎるとあたりにばらまいた。

「はははは……玄人の目も、欲にくらんだようだな」

「そのようでおますな。ああ、お恥ずかしい」

匕首を持ったままの谷町の六郎七が団兵衛に擦り寄り、

「どないするのや、桃ノ屋はん」

団兵衛は両手で顔を覆うと、

「どないもこないも……わしは手ぇ引かせてもらうわ」

六郎七は雀丸に向き直ると、

「あんたはそれでええかもしらんけど、わしは収まらんで。こうなったらこいつをぶっ殺したる」

仁王若が金棒を摑んで進み出ようとするのを、雀丸は押しとどめ、

「このひとの狙いは私ひとりです。私がなんとかします」

そう言うと、匕首を構えた六郎七のまえに手ぶらで立った。

「渡世人にしたいほどのええ度胸やが、その向こう見ずが命取りやったな。このボロ寺

がおまえの墓場になるのや。――くたばれ！」

六郎七は斬りかかった。雀丸は身をかわし、さっきの「叩いてかぶって狐拳」のときに使った紙筒を拾い上げた。

「アホか。そんな紙でなにができるのや。死ねえっ！」

六郎七は、叫びを上げながらふたたび斬りつけてきた。雀丸は半身を引き、相手が泳いだところを、紙筒で眉間を叩いた。コーン！という乾いた音がした。六郎七は目を回して板の間に倒れ込んだ。雀丸は紙筒のなかから火吹き竹を取り出し、

「ちょうどぴったりはまったんです」

そう言った。

団兵衛が六郎七に、

「わかったやろ。向こうのほうが役者が上や。――逃げるで」

そのとき、

「喝ーっ！」

あたりを飛んでいた蚊が全部落ちるほどの大喝が轟《とどろ》いた。まるで地震のように柱が揺れ、壁土が落ちた。魂のこもった喝声のあまりの凄《すさ》まじさに、団兵衛と六郎七はへなへなと腰砕けになってしまった。関係のない雀丸までがへなへなとなった。大尊和尚が長い顎鬚をしごきながら現れた。

「和尚《おっ》さま！」

万念が飛びついた。

「腰の塩梅《あんばい》はよろしいのですか」

「ははは……道隆先生の治療のおかげですっかりようなった。今のとおり、大喝も出る」

「ああ、よかった……」

万念は涙ぐんだ。大尊は団兵衛と六郎七をにらみすえ、

「馬鹿者どもめ。此度《こたび》だけは許してやる。とっとと、どこへでも立ち去れ」

「へーい」

ふたりはあたふたと逃げていった。その後ろ姿を笑って眺めていた大尊は、雀丸と仁王若に、

「どうやらわしのおらぬあいだに、おふた方に迷惑をかけたようじゃな。申し訳ない」

雀丸は苦笑いしたが、仁王若は真顔で土下座をして、

「かかる大和尚の御寺《おんてら》とも知らず、問答を挑むなど身の程知らずでございました。ひらに……ひらにお許しを……」

「なんの。わしは、酒も飲むし魚も食らう、戒律を守らぬ破戒和尚じゃ。そなたのように、禅門を立て直す、などという立派なふるまいはできぬ。だが、今の禅寺を見るにつ

け、そなたのなし様《よう》はわしもわからぬではないのだ」

「恐れ入りたてまつります！」

仁王若は頭を床にこすり付けた。

大尊の後ろから、金太が顔を出した。万念が目ざとく見つけ、

「金太さん！」

「万念さん、お寺を取られんで、よかったなあ」

「はい、私の居場所は失わずにすみました」

「わてもやねん。番頭さん……」

金太にうながされて、見知らぬ町人がまえに出た。

「信濃屋の三番番頭をしておりました呂平《ろへい》と申します。道隆先生の療治を受けましたところ、みるみるようなりましてな、たった一日でこないして歩けるようになりましたのや。このまま療治を続けてたら、ひと月もせんうちにもとの身体に戻れるそうでおます。これもみな、こちらの大尊和尚さまのお仲立ちのおかげでおます。ありがたいことで……」

頭《こうべ》を垂れた呂平に大尊が言った。

「わしはなにもしておらぬが……もしかすると信濃屋さんが商売をやり直す手伝いぐらいはできるかもしれぬぞ」

「えっ？　どういうことです」

　すると、仁王若が、

「和尚、あの絵のことでしょうか」

「おお、あんたは気づいておったのか。そうじゃ、そういうことじゃ」

　さっぱりわからない雀丸が、

「あの絵とは、ちぎれてバラバラになった山水画のことですか？」

「あれは偽ものじゃ。――じつはな、あの絵は昔からこの寺の蔵に転がっていたのじゃが、壁に穴が開いたゆえ、塞ぐのにちょうど良いと思うて貼っておいたのじゃ。あの桃ノ屋という男がどうもあれに執着しておるようなので、なにか怪しいと思うて、浮世絵師の長谷川貞飯を呼んで、見てもろうたところが、等伯の真筆や、と言いよる。そこでピンと来た。桃ノ屋があの絵欲しさになにをしでかすかわからんと思うたので、貞飯に頼んで模写してもろうたのじゃ。あの男、絵はまずいが、見たとおりに描くのは得意ゆえ、な」

「ははあ、そういうことでしたか」

　雀丸は、寺に来たときに貞飯と会ったのを思い出した。仁王若が、

「拙僧は、昨日来たときに、本物の等伯が無造作に壁に貼ってあるのを見て感心したのだが、今日来たときは模写に変わっていた。それゆえ、心置きなく引き裂いたのだ」

「なかなかの眼力じゃな。わしにはさっぱりわからぬ。——万念、本物の絵はどこにあるのじゃ」

「庫裏に置いた、と貞飯さんは言っておられましたけど……」

「取って参れ」

すぐに万念は帰ってきて、一枚の絵を差し出した。受け取った大尊はそれを呂平に渡し、

「この絵はおまえさんにあげる。これを売って、主さんの信濃屋さんが商売をもう一度はじめる元手にするがいい」

呂平は目を丸くして、

「えっ……えええっ！　そ、そんな……なんぼなんでも受け取れまへん」

「では、おまえさんやのうて、そこの金太さんにあげるとしよう。店をはじめることで、金太さんの居場所ができる。そして、おまえさんの居場所もできるのではないかな」

呂平は涙を流しながらその絵を押しいただいた。

「おおきに……このご恩は生涯忘れまへん。さっそく姫路に行って、旦さんを喜ばせたいと思います。向こうで商いができるだんどりがついたら、すぐに和尚《おっ》さまにお知らせいたします。この金太も連れていこうと思います。皆さん、おおきに……おおきに……」

万念が金太に、

「せっかく仲良くなれたのに、姫路に行くんですね……」

金太も、

「そやなあ。けど、すぐまた遊びに来るわ。そのとき遊ぼな」

「はい！」

ふたりは帰っていった。そのすぐあとに、

「ごめんくださーい」

玄関で声がした。飛んでいった万念は、五柳屋和平とともに戻ってきた。五柳屋は大きな樽を抱えている。

「昨日はえらいことだしたなあ。けど、道隆先生のおかげで治った、とさっき聞きました。よろしおましたな。これは、お住持《じゅっ》さまの全快祝いでおます」

「おお、なによりの品じゃ」

大尊は舌なめずりをして、

「おまえは昨日、わしが呂平さんの家で腰を痛めたとき、ずっと付き添うてくれた。ツケを払うておらぬのに酒を持って参るとは、おまえもようやく人間ができてきたようじゃな。もうツケは払わずともよいか」

「と、とんでもない。それとこれとは別でおます」

「ははは、それは虫が良すぎたか」

雀丸が、

「さっきの絵を売ったお金をいくらか返してもらえばいいんじゃないでしょうか」

「いや、それでは念が残る。こういうときは丸ごとやってしまうのがよいのじゃ。——万念、酒盛りじゃ。支度をいたせ」

「はいっ！」

寺のなかで時ならぬ宴《うたげ》がはじまった。雀丸ももちろんご相伴する。肴は梅干しだが、問答の代役という務めをなんとか果たせた雀丸には山海の珍味にも勝る美味に感じられた。

次第に座が乱れはじめ、五柳屋は湯呑《ゆの》みでがぶがぶ飲んでいる。万念が、

「飲み過ぎですよ」

とたしなめると、

「おのれが持ってきた酒をおのれで飲んどるのや。なにが悪い！」

「はいはい、そうですね」

しかし、仁王若はいくら勧められても酒を飲もうとはせず、梅干しをなめながら茶を飲んでいる。大尊が笑いながら、

「不飲酒戒を犯すのが嫌なのか。それもよいが、一度飲んでみよ。そのうえで、なるほど、これはたしかに飲まぬほうがよい、と思うたらやめればよい。言われるがまま近づ

かぬでは、まことに僧侶の堕落をもたらすものかどうかわかるまい」

かなり酔っぱらっていた雀丸が、

「そうそう、飲んでみましょうよ。修行で『無』になるのも、酒で『無』になるのもそれほど変わらないんじゃないですか？」

すると、仁王若はその場に両手をドスン！　と突いた。雀丸は、自分の発言に怒ったのかと思い、びくっとしたが、そうではなかった。仁王若は大尊に向かって頭を下げ、

「ご住職……さきほどの一喝、わが肝を裂き、わが腸《はらわた》をちぎり申した。みずからの未熟不鍛錬ぶりを思い知らされ、まこと生涯の師と仰ぐにふさわしい大和尚と拝察つかまつりました。なにとぞ弟子の一端にお加えくだされ。修行のし直しをしとうございます！」

大尊をはじめ、雀丸も五柳屋も万念も呆気《あっけ》にとられて仁王若を見た。

「なにとぞ……なにとぞ……」

真摯《しんし》に繰り返す仁王若に、大尊は湯呑みの酒をぐび……と口に含んだ。

本作に登場する「横町奉行」は、大坂町奉行に代わって民間の公事を即座に裁く有志の町人という設定ですが、これはもともと有明夏夫氏の「エレキ恐るべし」（『蔵屋敷の怪事件』収録）という短編に一瞬だけ登場する「裏町奉行」という存在が元になっています。この「裏町奉行」についていろいろ文献を調べ、大坂史の専門家の方にもおたずねしたのですが、どうしてもわかりません。有明氏の創作という可能性もあるのですが、ご本人が二〇〇二年に亡くなっておられるため現状ではこれ以上調べがつきません。そのため本作では「横町奉行」という名称にしておりますが、これは作者（田中）が勝手に名付けたものであることをお断りしておきます。

また、第二話「犬雲・にゃん竜の巻」に、林不忘著「丹下左膳」の「乾雲坤竜の巻」より引用させていただいた箇所があります。著者・関係者に御礼申し上げます。

なお、左記の資料を参考にさせていただきました。著者・編者・出版元に御礼申し上げます。

『大坂町奉行所異聞』渡邊忠司（東方出版）
『武士の町 大坂 「天下の台所」の侍たち』藪田貫（中央公論新社）
『町人の都 大坂物語 商都の風俗と歴史』渡邊忠司（中央公論社）
『歴史読本 昭和五十一年七月号 特集 江戸大坂捕り物百科』（新人物往来社）

『大阪の橋』松村博（松籟社）
『大阪の町名―大阪三郷から東西南北四区へ―』大阪町名研究会編（清文堂出版）
『図解 日本の装束』池上良太（新紀元社）
『清文堂史料叢書第119刊 大坂西町奉行 新見正路日記』藪田貫編著（清文堂出版）
『清文堂史料叢書第133刊 大坂西町奉行 久須美祐明日記〈天保改革期の大坂町奉行〉』藪田貫編著（清文堂出版）
『江戸時代選書4 江戸やくざ研究』田村栄太郎（雄山閣）
『町人文化百科論集 第五巻 浪花のにぎわい』原田伴彦（柏書房）
『清水次郎長――幕末維新と博徒の世界』高橋敏（岩波書店）
『近世風俗志（守貞謾稿）（一）』喜田川守貞著 宇佐美英機校訂（岩波書店）

本作執筆にあたって成瀬國晴、片山早紀の両氏に貴重なご助言を賜りました。謹んでお礼申し上げます。

解説——落語と浮世奉行

くまざわあかね

あるときは大阪の落語の定席・天満天神繁昌亭《てんまてんじんはんじょうてい》の客席で。

またあるときは、落語会の打ち上げ会場で。

よくお見かけするなぁと思っていた優し気な八の字眉毛の御仁が、小説家の田中啓文さんだと知ったのはいつごろだったのでしょうか。

お忙しいはずなのに、ちょくちょく落語会に遊びに来られたり、新作落語の台本を執筆されたり、桂九雀《かつらくじゃく》さんとタッグを組んで「サダキチ寄席《よせ》」というトーク&落語の会を開かれたりするのはホンマはヒマやから……ではなくって、それだけ落語への愛が深いからだとお見受けしました。

田中啓文さんのみならず、古くは三代目柳家小《やなぎやこ》さんの芸を愛した夏目漱石《なつめそうせき》から、桂《かつら》米朝《べいちょう》師匠の親友だった小松左京《こまつさきょう》先生、落語好きが高じて繁昌亭の落語台本コンクールに応募、賞まで取ってしまった久坂部羊《くさかべよう》さんなど、落語ファンを公言されている小説家の方はおおぜいいらっしゃいます。中には、落語家兼小説家という立川談四楼《たてかわだんしろう》師匠のような方もおられるほどです。

それもそのはず。話芸と文芸という違いはあれど、落語と小説って実は、ものすごく似ていると思うのです。


いまは亡き上方落語の爆笑王・桂枝雀《しじゃく》師匠。ときに座布団からはみ出しそうな勢いのオーバーアクションや「スビバセンねぇ」など独自のフレーズを駆使した、派手で陽気でにぎやかな高座で一大枝雀ブームを巻き起こしたのですが、そんな高座の姿とはうって変わって、ふだんは大変もの静かな理論家でいらっしゃいました。

「笑いとは緊張の緩和である」という有名な「緊張と緩和理論」と並んで、よく知られている枝雀理論が「サゲの四分類」。落語のサゲ＝落ちを四つのパターンに分類するというものです。それまでにも「考え落ち」や「しぐさ落ち」「地口《じぐち》落ち」など、落語のサゲにはさまざまな種類・呼称があったのですが、演出方法による分け方であったり、噺《はなし》の構成によるものだったり、分類の方法がバラバラで統一されていないのが欠点でした。

それを「お客さまがなにを楽しいと思われるか」という視点から新たに分類し直したのが、「サゲの四分類」です。上岡龍太郎《かみおかりゅうたろう》さんが司会をされていた『EXテレビ』にてまるまる一回分の時間を使い、この「サゲの四分類」の特集が組まれたのは、ある年代以上の演芸ファンにとっては懐かしい思い出です。

1 ドンデン
2 謎解き
3 へん
4 合わせ

という枝雀師匠が提唱された四つのサゲについて、詳しくは『らくごDE枝雀』（ちくま文庫）をご覧いただきたいのですが、ここで注目したいのが「2 謎解き」です。本の中では、

『きき手が不思議な状況を提示されて「なんでそんなけったいなことがおこるんやろ?」と疑問を持ったその疑問の解答が即サゲになるわけです』

と説明されています。「なんらかの謎が提示され、それが解かれる」とは推理小説の定義にさも似たり。落語は、ミステリを読む楽しさも内に秘めているのです。

大阪弁による会話のリズムやギャグが落語的、といわれるこの「浮世奉行と三悪人」シリーズですが、個人的に本書『えびかに合戦』の中で一番落語的やなぁと思ったのが

「犬雲《けんうん》・にゃん竜《りゅう》の巻」でした。

ある刀鍛冶《かたなかじ》の打った二本の刀「犬雲・南竜《なんりゅう》」の禍々《まがまが》しくもおそろしい由来に始まり、清水次郎長《しみずのじろちょう》のエピソード、横町《よこまち》奉行を支える女侠客《おんなきょうかく》・鬼御前《おにごぜん》の意外な出生の秘密、その横町奉行・雀丸《すずめまる》がひょんなことから世話するハメになった仇討《かたきう》ちの兄妹や、鬼御前がかくまう旅姿のナゾの男など、読み進むうちどんどんどんどん登場人物が増えて話が広がり、この広げるだけ広げた風呂敷、あとどうやって畳まはるんやろう？　と思いきや。

バラバラに配置されていた、パッと見には無関係のように見える登場人物たちが、幕切れに向けてシュッとひもを引いたとたんスルスルと一列に並び、おさまるべきところへキチンとおさまっていく手際の良さといったら！

「なんでやろ？」「どうなるんやろ？」という謎がみごとに回収されてゆく様は、まさに落語の「謎解き」のサゲを見るかのよう。それに加え、鬼御前さんとお兄さんのエピソードの結末は、心地よい風が吹き抜けていったような、さわやかな人情噺のようでありました。ええ話やなぁ。

落語と小説とが大きく似ているところ、もうひとつはどちらも、観客なり読者なりが、それぞれ頭の中でイメージを広げて楽しむものだということです。

落語は、演者がしゃべる言葉をお客さんがキャッチして、頭の中でその言葉を映像化しながらストーリーを進めていきます。たとえば、演者さんが、

「きれいな桜やなぁ」

と言うと、お客さんは各自きれいな桜の木を頭に描きます。それぞれが一番きれいだと思う桜を描くわけですから、ひょっとすると同じ落語を聴いている人でも、思い描く映像はバラバラなのかもしれません。そこはみんなちがってみんないい。

小説も同じで、文字で書かれた人物や情景を頭に思い描きながらページをめくります。ごくたまに、人前で落語についておしゃべりすることがあるのですが、

「ぜひお子さんやお孫さんと一緒に落語を聴いてください。きっと本が好きな子に育ちますよ」

と言うことがあります。

テレビやパソコンから絶えず映像が流れてくるいまの時代を否定するわけではありませんが、そればかりに浸っていると「自分で頭の中に映像を描く能力」が衰えてくるかもしれません。昨今流行《はや》りの「読み聞かせ」や落語など、まず耳から聞いて想像するトレーニングを積むことで、文字からの想像もしやすくなる、イコール本好きな子どもが増える……と思うのです。

この「浮世奉行と三悪人」シリーズが落語的だといわれる由縁は、イメージのしやすさにもあるんじゃないかと思います。

主人公の若き横町奉行・雀丸の風体は、第一巻で初めて登場した際こんなふうに描かれています。

「(前略)衣服もこざっぱりしており、髷《まげ》は上品な銀杏髷《いちょう》で、育ちの良さが感じられる。色白で、顔立ちもあっさりしており、眉も目も鼻梁《びりょう》も唇も細く、絵にしたらひと筆で描けそうだ。アクがまったくない、悪く言えばだれの心にも残らない顔立ちともいえた」

ほかにも着ている着物から持ち物に至るまで、丁寧にキャラクターの様子が積み重ねられていきますので、読者としても田中啓文さん作詞の絵描き唄で絵を描くように、頭の中にありありと雀丸の姿を思い描くことができるわけです。

雀丸の祖母である蟹《かに》そっくりの加似江《かにえ》さん、ひょうひょうとしてとらえどころのない「嘘《うそ》つき」の夢八《ゆめはち》、色白で小柄なヒロインお園《その》さん、そして横町奉行を支える三すくみのメンバーも、やや太り肉《じし》で歌舞伎メイクをほどこし鬼の柄の浴衣《ゆかた》を着た女侠客の鬼御前、蛙《かえる》に似た油ギッシュな悪徳商人・地雷屋蟇五郎《じらいやひきごろう》、カラクリ好きで頭も髭《ひげ》も長い仙人のような大尊和尚《だいそんおしょう》と、個性派揃《ぞろ》いでありながら、みんながみんなピントがぴったり合った写真のように頭に浮かんできます。

余談ながら、雀丸さんがあだ名の「雀《じゃく》さん」と呼ばれるたびに、同じく「雀さん」と呼ばれる枝雀門下の桂雀三郎《じゃくさぶろう》師匠が頭をよぎったり、落語『夢見八兵衛《ゆめみのはちべえ》』の登場人物と同じ名の「夢八」が出てきたり、また三話目の「叩《たた》いてかぶって禅問答の巻」では、ストーリーの中でも述べられているとおり『餅屋問答』という落語がモチーフになっていたり、それこそ落語に限らず講談・狂言・浪花節《なにわぶし》……といろんな芸能からの小ネタが満載なのも、お楽しみポイントのひとつです。

雀丸が担っている「横町奉行」という設定は、有明夏夫《ありあけなつお》さんの『なにわの源蔵事件帳』シリーズの中の一編に出てくるものだとか。なにわの源蔵こと海坊主の親方サンといえば、ドラマ化の際、桂枝雀師匠が演じられたことで知られています。

この「浮世奉行と三悪人」シリーズがドラマ化されたあかつきには、ぜひとも海坊主の親方同様、上方の落語家さんに雀丸を演じていただきたい……と思うのですが、なぜか、三すくみのキャスティングのほうがすぐにイメージできてしまうのが困ったところです。

（くまざわ・あかね　落語作家）

本書はｗｅｂ集英社文庫で二〇一八年八月から十二月まで連載された作品に、
書き下ろしの「叩いてかぶって禅問答の巻」を加えたオリジナル文庫です。

集英社文庫

えびかに合戦《がっせん》 浮世奉行《うきよぶぎょう》と三悪人《さんあくにん》

2018年12月25日 第1刷 定価はカバーに表示してあります。

著 者 田中啓文《たなかひろふみ》

発行者 徳永 真

発行所 株式会社 集英社

東京都千代田区一ツ橋2-5-10 〒101-8050

電話 【編集部】03-3230-6095

【読者係】03-3230-6080

【販売部】03-3230-6393(書店専用)

印 刷 図書印刷株式会社

製 本 図書印刷株式会社

フォーマットデザイン アリヤマデザインストア マークデザイン 居山浩二

ISBN978-4-08-745822-0 C0193